나의 아프고 아름다운 코끼리

나의 아프고 아름다운 코끼리

무기력, 우울, 공허함 속에서도 오늘을 살아가는 법

바바라 포어자머 지음 | 박은결 옮김

웅진 지식하우스

마티아스에게
당신이 없었다면 이 책은 없었을 거야
당신이 없었다면 지금의 나도 없을 테니까

이것은 '일어나는 법'에 관한 이야기

　예전부터 늘 편두통과 우울증에서 벗어나는 방법에 관한 책을 쓰고 싶었다. 아니면 그런 책을 읽어보고라도 싶었다.

　전자의 문제점은 나 또한 방법을 모른다는 것이었다. 후자의 문제점은 다른 사람들도 모른다는 것이었다. 나는 통증과 편두통, 우울증에 관한 책을 수없이 읽었지만 어디서도 완전한 해결책은 찾을 수 없었다.

　나는 수십 년째 한 달에도 몇 번씩 나를 꼼짝 못하게 하는 편두통 발작에 시달린다. 심한 우울증도 반복적으로 찾아온다. 약물이 도움이 될 때도 있고 아닐 때도 있다. 상태에 따라 평소보다 심리치료를 많이 받기도 하고 적게 받기도 한다.

　어느 쪽이든 우울증은 늘 그 자리에 있다. 마치 일상에 도드라지지는 않지만 기본적으로 깔려 있는 배경 소음처럼. 내게 지속적인 자기혐오, 잦은 자살 충동, 몇 개월간 지속되는 이유 없는 깊은 슬픔은 일상이다. 다른 사람들은 그러한 생각과 느낌을 알지 못하거나, 설령 안다고 해도 그 빈도가 매우 낮다는 사실을 나는 오랫동안 몰랐다. 그리고 심리치료 혹은 정신과 치료는 나와 상관없는 일이라고 여겼다.

하지만 우울증은 다른 질병과 마찬가지로 예고 없이 찾아온다. 게다가 치료하지 않으면 더욱 심해질 뿐이다. 나는 우울증 때문에 2008년에 처음으로, 2011년에 두 번째로 정신과를 찾았다. 15년이 넘는 세월 동안 나는 여러 가지 학설을 따르는 다양한 상담사들을 만났으며, 적어도 10여 가지의 다양한 향정신성 의약품을 복용해봤다. 그럼에도 이 책에는 어떤 방법과 어떤 약물의 조합으로 우울증을 완전히 치료할 수 있을지에 대한 궁극적인 답은 나오지 않는다. 다만 한 가지는 약속한다. 우울증은 언젠가 사라질 것이고 당신을 도울 방법은 있다고.

만약 우울증을 앓고 있다면 당신은 방금 이렇게 생각했을 것이다. '사라졌다가도 언젠가는 다시 돌아오겠지, 그렇다면 이게 다 무슨 소용이람.'

맞기도 하고 틀리기도 한 생각이다. 만성 우울증을 앓고 있다면 언젠가 우울증이 다시 돌아올 것이다. 그렇다고 해서 치료가 아무런 의미가 없다고 생각한다면 틀렸다. 염좌나 폐렴 같은 신체의 질병을 치료했다고 해서 그다음 해에 다시 어딘가를 다치거나 박테리아에 감염되지 않을 거라는 보장은 없다. 내가 보기에 의사가 나를 고통에서 영원히 해방시켜주리라고 터무니없는 기대를 하는 병동은 정신과밖에 없는 듯하다.

나는 2018년에 처음으로 나의 우울증에 관한 글을 썼다. 이후 그 글이 얼마나 큰 용기를 줬는지 고백하는 수백 통의 연락을 받았다. 그로부터 2년이 지나 코로나19 팬데믹이 한창이던 시기에 나는 또다시 우울한 단계에 빠지고 말았고, 내가 예전에 썼던 글을 읽게 되었다. 위로가 됐다. 우울증을 극복하는 방법이 쓰여 있어서가 아니었다. 앞서 말했듯이 그 방법은 나도 모른다. 하지만 한 가지만은 알고 있다. 우울증에서 언젠가는 어떻게든 벗어날 수 있다는 것. 이것만은 확실하게 말할 수 있다.

나는 어떻게 하면 계속 살아갈 수 있는지를 알고 있다. 만성 통증과 함께, 우울증과 함께, 내가 다시 무언가를 할 수 있을 거라는 상상조차 할 수 없을 만큼 상태가 최악이라도, 그럼에도 불구하고 말이다. 그렇다, 그런 순간에는 무언가 하고 싶은 마음이 들 거라는 생각이 들지 않는다. 예나 지금이나 그런 순간들이 있다.

오늘날의 내 삶은 단 하나뿐이다. 어마어마하게 큰 '그럼에도 불구하고'라고 표현할 수 있는 삶. 가끔은 다른 방식의 삶은 전혀 없는 것처럼, 적어도 내게는 없는 것처럼 느껴지기도 한다. 이 책은 '일어나는 것'에 관한 책이다. 일어나고 싶지도, 그렇다고 누워 있고 싶지도 않지만 별다른 수가 없어서 누워 있는 그런 상태에서도 말이다. 이 책은 모든 고통을 사라지게 하고 마침내 삶을 제대로 시작하게 해주는 어떤 방법이 있다거나 의사나 약물을 찾는 것이 유일한 목표가 되어야 한다고 말하지 않는다. 오히려 정신질환이 있는 사람으로, 고통을 겪는 환자로 살아가도 괜찮고, 또 (책의 마지막에서 이야기하겠지만) 살아내야 한다고 말한다.

나는 감정의 정글을 헤쳐나가는 방법에 대해 이야기할 것이다. 그것은 몸과 마음, 영혼의 연결과 관련이 있다. 하지만 가끔은 그런 방법이 아예 없고, 가끔은 스스로를 설득하려는 시도가 전혀 도움이 안 된다. 고통과 감정에 대해 이야기하는 것이 중요하지만, 가끔은 그것 또한 전혀 도움이 되지 않는다. 그럼에도 왜 그렇게 하는 것이 좋은지도 이야기할 것이다.

나는 해결책을 갖고 있지 않다. 하지만 이제는 필사적으로 해결책을 찾으려는 태도가 오히려 삶을 방해할 수도 있다는 사실을 안다. 어쩌면 가장 중요한 건 지금 당장 삶을 살아가는 것일지도 모른다. 모든 상황에도 불구하고 말이다.

지난 몇 년간 나는 기자로서 나의 감정과 우울증, 고통에 관해 글을 썼다. 코로나19 사태가 많은 사람에게 감정적으로 어떤 영향을 미쳤는지에 대해서도 썼다. 이것이 처음부터 나의 목표였던 것은 아니다. 나는 권위 있는 언론사《쥐트도이체 차이퉁Süddeutsche Zeitung》에서 커리어를 시작했고 내 목표는 영향력 있는 정치 기자가 되는 것이었다. 특히 미국 정치를 집중적으로 다뤘던 나는 2008년 버락 오바마와 힐러리 클린턴 사이의 치열하고 끝없던 예비선거 기간을 취재하면서 야근을 밥 먹듯이 했다. 그러나 정작 오바마 대통령이 당선되던 날에는 정신과 병동에 있어야 했다. 너무 무리했던 것이다. 아니, 어쩌면 그 반대였는지도 모른다. 내 상태를 알고 싶지 않아서 그토록 많은 일을 했던 것인지도 모른다. 그 차이에 대해서는 나중에 좀 더 자세히 설명하겠다.

당시 나의 상태는, 감정 연구가 카를로타 벨딩Carlotta Welding이 말한 감정표현불능증Alexithymia이었던 것 같다. 내 감정을 인지하기가 거의 불가능했다. 겨우 감정을 느끼더라도 그 감정이 어떤 감정인지 분류하기 어려웠다. 감정을 표현해야 할 때면 완전히 한계에 다다랐다. 우는 것 말고는 할 수 있는 것이 없어서 우는 날이 많았다. 그때 나는 정말 슬펐던 걸까? 아니면 그보다는 우울함에 훨씬 가까웠을까? 또는 전혀 다른 기분, 어쩌면 화가 났던 것이었을까? 이 모든 감정이 어떻게 섞일 수 있는지, 이런 혼란에서 어떻게 빠져나올 수 있는지도 이 책에서 다룰 것이다.

나는 빨리 치료받고 나아야겠다는 생각에 병원을 찾았다.

큰 감정에 대해서는 아무것도 몰랐고, 그저 내 심리가 오르락내리락하는 것이 매우 불쾌할 뿐이었다.

얼핏 보면 하필 감정표현불능증이 있는 사람이 정신질환과 감정에 관한 책을 쓴다는 게 주제넘은 일로 여겨질 수도 있다. 그러나 어쩌면 내가 감정표현불능증이라서 이런 책을 쓰기에 적임자일 수도 있다.

어떤 일을 항상 자연스럽게 제대로 해온 사람들은 그 비결을 잘 설명하지 못하는 경우가 많다. 예를 들면 내 남편은 나와는 달리 배드민턴과 테니스를 잘 친다. 결혼 전에 처음 데이트할 때 우리는 테니스를 치러 공원에 갔다. 나는 테니스 라켓을 제대로 들지도 못했다. 남편이 시범을 보였고 나는 그대로 따라 했다. 그는 즉시 내 자세가 잘못됐다고 했지만 어떻게 해주지는 못했다. 남편은 거의 평생 라켓을 옳은 방식으로 쥐고 제대로 공을 맞혔기에 내게 그 방법을 설명할 수 없었던 것이다.

테니스는 다행히 생존에 반드시 필요한 기술은 아니다. 테니스 라켓을 손에 쥐어본 적이 없어도 삶을 훌륭하게 살아낼 수 있다. 하지만 감정은 그렇지 않다. 감정을 제대로 느낄 줄 모른 채 살고 싶은 사람은 없을 것이다. 나는 시간이 흐르고 나서야, 그러니까 여러 번의 입원과 긴 시간의 치료를 거치고 나서야 감정을 받아들이고 내버려두는 법을 배웠다. 감정이 느껴지는 즉시 무언가를 해야 하는 것은 아니기 때문이다. 대신 감정이 필요로 하는 시간과 공간을 주고, 불쾌하거나 모순되거나 심지어 이해되지 않는 감정을 견디는 게 중요하다. 그래야만 우리는 우리가 진정 누구이고 무엇을 원하는지 알 수 있다. 감정에 시간과 공간을 준다는 것이 무슨 뜻이고 어떻게 하는 걸까. 이 책은 바로 이 질문의 답을 다루고자 한다.

Contents

Part 4 가끔 행복했고 자주 우울했던 이들에게

코끼리와 함께 산다는 것

나의 우울증은 가슴 한가운데 자리 잡고 있다.

아이들이 사람의 심장을 그려 넣는 곳,

하지만 실제 심장의 위치와는 다른 그곳에

코끼리가 한 마리 있다.

나를 깔고 앉아 있는 코끼리.

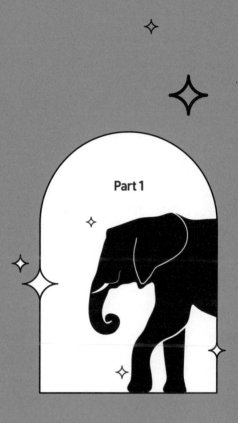

Part 1

무기력이 삶을 덮칠 때

내 안의 코끼리를 마주하다

나의 우울증은 가슴 한가운데 자리 잡고 있다. 아이들이 사람의 심장을 그려 넣는 곳, 하지만 실제 심장의 위치와는 다른 그곳에. 2009년 당시 나에게 아이는 없지만 코끼리는 한 마리 있었다. 나를 깔고 앉아 있는 코끼리.

아침마다 잠에서 깨면 알람이 울리기 훨씬 전부터 코끼리가 이미 그곳에 앉아 있다. 침대에서 몸을 일으키는 것은 불가능하다. 그러기에는 코끼리가 너무 무겁다. 게다가 당장 일어나야 하는 것도 아니다. 나는 어둠 속에 누워서 있는 그대로의 고통을 느낀다. 그리고 모든 게 얼마나 어려운지, 인생은 얼마나 허무한지, 나 자신이 얼마나 하찮은지를 생각한다. 다행히 아직 시간이 있다. 나는 조금도 움직이지 않는다. 다른 쪽으로 돌아누울 힘조차 없다.

알람이 울리기 두 시간(혹은 세 시간, 혹은 네 시간) 전부터 이미 깨어 있다. 그래도 나는 일어나지 않는다. 그러고는 당장 일어나지 않아도 되는 이유를 찾는다. 머리는 그제 감았지? 아직 괜찮네. 아침은? 어차피 배도 안 고픈걸. 옷을 입을까? 뭘 입지? 큰일이다. 결정의 순간이야. 무언가를 결정해야 하는 상황은 최악이다. 깊은 우울증에 빠진 나에게 그보다 어려운 일은 없다. 가끔은 어떤 바지를 입을지 결정하는 것도 너무나 버거워서 병가를 낸다. 그러고선 온종일 죽음에 대해 생각한다.

나는 더는 미룰 수 없는 때가 되어서야 겨우 일어나 무언가를 걸치고 출근을 해낸다. 그곳에서 그럭저럭 내 역할을 하고 화장실에 앉아서 운다. 나는 모든 따분하고 지루한 업무를 자원해 도맡는다. 창의성을 요구하는 모든 일이 버겁기 때문이다. 저녁에는 좀 나아진다. 이렇게 또 하루를 살아낸다. '이 정도면 나쁘지 않았잖아. 나는 아픈 게 아니야. 그저 별로인 하루를 보냈을 뿐이지.' 나는 생각한다. 하지만 다음 날이면 또 새벽 4시 반에 눈이 떠지고 가슴 위에는 코끼리가 앉아 있다.

우울증을 앓는다고 말하면 많은 사람이 언제부터였냐고

알림이 울리기 훨씬 전부터
코끼리는 나를 깔고 앉아 있다.
침대에서 일어나기에 코끼리가 너무 무겁다.

나는 어둠 속에 누워서 생각한다.
모든 게 얼마나 어려운지,
인생은 얼마나 허무한지,
나 자신이 얼마나 하찮은지.
다른 쪽으로 돌아누울 힘조차 없다.

묻는다. 그러면 이렇게 답할 수 있을 것이다. 처음 진단받은 것은 2005년이고, 처음 약을 먹고 심리상담사를 찾은 것은 2006년이었다고. 그러나 이렇게 답할 수도 있을 것이다. 나는 늘 그래왔다고. 어렸을 때부터 나는 내 존재가 무가치하다고 느꼈고 더는 살고 싶지 않은 기분이 들었다.

나는 나 자신을 별로 좋아하지 않던 조용하고 울적한 아이였다. 나는 C. S. 루이스, 아스트리드 린드그렌, 에니드 블라이턴 같은 작가들이 그린 세계 속에서 꿈꿨다. 그들의 작품에 나오는 나니아(C. S. 루이스의 판타지 소설 『나니아 연대기』의 배경이 되는 환상 속의 공간─옮긴이), 낭기열라(아스트리드 린드그렌의 장편동화 『사자왕 형제의 모험』에 나오는 사후 세계─옮긴이), 맬러리 타워스(에니드 블라이턴의 시리즈 작품에 나오는 주인공 돌리가 머무는 기숙사─옮긴이)에 빠져 있는 시간이 훨씬 더 즐거웠다. 그곳이 현실보다 아름답고 좋아 보여서, 언젠가 한 번은 엄마에게 기숙사 생활을 하겠다고 선언했을 정도다. 엄마는 기숙사에서는 브로콜리와 콩을 포함한 모든 음식을 가리지 않고 먹어야 한다고 했다. 그래서 그 생각은 없던 일이 되었다. 나는 끊임없이 책을 읽었고, 책 속의 세상을 배경으로 공상에 잠겼다.

지금 관점에서 보면 '정상이 아니었다'고 말할 만한 나의 첫 감정에 대한 기억은 1997년으로 거슬러 올라간다. 열여섯 살이었던 나는 자전거를 타고 S반S-Bahn(독일의 도시 고속철도-옮긴이) 선로를 따라 달리며 자살을 하면 어떨까 상상했다. 같은 해에 코르시카섬으로 떠났던 청소년 캠프에서는 그네에 앉아 울면서 엄마에게 전화를 걸어 집에 가고 싶어 견딜 수가 없다고 말했던 기억도 있다. 지금의 나는 그때의 내가 집에 가고 싶었던 게 아니었음을 안다. 나는 그 이전에도 이후에도 향수병을 앓았던 적이 없다. 당시의 나는 우울 단계에 놓여 있었지만 그 사실을 몰랐기 때문에 그 감정을 설명해줄 원인을 다른 곳에서 찾은 것이었다. 나는 그 원인을 스트레스나 연애 문제, 시험의 공포에서 찾았다.

우울증은 매우 고통스럽다. 특히 무엇이, 왜 그토록 아픈지를 알지 못하면 고통은 더욱 커진다. 그래서 나는 아무리 터무니없게 들릴지라도 내 상황을 설명해줄 만한 것이라면 감사하게 받아들였다. 그러고는 '이 남자만 설득하면', '이 시험만 통과하면', '내가 지금 이곳이 아닌 저곳에 있으면' 모든 게 다 잘될 거라고 믿었다. 그러나 우울증은 감정이 아닌 질환이기 때문에 삶의 다음 단계에서 어떤 일이 일어나든 내 상태에는 변화가 없었다.

몇 년 전부터 마음챙김Mindfulness이 모든 문제의 해결책인 것처럼 포장되어 팔리고 있다. 그러나 자신의 감정이 내는 목소리에 귀 기울이고 스스로에게 주의를 더 기울인다고 해서 우울증을 비롯한 정신질환을 극복하거나 예방할 수 있는 것은 아니다. 정신적 질환은 다른 모든 질환과 마찬가지로 전문의의 치료를 받는 것이 가장 좋다. 이 책을 읽는 여러분에게도 정신적 질환이 있다면, 부디 이불 속에서 인문학을 전공한 저자가 쓴 책을 읽으며 자가 치료하려 하지 마라. 내가 해줄 말은 반드시 적절한 치료를 받아야 한다는 것이다. 그다음에야 이 병을 어떻게 다룰지 이야기해볼 수 있다. 그 문제라면 내가 해줄 이야기가 있기 때문이다.

우울증과 감정은 밀접한 관련이 있다. 사람들은 우울증을 슬픔, 두려움, 자기 회의와 쉽게 혼동한다. 게다가 이 중 한 가지만 갖고 있는 경우는 드물다. 우울증은 단순히 명상을 하거나 생각을 바꾸거나 마음 정리를 한다고 사라지는 것이 아니다. 반면 불편한 감정은 약물치료나 상담치료 없이도 극복이 가능하다. 그리고 우울 단계에 있는 동시에 부정적인 감정이 들 때, 거기 필요한 감정적 공간을 확보한다면 우울한 감정에서 훨씬 쉽고 빠르게 벗어날 수 있다.

구체적인 예를 들어보자. 코로나가 한창 기승을 부릴 때였다. 엉망진창인 일이 그토록 많이 일어났음에도 그 당시 우울의 시기는 비교적 짧게 지나갔다. 코로나19 팬데믹 한가운데에서 몇 달 동안 재택근무, 홈스쿨링, 조업 단축, 록다운, 미래에 대한 불안이 이어졌다. 나의 딸은 극히 힘든 시기를 보내고 있었지만 이유를 알지 못했다(나중에 알고 보니 주의력결핍과다행동장애ADHD 때문이었다). 아들은 코로나에 한 번 감염되었다가 또다시 감염됐다. 그래도 그때는 내게 그 모든 상황을 감당할 감정적 공간이 있었다. 여러 친구와 이야기를 나눴고, 직장에서는 편집장까지 내 상태에 대해 알고 있었으며, 나는 빠르게 담당 심리상담사와 정신과 의사의 도움을 받았다. 그래서 그때의 우울 증상은 몇 달 안에 사라졌다. 불행히도 코로나를 비롯한 것들은 이후까지 남아 있어서 나는 우울증이 없었음에도 상태가 좋지 않았다. 그러나 정신적으로 건강하다는 것은 완전히 안녕하고 평안한 상태를 의미하지 않는다. 불편한 감정을 포함한 모든 감정은 나름대로의 기능이 있다. 두려움을 느끼지 않는 사람은 위험을 제때 피하지 못한다. 화가 나지 않는 사람은 자신을 방어하지 않는다.

몇 년 전까지 나는 내가 화가 없는 사람이라고 주장해왔다. 내 안에서 부정적인 감정이 올라온다면 그건 슬픔이나 두려움이었다. 학교에서 나는 '울보'로 통했다. 아이들은 내가 '별것도 아닌 모든 일' 때문에 운다고 생각했을 것이다. 내가 우울 단계에 있다는 사실을 처음으로 인지했을 때 나는 거의 쉬지 않고 울었다. 그 끝에는 50가지의 슬픔으로 구성된 감정의 팔레트가 남았다. 푸른색은 검은색이 되더니 마치 검은 구름처럼 모든 명암을 덮어버렸다. 팔레트가 알록달록해진 적은 한 번도 없었고, 다른 감정을 느낀 적은 거의 없었다. 처음으로 정신병원을 찾았을 때, 내가 느끼는 모든 감정을 그림으로 그려보라는 과제를 받았다. 나는 그림을 그리는 대신 가지각색의 색상으로 단어들을 적었다. '소심하다, 용감하다, 부끄럽다, 유쾌하다, 예민하다, 편안하다.' 깜짝 놀란 상담사가 말했다. "이것들은 감정이 아니라 성격이에요."

그럼 감정은 대체 뭘까?

널리 알려져 있듯이 인류학자 폴 에크만Paul Ekman은 기본 감정을 기쁨, 슬픔, 놀람, 분노, 혐오감, 두려움의 여섯 가지로 분류했다. 감정 연구가 클라우스 셰러Klaus Scherer는 이 분류를 바탕으로 감정의 바퀴를 만들고 강도에 따라 감정을 구분했으며(성가심 - 짜증 - 분개 - 분노 - 격분) 기본 감정을 다양하게 섞어 더욱 복합적인 감정을 끌어냈다. 그 결과 후회, 공감, 질투, 감사함, 감탄, 경멸의 자리가 생기게 되었다.

나는 감정을 색상과 연관 짓는 것을 좋아한다. 세상에는 수많은 색이 있지만 모든 색은 삼원색인 빨강, 파랑, 노랑을 섞은 것이다. 풍부하고 건강한 감정을 지닌 사람의 감정은 각종 색상이 제자리에 있고, 모든 조합이 가능하며, 여러 종류의 명암이 있는 무지갯빛을 띠고 있을 것이다. 반면 우울증은 그림이 온통 검은색으로 보일 때까지 밀려드는 먹구름과 같다.

이렇게 말하면 명료하게 들리겠지만, 지금 막 어떤 감정에 사로잡혀 있을 때는 그 감정이 그저 어두운 색인 건지, 아니면 내가 지금 모든 빛을 삼켜버리는 검은 구름이 가득한 상태인 건지 구분하기 어렵다.

※ ※ ※

2011년에는 어둠이 가득했다. 내가 엄마가 되고 얼마 되지 않은 시점이라서 세상은 내가 인생을 핑크빛으로 보길 기대했다. 하지만 나는 하르Haar(뮌헨 근교─옮긴이)의 지역병원 정신의학과 응급병동에 입원해 있었다. 내 곁에 아이는 없었다.

사실 나는 그곳에 머무르고 싶지 않았다. 내가 하르를 찾았던 이유는 엄마와 아이가 같이 지낼 수 있는 병원을 찾기 위해서였다. 한동안 상태가 좋지 않았기 때문이다. 나는 계속 울었다. 내가 울지 않을 때는 그럴 만한 힘이 없을 때뿐이었다. 6개월 전에 출산한 나는 몸무게가 거의 30킬로그램이나 줄어 있었다. 무언가를 삼킬 수 있는 상황이 아니어서 당연히 음식을 먹을 수 없었다. 억지로 무언가를 삼키고 나면 몇 분 만에 토해내기 일쑤였다.

남편은 닭고기 수프를 끓여주었다. 주치의는 정맥주사를 놔주고는 '정신적인 원인' 때문일 거라고 조심스레 말했다. 나는 위내시경과 대장내시경을 받으면서 무언가가 드러나기를 바랐다. 차라리 암이어도 좋으니, '정신적인 원인'만은 아니길 바랐다.

예전에도 항우울제를 복용하고 정신과 병동을 찾았던 적이 있어서, 나는 내 기록을 본 모든 의사가 내 말을 믿지 않는다는 느낌을 받았다. 그들이 걱정스러운 목소리로 "좀 어떠세요?"라고 물으면, 마치 "정신질환을 앓았던 적이 있으시니, 환자분의 말은 하나도 믿지 못하겠어요"라고 말하는 것처럼 들렸다. 또다시 '어떤 정신적인 원인'일 거라는 사실을 마주하고 싶지 않았다.

그때 내 마음은 어떤 색깔이었을까? 버거움, 스트레스, 고통이 섞인 진회색? 아니면 삶의 모든 빛깔을 덮어버린 검은 구름이었을까? 어쩌면 진회색 위에 그림자까지 덮인, 두 가지 모두였을까? 나는 구름을 제대로 보는 것을 거부하고 어둠을 다르게 해석하려고 했다.

처음 입원하고 3년이 지난 시점이라서 나는 정신이니 심리니 하는 것들을 모두 과거의 일로 덮어버리고 싶었다. 내 인생에서 한때 겪었지만 지금의 나와는 상관없는 일로. 내가 보기에 3년은 기껏 하나의 에피소드, 긴 인생에서 하나의 예외라고 표현할 수 있을 만큼 짧았다. 게다가 그 이후로는 모든 일이 술술 풀렸다. 여전히 언론사 편집인으로서의 내 일이 좋았고 남자친구와 행복했다. 아이를 원할 때 바로 임신을 하고 그다지 힘들지 않게 임신 기간과 출산을 겪었다. 심지어 출산 후에 회복도 잘하고 있었다. (적어도 그 당시에는 그렇게 생각했다.)

나는 '모든 것이 최고'라는 생각의 파도를 타고 신나게 서핑을 하느라 임신과 함께 밀려오는 두려움이나 회의감 같은 양가 감정을 막아버렸다. 게다가 나는 아는 게 아무것도 없었다. 내가 전공한 분야에서 29세는 아이를 갖기에는 상대적으로 젊은 나이여서 내 친구 중에는 아이를 가진 사람이 없었다. 그리고 나는 굉장히 빨리, 그러니까 임신과 출산에 대한 정보를 본격적으로 찾아보기도 전에 아이를 가졌다. 그래서 산욕이라는 것이 있다는 사실도 몰랐다. 임신 5개월 차에 출산휴가 기간에 대해 상담을 받다가 산욕에 대해 알게 되었다. 그때만 해도 나는 그냥 출산 직후에 아기를 데리고 와서 다시 상담을 받아야겠다고 생각하고 있었다. 그런데 출산휴가를 받으라고? 혼란스러웠다. "그럼 그냥 시간이 지나면 아이가 뚝딱 태어나 있는 줄 알았어?" 같이 상담을 받던 사람이 내게 물었다.

정말 그런 줄로만 알았다. 엄마가 된다는 것에 따르는 신체의 변화를 크게 생각하지 않았을 뿐 아니라 개인적으로, 정신적으로, 심리적으로 내게 어떤 변화가 있을지 생각해보지 않았다. 나는 어렸을 때부터 꼭 아이를 갖고 싶었고 그렇게 갖고 싶던 아이가 생겨서 마냥 기뻤다. 그게 다였다.

모든 예비 엄마들이 오래 고민해야 하는 것은 아니다. 일부 여성들은 아이를 갖는 일이 마치 퍼즐 조각들이 맞춰지는 것처럼 잘 풀리기도 한다. 나는 그렇지 않았다. 오히려 『모유 수유의 삶Stillleben』의 저자 안토니아 바움Antonia Baum이 말했던 것처럼 내게는 어머니가 된다는 것이 자연적, 사회적 측면에서 심각한 사고가 발생한 것에 가까웠다. 바움처럼 나 또한 여성과 남성이 모두 일을 하는 환경에서 살아왔고, 스스로를 시대 흐름에 발맞춰가는 개방적인 교양인으로 여겼다. 양성평등은 (적어도 첫아이를 낳기 전까지는) 당연한 것으로, 순전히 협상의 문제로 여겨진다.

그러나 모두가 알고 있듯이, 현실적으로 임신, 출산, 산욕과 같은 극한의 신체 변화는 여성의 몫이다. 이런 변화의 시기에는 매우 감정적이기 때문에 지성은 소용이 없다. 나와 같은 세대의 여성들은 첫아이를 출산하기 전까지 수년간을 교육에 투자했고 이후에는 직업에 매달렸다. 우리는 '노력은 성과를 낳는다'라는 명제에 익숙했다. 가정을 꾸리는 것에도 같은 방식으로 접근했다. 모든 걸 옳은 방식으로 하다 보면 다 잘될 거라고 생각했다.

미국의 작가 킴 브룩스는 저서 『스몰 애니멀스Small Animals』에 이렇게 썼다. "아이들은 프로젝트가 아니다. 부모와 자식 사이에서는 성과가 아니라 관계가 중심이다." 야심차고 이성적인 엄마들은 그렇게 준비의 과정 없이, 영리한 생각과 위대한 성취에 대한 관심도 없이, 그저 안기기만을 원하는 작은 존재들을 만나게 된다. 자신을 바라봐주고 음식을 먹여주고 달래주고 끝없이 놀아주길 원하는 존재. 어휴.

나는 견디기 어려워서 행동에 나섰다. 출산 몇 주 만에 초보 엄마 모임에 나갔고 각종 유아 대상 강좌에 등록했다. 그곳에서 친구로 지낼 만한, 나이가 같은 아기가 있는 엄마들을 찾았다. 그때부터 다른 엄마들과 함께 산책하거나 베이비 마사지에 참여하거나 커피를 마시러 가는 등 늘 바빴다. 일단 일을 잔뜩 벌여놓고는 내가 결국에는 잘 해내리라고 기대했다. 그때를 돌아보면, 멈췄다가 어떤 감정을 느끼기라도 할까 봐 공포 속에서 유모차를 끌고 뮌헨 시내를 뛰어다니는 내 모습이 떠오른다. 나는 버겁다는 느낌이 들까 봐 두려웠다. 아기도 두려웠다. 내게 무엇을 원하는지 알 수 없었기 때문이다. 내가 엄마가 될 수 있을지 알 수 없었다.

유모차를 핑크빛 구름 위에서만 몰고 다닐 수 있다면 좋았겠지만, 당연하게도 우리는 서로 한탄하기도 하고, 많이 울기도 했다. 우리 아이들은 때로는 자지도 마시지도 않았고 침을 많이 뱉었다. 아이들은 이가 났고 좀 이상한 자세로 누웠다. 우리는 걱정을 하고 스트레스를 받았다. 우리는 충분히 잠을 자지 못했고 완전히 지쳐버렸다. 지극히 정상적인 상태였다.

요즘은 출산 직후 좋은 혈색에 36사이즈의 옷을 입고 자신만만하게 분만실에서 나올 수 없다는 사실이 널리 알려져 있다. 한마디로 젊은 엄마들은 울어도 괜찮다. 우리가 허락받지 못한 것, 혹은 적어도 내가 허락받지 못했던 것은 바로 의심하는 태도였다. 그토록 엄마가 되고 싶었던 만큼, 이제는 그 결정을 되돌아보면서 내 선택에 의문을 품는다는 것은 금지된 행동이었다. 엄마가 된 것을 아무리 후회한다고 해도 아이는 계속 남을 것이기 때문에 더욱더 그랬다.

실제로 내가 느낀 감정은 엄마가 된 것을 후회하는 것과는 거리가 멀었다. 지금도 그렇게까지 이야기할 생각은 없다. 그럼에도 여성이 엄마가 되었을 때 마땅히 되어야 하는 것과 해야 하는 것, 느껴야 하는 것 중 상당 부분은 내 마음에 들지 않는다.

마라이케 카이저Mareice Kaiser는 자신의 책『현대 어머니의 건강 이상Das Unwohlsein der modernen Mutter』에서 다음과 같이 말했다. "나는 엄마라서 너무 좋다. 다만 좋아할 수 없는 게 있다면 아이가 있는 사람을 위한 것도, 아이들을 위한 것도 아닌 우리 사회의 구조다." 나에게 요구되는 것과 이 사회의 구조를 거부하면서도 아이의 존재는 거부하지 않는 법. 당시의 나는 그걸 감정적으로 받아들이지 못했다. 그 두 가지가 혼합된 색은 (아직) 내 감정 팔레트에 없었다.

그래서 표면적으로는 불평불만을 쏟아내는 동시에 내가 얼마나 내 아이를 사랑하는지, 엄마가 되는 것이 얼마나 좋은지를 바로 덧붙이고 이어서 불만을 좀 더 늘어놓았다. 그 사이 마음의 색은 점점 어두워졌고, 기어이 어두운 구름까지 드리우고 말았다. 그런데도 나는 어떻게든 되리라고 굳게 믿었다. 아이가 자라면 쉬워질 거라고 생각했다.

그때 몇 달간은 "일단 ……만 하고 나면"이라는 말을 주문처럼 외웠다. 아기가 일단 통잠을 자게 되면 좀 살 만해질 거야. 일단 계획했던 여행을 다녀오고 나면 이토록 스트레스를 받지는 않을 거야. 일단 이사를 하고 나면……. 기타 등등. 경험상 "일단 ……만 하고 나면"이라는 생각을 너무 많이 반복하는 것도 우울증의 증상이다. 삶에서는 끊임없이 무언가가 바뀌고, 그중 무언가는 언제나 (아직은) 맞지 않는 듯한 느낌을 주게 마련이다. 자신의 삶과 거기 내포된 행복감을 '일단 ……만 하고 나면'이라는 말과 함께 항상 미루는 사람은 스스로에게 행복을 허락하지 않는 것이다.

여행과 이사. 나는 그해 여름 내내 이 두 가지에 정신이 팔려 있었다. 두 가지 모두 애초에 시작도 하지 말았어야 했다. 특히 첫아이를 가졌을 때처럼 감정적으로 불안정한 시기는 큰 활동을 계획하거나 장기적 결정을 내리기에 적합하지 않다.

다시 한번 말하지만, 이것은 물론 일부 사람들에게만 해당하는 이야기다. 늘 아기와 함께 세계 여행을 하고 싶었던 사람이라면, 그리고 그 꿈을 실행하기에 적합한 사람이라면, 즉시 떠나라. 또 교외에 있는 듀플렉스 하우스(한 채의 집을 2개의 주거 공간으로 나눈 형태-옮긴이)가 자신에게 둘도 없는 선택지라고 진심으로 믿는다면, 임신 8개월에도 그곳으로 이사할 수 있다. 하지만 아직 (과거의 나처럼) 엄마가 될 구체적인 계획이 없다면, 그리고 아직 장기적으로 어떻게 살고 싶은지 (주택? 정원? 도시? 시골? 해외? 정규직? 프리랜서? 풀타임? 파트타임?) 뚜렷한 감이 오지 않는다면, 온갖 호르몬이 소용돌이치는 임신 기간과 아이의 유아기에 그런 결정을 서둘러서는 절대 안 된다. 우울증 기간은 더더욱 피해야 한다.

나는 그러지 못했다. 우리는 친구의 결혼식에 참석하기 위해 8월에 로마로 갔다. 자동차에 4개월 된 첫째 막달레나를 태우고 가면서 무척 스트레스를 받았다. 시간이 흐르면서 차츰 그때가 그렇게 나쁘지 않았다고 생각하게 되었지만, 당시에 내 신경은 이미 너무 닳아버려서 제정신이 아니었다. 원래 계획대로라면 며칠은 가르다호(밀라노와 베네치아 사이에 있는 이탈리아 최대 호수-옮긴이)에서 휴가를 즐기려고 했다. 하지만 그곳에 도착했을 때 나는 심한 유방염 탓에 조산사의 도움이 필요했다. 9월은 그렇게 가슴에 양배추와 크바르크Quark(요구르트와 비슷한 질감의 유제품으로 빵에 바르거나 샐러드와 함께 먹는다-옮긴이)를 얹은 채로 침대 위에서 보내야 했다.

10월에는 이사를 했다. 내 상태는 날이 갈수록 심각해졌고, 아침마다 내 가슴 위에는 코끼리가 올라 앉았다. 3년 전에 우울증을 겪을 때 만났던 그 코끼리였다. 그때는 병가를 내고 침대에 누워서 죽음에 대해 생각했지만, 이번에는 그럴 수가 없었다. 아이는 내가 몸을 일으킬 이유였다. 내가 자리에서 일어나면 코끼리는 가슴에서 미끄러졌다. 그렇다고 상태가 좋아지는 것은 아니라서 마치 원격조종을 당하는 사람처럼 돌아다녔다. 나는 아무것도 먹지 못했지만 아이가 먹을 것은 전자레인지에 데워야 했다. 그 외에 아이의 기저귀를 갈아주고 목욕을 시켜주고 아이와 함께 산책을 다녀왔다. 심지어 아이와 놀아주기도 했다. 비록 아이가 노는 동안 바닥에 누워 있는 것에 가까웠지만.

그러는 와중에 내가 어떻게 감히 엄마가 될 마음을 먹었을까라는 생각을 했다. 내 상태가 어떤지 이미 알았으면서 어떻게 그렇게 오만했을까! 나는 그 어느 때보다 상태가 나빴지만, 당시 내가 찾던 정신건강의학과 의사는 내가 모유 수유를 하는 동안에는 아무것도 해줄 수가 없다고 했다. 예전에 처방받던 항우울제를 다시 복용하려면 일단 수유를 중단해야 했다. 나는 허브차를 몇 리터씩 마시고 가슴을 단단히 조이고 모유를 짜서 배수구로 흘려보냈다. 단유 과정에서 발생하는 호르몬 변화는 상황을 더욱 악화시킬 뿐이었고, 약물은 우울증에 전혀 효과가 없었다. 아이를 낳은 나 자신을 탓하면서도 내 아이를 세상 그 누구보다 사랑했다. 한마디로 견디기 힘든 감정의 소용돌이였다. 우울증의 그림자가 모든 것을 덮은 지 오래였지만 나는 그 사실을 직시하고 싶지 않았다.

엄마와 아이를 위한 병원Mutter-Kind-Klinik(독일에서 다양한 질병을 앓거나 상담이 필요한 산모와 아이를 대상으로 상담, 재활 또는 관리 프로그램을 제공하는 기관. 아빠와 아이를 위한 병원도 있다—옮긴이)의 의사는 내 상태를 바로 알아차렸다. 그는 병원에 자리가 없는데도 나를 절대 집으로 돌려보내지 않았다. 남편에게 내 옷을 가져오게 하고, 내 어머니에게는 아이를 데려가게 하고는 응급병동에 침대 하나를 마련해주었다.

나는 밖으로 나갈 수 없었다. 심지어 어머니가 카시트 고정하는 법을 몰라서 내게 잠시만 주차장에 와달라고 했을 때도 병원은 '안 된다'고 했다. 결국 어머니가 어떻게 아이를 데리고 갔는지도 모르겠다. 그때 병실 복도에는 사과 파이가 놓여 있었는데 나는 무려 3인분을 먹어치웠다. 난 원래 달달한 디저트를 좋아하는 사람이 아닌데도 말이다. 사과 파이는 배 속에 머물렀다. 다른 음식들도 마찬가지였다. 나는 더 이상 토하지 않았다.

음식이 특별히 맛있었던 건 아니었다. 오히려 그저 그랬다. 그동안 음식을 먹을 수 없었던 건 마음과 정신이 정상 궤도에서 완전히 벗어나 있었기 때문이었다. 나에게 찾아온 통증, 소화 불량, 섭취 불능 상태는 신체가 보내는 일종의 경고 신호였다. 입원한다는 것은 이제 전문가들의 도움을 받아 그 문제에 신경 쓰겠다는 의미였다. 그 결과, 내 몸은 이제 신호를 보내지 않아도 됐던 것이다.

나는 응급병동에 며칠 머무르다가 아기와 함께 엄마와 아이를 위한 병원으로 갔다. 아이는 나의 우울증에 전혀 영향을 받지 않는 것 같았다. 그 말은 아빠나 할머니와 지내거나 병원을 계속 오가야 하는 상황에도 전혀 영향을 받지 않았다는 뜻이다. 막달레나는 순순히 모유를 끊었고, 거부감 없이 분유와 이유식을 먹었으며, 병원 안의 보육 시설에서도 문제없이 지냈다. 그러면서 앉는 법, 기는 법, 통잠 자는 법을 익혔다. 내 딸은 그림책에 등장할 법한 이상적인 아기였고, 나는 세상에서 가장 무능한 엄마였다. 나는 살고 싶지 않았고, 심지어 아이를 위해 살아야겠다는 생각도 들지 않았다. 내가 그렇게 말할 때마다 간호사들은 몇 분 안에 내 가슴에서 고통과 두려움, 자기혐오를 씻어낼 수 있는 진정제를 주었다. 그러나 진정제의 강력한 효과는 더 많은 두려움을 불러일으켰다.

우울증이 어떤 기분이냐고? 놀라게 하고 싶지 않은 사람들(예를 들면 나의 아이들)이 물어보면, 나는 이렇게 답할 것이다. 우울 증상이 나타나면 매우 슬퍼지고 자리에서 일어날 수가 없다고. 하지만 이 답변은 충분하지 않다. 할머니가 돌아가셔서, 혹은 아끼던 기니피그가 죽어서 슬픈 사람은 가슴에 아주, 아주 강한 통증을 느끼기 마련이다.

내가 우울할 때도 그와 비슷한 감정을 느끼기는 한다. 하지만 그 고통이 앞으로도 영원히 사라지지 않으리라는 확신과 내가 그 고통을 받아 마땅하다는 기분 또한 동시에 느낀다. 그건 정말 견디기 힘든 기분이기에, 내 영혼은 때때로 완전히 닫힌 상태를 유지하려고 한다. 그러면 그 고통을 전혀 느낄 수 없다. 하지만 그 외의 감정도 느낄 수 없게 된다. 나의 내면은 이미 죽은 사람과 다를 바 없어서, 만약 내가 무언가를 느낄 수 있다면 그건 죽고 싶다는 감정밖에 없을 정도가 된다.

의사들은 내가 장기적으로 복용할 수 있는 약을 찾으려고 했다. 그중에는 턱을 무감각하게 만드는 약도 있었고, 어지럼증이나 구토를 일으키는 약도 있었다. 그사이 '위기 상황'이 또 한 번 발생했다. 내가 죽음에 대한 갈망과 함께 S반 선로에 산책을 다녀왔기 때문이다. 정신의학 병동에서는 그 이야기를 듣는 즉시 내 병실의 문을 닫아버린다. 안에는 손잡이가 없는 문이다.

CHECK POINT
우울증을 앓고 있는 중에는 장기적으로
영향을 미칠 만한 결정을 내려선 안 된다.

지금 느끼는 감정이 정답이다

감정 사용 설명서

나는 이제 막 이사한, 따끈따끈한 새집 지하실에 앉아 있다. 두 뺨에는 눈물이 흘러내린다. 두루마리 휴지로 닦아내고 코도 풀어보지만, 눈물은 계속 흐른다. 손수건은 없다. 나는 지금 이름도 끔찍한 '취미 방'의 이삿짐 박스 사이에 앉아 있다. 회색 리놀륨 바닥에 17개의 이삿짐 박스가 놓여 있다.

이사도 새집도 똑같이 끔찍하지만 나는 그 사실을 인정하지 않는다. 그러고는 내 슬픔의 원인을 다른 데서 찾는다. 위층에서는 20여 명의 친구와 동료들이 이삿짐 박스를 옮기고 가구를 조립한다. 시어머니는 모두를 위해 레버케제

Leberkäse(고기를 갈아서 만든 소시지의 일종—옮긴이)와 피자 빵을 만들어 오셨고, 어머니는 어린 내 딸을 봐주고 계신다. 날은 화창하고 집은 밝고 널찍한데 나는 지하실에서 울고 있다. 평소에는 42사이즈 청바지가 맞지만, 지금은 38사이즈도 헐렁했다. 브래지어 컵은 거의 비어 있는 상태지만, 실수로 가슴을 눌렀다가 (안이 비어 있어) 컵이 원상복구되지 않을 때를 제외하고는 티가 나지 않는다. 6개월 전에 아이를 막 출산했을 때 85.6킬로그램이었던 몸무게는 현재 58킬로그램이다.

어쩌다가 이렇게 되었을까?

정신의학 병동에 입원하기 전에 몇 주, 몇 달간, 나는 나의 좋지 않은 상태를 우울증이 아닌 다른 이유로 설명하기 위해 안간힘을 썼다. 학창 시절 코르시카섬에서 집이 그립다고 말하며 울었던 것처럼, 나는 내 눈물과 둔한 움직임 그리고 의욕 상실 등의 원인을 다른 것으로 둘러댔다. 무언가는 항상 있게 마련이다. 첫아이의 출산과 육아는 인생을 바꾸는 계기가 되고 감정을 사방으로 뻗어나가게 했다. 꼭 마음 아픈 사람만 그런 것은 아니다. 게다가 마음에 걸리는 것이 몇 가지 있었다. 어린이집에는 자리가 나지 않았고, 남편은 비정규직이었고, 당시 살던 집은 너무 좁았다.

내 시각은 점차 부정적으로 바뀌었고 내 시야는 터널처럼 좁아졌다. 유모차는 엘리베이터에 싣기에는 너무 커서 우리는 아기 바구니를 들고 오르락내리락해야 했다. 욕실에는 창문이 없었다. 카시트와 아기 가방은 항상 길을 막았다. 그러다 아기 침대의 매트리스에서 곰팡이 자국을 발견했고, 그날로 그 집은 완전히 탈락이었다.

우리는 그 집에서 나와야 했다. 당장. 그래야 모든 문제가 해결될 것이었다(적어도 그때는 그렇게 생각했다). 내 상태가 다시 최악이었던 어느 날, 우리는 뮌헨 동쪽 끝에 자리한 트루더링 지역으로 집을 보러 갔다. 커다란 정원에 밝고 커다란 방이 세 개 있었다. 바닥에는 타일이나 마루가 깔려 있었고, 지하에는 취미를 위한 널찍한 공간이 있었다. 집을 보고 나서 우리는 페를라허 쇼핑센터로 향했다. 내 살이 너무 빠져서 새 옷이 필요했기 때문이다. 내가 청소년기를 보냈던 동네와 매우 가까운 곳이었다. 나는 10대 때 자기혐오, 불안, 남들과 같기를 바라는 부질없는 바람을 안은 채 쇼핑센터 안의 맥도널드, 핌키Pimkie(프랑스에 본사가 있는 여성 패스트 패션 브랜드―옮긴이), 비주 브리기테Bijou Brigitte(함부르크에 본사를 둔 액세서리 매장―옮긴이)에서 많은 시간을 보냈었다.

가장 가까운 쇼핑센터까지 꽤 멀다는 사실, 그리고 그곳이 하필이면 청소년기에 자주 찾던 장소라는 사실, 이 두 가지만으로도 나는 소리를 지르며 그 집에서 벗어나야 했다.

하지만 나는 기분이 좋아질 무언가를 필사적으로 찾아다니는 중인 데다 내 심리에 또다시 문제가 생겼다는 사실을 단호하게 부인하고 있었기 때문에 그 집의 단점은 눈감아버렸다. 나는 집에서 가장 가까운 지하철역, 우체국, ATM이 어디에 있는지 묻지 않았다. 육아휴직이 끝난 후의 출근길이 어떨지 확인하지 않았고 방 개수가 적절한지도 생각해보지 않았다.

하필이면 우리가 제대로 고민도 하지 않고 이사하기로 마음먹은 그때, 내 어머니는 몇 주간 휴가를 떠났고 나의 가장 친한 친구 베로니카 역시 마찬가지였다. 내가 속한 상담 그룹도 여름을 맞아 휴식 중이었다. 평소 같았으면 그들이 내게 결정을 되돌아보라고 먼저 이야기했을 것이다. "네가 그걸 진심으로 원하는 건지 잘 모르겠어"라고 말이다.

결국 집에 대한 의견을 나눌 사람은 남편인 마티아스밖에 없었다. 그는 나와 마찬가지로 내 상태가 하루빨리 좋아지기를 바라는 절실한 마음에서 무언가라도 찾고 싶어 했다. 또한 나만큼이나 내가 다시 우울증에 빠진 것이 아니기를 희망했다. 우리 둘은 이때의 경험에서 정말 많은 것을 배웠다. 요즘은 내 상태가 좋지 않다고 느끼면 남편에게 얼른 묻는다. "어때, 나 그냥 기분이 안 좋은 걸까, 아니면 또 우울증인 걸까?" 그는 솔직하게 답하고 조금이라도 의심스러운 상황이라면 나를 정신과 의사에게로 보낸다. 하지만 과거에는 우리 둘 다 이 명백한 사실을 인정하지 않았다. 대신 모든 것을 단번에 변화시킬 무언가를 간절하고 성급하게 찾아다녔다. 우리는 월세계약서에 사인했다. 내게 스트레스를 주고, 신경 써야 할 새로운 주제가 생겼다는 의미였다. 이전 집에 들어올 세입자를 구해야 했고, 이사 준비를 해야 했으며, 새로운 가구를 사야 했다. 모든 일을 그럭저럭 해냈지만 내 마음속 불안과 좌절감은 사그라들지 않았다.

나는 계속 살이 빠졌고 통증과 소화불량에 시달리느라 자주 의사를 찾았다. 심지어 병원에 걸어가는 길조차 힘이 들었다. 평소 같으면 빠릿빠릿하게 움직일 텐데 그때는 너무 천천히 걸어서 보행 보조기로 걷는 어르신들이 나를 앞질러갈 정도였다. 심지어 내가 빠르게 가려고 노력해도 그렇게 되지 않았다. 내 다리는 내 마음처럼 움직여주지 않았다.

이 시기에 깨달은 중요한 사실이 한 가지 있다. 정신적인 질병은 상상할 수 있는 모든 증상 뒤에 숨어 있을 수 있다는 것이다. 만성 통증이 하나의 힌트가 될 수 있다는 사실은 그때도 이미 알고 있었다. 반면, 심각하게 느려진 움직임이나 줄어든 몸무게, 소화장애는 어떤 경고음도 되지 않았다. 적어도 내게는 그랬다.

가을에 그룹 상담이 다시 시작되었을 때 함께 상담을 받는 이들은 내가 매우 잘못되어가고 있다는 사실을 눈치챘다. 그들의 도움으로 나 또한 무언가 알아차렸다. 적어도 조금은 깨달았다. 이쯤에서 내가 수년간 '나의 그룹'이라고 불렀던 이 모임에 대해 조금 설명하는 게 좋겠다. 12명의 환자와 두 명의 상담사로 구성된 우리 그룹은 일주일에 두 번, 한 시간 반씩 만났다. 귄터 아몬Günter Ammon(1918~1995. 독일 베를린 출신의 정신분석학자―옮긴이)이 대안적인 정신분석학적 접근방식을 토대로 창시한 '정신역학'을 따르는 그룹이었다. 정신역학에는 논란의 여지가 많지만 말이다. 나는 처음에는 그 사실을 몰랐고 나중에는 아무래도 상관없었다.

이쪽 정신분석학적 세계에서는 무엇이든 그냥 그렇게 되는 것은 없었다. S반 고장으로 모임에 늦었을 때, 혹은 주말에 위염으로 누워 있거나 이웃과 싸울 때조차 그것이 자신과 무슨 관계가 있는지 자문해봐야 했다. 상황이 분명치 않을 때 모든 악의 근원을 항상 어린 시절에서 찾았다. 그리고 동전을 던져서 잘못이 있는 사람을 선택하는 식으로 질문을 던졌다. 어머니? 아니면 아버지? 어느 상황에서든 이성적인 설명은 틀린 답변으로 여겨졌다. 어깨를 으쓱이면서 "삶이 그런 거지"라고 말하는 것도 틀린 답변이었다.

지금의 나는 그때의 그런 방식에 비판적이지만, 모든 것을 이성적으로 합리화하려는 경향이 너무 강한 데다가 나 자신의 감정에는 거의 귀를 기울이지 못했던 당시 나에게는 딱 맞는 상담 방법이었다. 적어도 잠깐은 그랬다.

내 상담 그룹의 의견에 따르면, 그해 가을 나의 상태가 끔찍하게 나빴던 것은 1년 전에 내가 항우울제 복용을 중단하는 바람에 세로토닌이 정상 수치를 벗어나서가 아니었다. 이것에 대해서는 한 번도 이야기하지 않았다. 그 대신 우리는 엄마로서의 내 역할이 지닌 양면성, 나와 어머니의 관계, 나와 아버지의 관계 같은 것들을 부지런히 분석했다. 그중 일부는 완전히 지나치고 과장된 분석이었다. 하지만 어떤 주제에 대해서는 굉장히 적절한 질문을 던졌고, 그것에 대해 나는 한참 후에야 감사한 마음을 갖게 되었다.

나랑 같이 상담을 들었던 환자가 내게 이렇게 말했던 것이 기억난다. "내 생각에, 당신은 트루더링으로 이사하고 싶지 않은 것 같아요. 그냥 그러고 싶지 않은 거예요. 이사를 취소하세요." 하지만 나는 그 말에 반박했다. 이사를 정말 원하는 게 아니라는 말뿐만 아니라 이제 와서 그 모든 일을 되돌리라는 제안에 특히 강하게 반발했다. 나에게는 무시무시한 제안이었다. 계약서에 이미 사인했기 때문에 안 돼요. 지금 살고 있는 집에 다음 세입자가 곧 들어오기 때문에 안 돼요. 이삿짐센터에 이미 일을 맡겼기 때문에 안 돼요. 안 됩니다, 안 돼요. 왜냐하면, 안 되니까요.

무의식중에 트루더링의 그 집과 동네에 기회를 한 번 줘야 한다고 생각했던 것 같다. 어쩌면 생각보다 좋을지도 모르니까. 나는 많은 것이 그저 적응의 문제라고 스스로를 설득했다. 슈퍼마켓 근처에 살지 않는 사람들도 많지만 그들은 차를 타고 마트에 가거나 일주일에 한 번만 장을 보면서도 불평하지 않는다. 나는 편리함에 물들어 조금만 힘들어도 투덜거리는 사람이라고 스스로를 비판했다. 뮌헨은 땅값이 비싸고 주거 공간은 모자라서 많은 사람이 내가 그토록 싫어하는 그 집에서도 기쁜 마음으로 살고 싶어 할 텐데, 기타 등등. 이런 식이었다.

나는 내 감정을 마치 '숫자를 따라 색칠'하는 그림처럼 다뤘다. 마치 밑그림이 있는 것처럼, 어떤 특정한 상황에는 어떤 특정한 느낌이 들어야 하는 것처럼. 집에는 큰 정원이 있고 나는 그걸 좋아해야 해. 3주 후면 이사할 거니까, 스트레스를 받아도 괜찮아. 여기는 17번이니까 분홍색으로 칠해야지. 저기는 53번이니까 검은색이야. 물론 그렇게 색칠할 수도 있다. 숫자를 따라 색칠하다 보면 예쁜 그림이 나오곤 한다. 하지만 누가 언제 색칠하든 항상 같은 그림이 나온다. 나는 초등학생 때 똑같은 밑그림을 두 번 선물받았다. 갈대숲의 오리들이 그려진 그림이었다. 만약 숫자를 무시하고 내 마음대로 색칠했더라면, 다른 날, 다른 시점, 다른 색깔이 담긴 두 개의 그림이 완성되었을 것이다. 하지만 두 그림은 완전히 똑같았다. 숫자가 어떤 색이 어디에 오는지를 알려주니까.

자신의 감정을 이런 방식으로 대하는 사람은 풍부한 감정의 삶을 상상만 할 수 있을 뿐이다. 자신의 내면에서 실제로 어떤 일이 일어나는지 느끼는 대신, 자신이 생각하기에 어떤 것을 느껴야 하는지만을 보여주기 때문이다. 이런 태도가 과거의 나를 우울증으로 한 발 더 밀어 넣었고, 결국 나는 정신병원을 찾았다.

내가 위기 상황에 처했던 것은 당연히 집 때문만이 아니라 많은 요인이 복합적으로 작용했기 때문이었다. 오랫동안 나와 함께하다가 그때 하필 다시 발현됐던 우울증도 그런 요인 중 하나였다. 또 한 가지 요인은 내가 살고 싶지 않고 나를 불행하게 만들던 집으로 이사하기로 한 결정이었다. 전자는 질병이고 후자는 기분이었다. 전자는 (최소한 나의 경우에는) 약물치료가 이뤄져야 했다. 후자는 시간과 여유, 그리고 변화가 따라야 하는 일이었다.

물론 시간이 흐른 뒤에 이렇게 말하기는 쉽지만 같은 내용의 분석을 실시간으로 해내기는 어렵다. 정신적 질병과 부정적인 감정은 구분되지 않을 만큼 서로 얽혀 있는 경우가 많다. 나는 우울했기 때문에 상태가 좋지 않았다. 하지만

나는 내 감정을 마치
'숫자를 따라 색칠'하는 그림처럼 다뤘다.
마치 밑그림이 있는 것처럼,
어떤 특정한 상황에는
어떤 특정한 느낌이 들어야 하는 것처럼.

나는 이를 엄마로서의 내 역할에 대한 불안감과 혼동했고, 결국 내 기분이 나아지려면 무언가를 바꾸어야 한다는 결론에 다다랐다. 그러나 우울증 때문에 내가 무엇을 원하는지 제대로 인식할 수 없었기에 잘못된 결정을 내렸고, 상황은 더욱 나빠졌다.

병원에서는 일단 다시 약을 처방받았다. 내게 맞는 약을 찾는 데는 몇 주가 걸렸다. 동시에 상담치료 중에는 지나칠 만큼 많은 시간을 집 이야기에 할애해서 나중에 퇴원증에는 현재 거주 상황에 대한 환자의 집착이 '망상적 성향'을 띤다고 적혀 있을 정도였다. 정말 이상했다. 병원에서 내 상태는 어느 정도 안정적이었다. 병원 밖에서 커피를 마시거나 친구들을 만나거나 부모님 집에서 자고 오는 것도 괜찮았다(그 시기에는 이미 폐쇄 병동에서 나온 뒤라서 이 모든 것을 할 수 있었다). 하지만 트루더링에 있는 우리 집에 가기만 하면 몇십 분 안에 상태가 급격히 나빠져서 병원에서 외출 시에 매번 받았던 비상용 안정제를 먹어야만 했다.

당시에는 그런 나의 상태가 우스웠고, 이러한 자기 멸시저 태도는 또 다른 문제를 낳았다. 트루더링에서 편안하지 않다는 사실 때문만은 아니었다. 나는 그 사실을 인정하거나 거기에 반응하는 것을 엄격히 금지했다. 사실 집은 전혀 문제가 없었다. 뭐, 부엌이 거실과 분리된 구조가 실용적이지 않다고 생각하긴 했다. 쓸데없이 넓은 데다 계단으로만 갈 수 있는 '취미 방'도 평소 이동 경로에서 약간 벗어난 감이 있었다. 뭐, 그런 식으로 조금씩 걸리는 것이 있기는 했다. 하지만 나는 이 모든 것에, 그것도 빨리 적응하길 바랐다. 몇 주 안에 계약을 파기하면 집주인이 우리를 뭐라고 생각하겠는가?

위에 적은 모든 감정과 생각을 인정하기까지는 수많은 상담치료가 필요했다. 일단 중요한 것은 이것이다. 해약을 통보하거나 이삿짐 차를 예약하는 대신 내가 이 모든 것을 원치 않음을, 이 모든 것이 마음에 들지 않음을 먼저 알아차려야 한다.

2개월이 지났다. 나는 트루더링에서 기분이 썩 좋지 않아도 괜찮다는 내면의 허락을 받은 다음 새로운 약을 받아 퇴원했다. 벌써 그것만으로도 내 상태는 그렇게 나빠지지 않았다. 그럼에도 우리는 다른 집을 보러 다니기 시작했고 재빨리 대안을 찾아냈다. 물론 몇 달이 걸리기는 했지만, 나는 그 시기를 놀랍도록 잘 버텨냈다. 어쩌면 약의 효과인지도 모른다. 하지만 어쩌면, 불편한 상황에서 모든 것이 좋다는 생각을 스스로에게 강요하지 않으면 훨씬 견디기 쉬운 건지도 모른다.

감정은 항상 옳다. 언제나 옳다. 그리고 감정은 합리화를 한다고 해도 사라지지 않고, 무시될 수도 없다. 어떤 감정에서 벗어나고 싶다면 한 가지 방법밖에 없다. 그 감정을 오롯이 느끼는 것이다. 자신이 속한 사회와 자신의 신념이 미리 적어둔 '숫자'와는 상관없이, 자신이 옳다고 느끼는 바로 그 색깔로 그림을 그리는 것이다.

CHECK POINT
**어떤 감정에서 벗어나고 싶다면,
그 감정을 있는 그대로 느껴야 한다.**

나는 우울할 자격이 없어

정신질환에 대한 편견과 오해

검은 구름은 어디서 어떻게 생겨나는 걸까? 우울증이 그냥 생기는 거라는 말은 이 질문에 대한 답이 되지 못한다. 사람들은 정신질환에 대해 의문을 품는다. 어떻게 생기는 거지? 무엇이 원인이지? 누구 탓이지? 과장되게 단순화한 다면, 이 질문들이야말로 신체적 질병과 정신적 질병의 가장 큰 차이를 나타낸다. 당뇨병을 앓는 사람은 치료법을 찾는다. 우울증을 앓는 사람은 설명을 원한다. 원인이 무엇인지 알고 싶어 하거나, 심지어 누구 탓인지를 찾기도 한다.

어쩌면 신체적 질병은 분리해서 생각할 수 있기 때문인 것 같기도 하다. 다리나 배는 만질 수 있다. 직접 만질 수 없는 장기가 아픈 경우에도 엑스레이나 혈액검사 등으로 확인할 수 있다. 이러한 경우는 몸이 편치 않은 원인으로 '유전', '사고', '감염' 등의 이야기를 받아들인다. 하지만 하필이면 우리가 질병의 원인을 이해하는 데 필요한 바로 그 장기가 아프다면, 상황은 어려워진다. 사람들은 대부분 자신이 뇌를 통제할 수 있다고 믿는다. 그래서 뇌가 원하는 대로 기능하지 않으면, 자신이 무언가 잘못했기 때문이라고 생각한다.

하지만 정신적 질병은 언제나 다인성多因性이다(끔찍한 단어다, 나도 안다). 대다수의 전문가는 생물심리사회 모델을 사용한다. 그에 따르면 우선 유전자나 호르몬과 같은 생물학적 유발 요인이 있다. 그다음에는 개인의 태도, 기대, 감정, 생각과 같은 심리적 요인이 있다. 그리고 마지막으로 주변 요건도 영향을 미친다. 여기에는 트라우마, 생활환경, 인간관계 등이 포함된다. 그리고 이러한 요인들은 환자가 누구인가에 따라, 어떤 질병을 앓고 있는가에 따라 서로 다른 가중치가 부여된다. 따라서 모든 것을 분리 연구하여 '이 환자는 유전적인 이유로 우울증을 앓고 있다', '이 환자는 학대 경험이 원인이다', '이 환자는 권위주의적인 양육 환경과 낮은 자존감 때문이다'와 같이 단정 짓는 것은 거의 불가능하다.

정신질환의 뿌리를 항상 어린 시절에서 찾을 수 있다는 생각이 매우 널리 퍼져 있다. 하지만 이는 환자의 가족 관계에 심각한 부담을 줄 수 있는 오해일 뿐이다. 나는 열 살 때 폐렴을 심하게 앓아서 만성 천식을 얻게 되었다. 그때부터 꾸준히 호흡법을 연습하고 코르티존 스프레이를 사용해야 했다. 나도 나였지만, 의욕 없는 10대 딸에게 반복해서 그 사실을 일깨워주는 일은 어머니에게도 재미없었을 것이다. 하지만 어머니가 내 천식에 대해 죄책감을 느꼈을 것 같지는 않다. 그러나 내가 20대 초반에 처음으로 나의 정신 건강에 집중적으로 신경 쓰기 시작했을 때의 상황은 달랐다.

당시 나는 마인츠에서 대학에 다니고 있었고, 미국에 잠시 머물다가 독일에 돌아온 참이었다. 난 건강 상태가 좋지 않아, 목덜미 통증, 두통, 편두통에 시달렸다. 볼품없는 기숙사 방에 며칠씩 꼼짝없이 처박혀서 식사를 거르거나 페스토 스파게티로 때웠다. 어쩌다 라인 강변에서 산책할 때면 테오도어 호이스 다리에서 뛰어내리면 어떨까를 상상하곤 했다. 우울증이었다. 하지만 그때는 몰랐다. 나의 잔뜩 가라앉은 기분이 반복적인 통증과 괴로운 편두통 때문인 줄로만 알았다. 그래서 고통이 사라지면 정신적으로도 훨씬 나아질 거라고 생각했다. 일단 석사 논문을 쓰고 나면 스트레스가 줄어들 거라고 생각했다. 일자리를 구하고 나면 미래에 대한 불안이 사라질 거라고 생각했다.

"일단 ……만 하고 나면." 그때부터 나는 이미 잘못된 믿음에 매달리고 있었다.

나는 통증 전문병원에 3주 동안 입원했다. 그러고는 노르딕 워킹과 수중 에어로빅을 했고, 통증과 스트레스에 대해 배웠으며, 마지막으로 가장 중요한 (놀라지 마시라!) 심리치료를 받았다. 당시의 나에게는 심리상담사와 이야기를 나누는 것이 굉장히 새로운 경험이었다. 그때 나는 상담 시간을 그럭저럭 잘 견뎠다. 내게 어떤 정신적인 문제가 있다고는 생각하지 않았기 때문이다. 난 그저 너무 자주, 너무 강한 신체적인(!) 통증에 시달렸고 그것이 정신적인 부담으로 이어지는 것뿐이었다. 나는 그렇게 간접적인 방식으로만 내 감정에 관한 전문적인 대화를 허용했다.

누군가가 "당신의 편두통에는 심리적인 원인이 있는 것 같아요"라고 말했을 때 나는 처음으로 그 말의 진짜 뜻을 이해할 수 있었다. 그전에는 이런 말을 들을 때마다 "당신은 편두통이 있다고 상상하는 것뿐이에요"라고 (잘못) 이해해서 항상 화를 내고 반박을 했다. 모든 문제는 내 머릿속에만 있기에, 내가 이런저런 생각을 멈추면 통증도 사라질 거라는 비난처럼 들렸기 때문이다. 하지만 진짜 의미는 이거였다. "당신의 통증은 무엇보다도 정신적 스트레스에 의한 것입니다." 그건 분명 맞는 말이었다.

　나는 꾸준한 운동으로 지구력을 기르고, 근육을 이완해주며, 종종 대학의 심리치료 기관에도 들르라는 조언을 들었다. 이후 퇴원한 나는 그 조언을 따랐다. 나는 상담(당시 나는 '치료'라는 단어를 제대로 입 밖으로 내지 못해서 '심리상담 수다'라고 불렀다) 덕분에 상태가 좋아져서 대학 생활을 그럭저럭 헤쳐나갈 수 있었다. 그렇다고 좋아진 것은 아니었다.

　학교에서 학생들을 대상으로 하는 심리치료 상담은 한 사람당 다섯 번에서 열 번까지 받을 수 있었다. 이후에도 상담이 필요한 경우에는 외래 심리상담사 혹은 정신과 의사에게 의뢰하게 되어 있었다. 내 상담사는 1년이 넘는 기간 동안 스물다섯 번의 상담을 하고 나서야 내게 외부에서 상담을 받아보라고 조언했다. 처음에는 몇 번의 대화와 한두 권의 책만으로 내 상태를 돌려놓기에 충분하다고 생각했기 때문이다.

　환자로서 이런 경험은 익숙했다. 처음에는 '아, 이거 별것 아니지'라는 생각에 병원을 찾지 않는다. 그러다 병원이나 상담소에 가서 충격적인 결과를 듣고 깨닫는다. '내가 꽤 심각한 환자였구나.' 의사와 상담사들은 내게 "왜 이제야 오셨어요?"라고 자주 묻는다. 하지만 그다음에는 늘 치료받고자 하는 나의 의지에 매우 빠르게 감명을 받고 이어 내가 금세 치료될 거라고 예상한다. 나는 환자로서도 우수해야 직성이 풀리는 성격이라서 다른 사람들보다 빠르게, 열심히 상담에 임한다. 당연히 상담사들은 나를 너무 좋아한다. 처음에는 그렇다. 나를 기적처럼 낫게 해줄 방법이 없다는 사실을 알아내기까지는. 그 사실은 내가 여전히 치료를 받아야 한다는 점, 아직 건강한 상태가 아니고, 어쩌면 앞으로도 계속 그럴 거라는 점만 보아도 알 수 있다.

대학 상담센터에서 나의 통증과 그에 따른 우울증(아니면 그 반대인가?)에는 행동 수정Behaviour Therapy 방법이 통하지 않는 것으로 판명난 다음 나는 난생처음 정신과 의사를 만나게 되었다. 그는 항우울제를 처방해주었고, 이것 또한 난생처음이었다. 약은 효과가 매우 좋았고, 나는 반년 만에 약을 중단했다. 상태가 좋아졌으니까. 실수였다. 이후로도 몇 년간, 같은 실수를 몇 번이나 반복했다.

나는 왜 이렇게 오랜 시간이 필요했던 걸까? 지금 돌이켜보면 우울증을 앓았던 시기가 명확히 구분된다. 내가 16, 17세일 때 자살 충동에까지 이르렀던 극단적인 불쾌감을 알아차린 것처럼. 그러면서 왜 한 번도 상담사에게 도움을 청하지 않았을까? 왜 정신과 의사를 찾지 않았을까? 아마도 나와 부모님의 머릿속에 똑같이 자리 잡고 있었던, 그리고 지금까지도 널리 퍼져 있는 정신적 질병과 관련한 편견과 오해 때문이었을 것이다. 간략히 추려보면 다음과 같다.

첫째, 누구에게나 기분이 안 좋은 날이 있다. 그렇다고 그게 질병은 아니다. (맞는 말이다. 하지만 오랜 시간, 특별한 이유 없이 기분이 좋지 않다면 질병이 맞을지도 모른다.)

둘째, 기분이 자꾸 처진다면 다른 사람들과 더 많이 어울려야 한다, 운동을 해야 한다, 긴장을 이완해야 한다, 더 건강한 음식을 먹어야 한다, 힘을 내야 한다. (맞는 말일 수도 있다. 그저 기분의 문제라면 이 방법들이 기분을 끌어올려줄 수도 있다. 우울증이라면, 그럴 수 없다.)

셋째, (돈, 연인, 아름다운 집, 좋은 성적 등) 모든 것을 가진 사람은 기분이 가라앉을 이유가 없다. (맞다. 바로 그 때문에 그저 '나쁜 기분'이 아닌 질병이라는 것이다. 질병은 그저 생기는 것이지, 이유가 필요한 게 아니다.)

넷째, 심리적인 이유 때문에 고통을 느낀다. 또는 심리적 질병이 있다. 다시 말하자면 모든 것이 머릿속에만 존재하는 고통과 질병이라는 것이다. 더 긍정적으로 생각하고 긴장을 이완하면 모두 괜찮아질 것이다. (이 문장은 자신이 생각과 감정을 통제할 수 있다는 의미를 내포하고 있다. 하지만 실제로는 그렇지 않다.)

다섯째, 즐거운 어린 시절을 보냈고 트라우마도 없는 사람이 정신질환을 앓을 리는 없다. (다시 한번 말하지만, 많은 경우 정신적 질병에는 특별한 원인이 없으며 급성 유발 인자조차 없는 경우도 간혹 있다.)

내 생각에 수년, 수십 년 동안 내가 정신과와 심리상담소를 찾지 못하게 발목을 잡았던 것은 바로 이 문장들이었던 것 같다. 그래서 먼 길을 돌아오면서 개념과 용어의 사소한 차이에 쓸데없이 매달렸다.

심리상담 대신 통증의학과와 학생상담을, 정신과 대신 신경과와 심신 상관 의학을 찾았다. 나는 '정신'이나 '심리'에 관련된 단어들이 무서워서 내 질병의 원인에 매우 천천히 접근했다. (심신 상관 의학까지는 참을 수 있었다. 정신만이 아니라 '신체'도 같이 보는 곳이었기 때문이다.) 그리고 나는 정신적 질병을 앓을 자격이 없다고 느꼈다. 당시에 내가 알게 된 모든 환자가 아픈 일을 겪은 사람들이었다. 적어도 부모님의 이혼이라도. 우리 부모님은 어머니가 돌아가시기 전까지 혼인관계를 유지했고, 나는 구타, 학대, 전쟁, 이주, 폭력, 방임 등을 경험한 적도 없었다. 내게 심각한 우울증에 걸릴 권리가 어디 있겠는가?

정신적 질병의 근본 원인이 어린 시절에 있다는 생각이 내가 증상을 인정하고 도움을 구하는 데 가장 큰 걸림돌이 되었다. 내 증상을 인정한다는 것이 마치 부모님에 대한 엄청난 비난처럼 느껴졌다. 홀로 펴진 가운뎃손가락처럼 느껴지기도 했다. "봐요! 다 엄마 아빠 잘못이잖아요!" 나는 부모님께 이런 말을 한 적이 없다. 어머니 또한 나의 진단 초기에는 잠깐 그렇게 이해했기 때문에 힘겨운 시간을 보냈다.

한편 아버지는 본인이 직접 두 번의 우울증을 겪었다. 아버지의 증상이 너무 심해서 아버지는 내가 겪은 것을 똑같이 우울장애라고 부르는 걸 어려워했다. 나는 상태가 좋지 않은 정도였고 가장 심할 때도 우울하게 언짢은 정도였다. 아버지처럼 몇 년간 증상이 지속된 적은 없었다. 아버지의 생각은 부분적으로는 옳았지만 부분적으로는 그저 희망 사항이었을 뿐이다. 아버지는 내가 아버지만큼 상태가 나쁘지 않기를 바랐던 것이다. 그럼에도 나는 내가 겪는 고통을 아버지가 심각하게 여기지 않는 것처럼 느꼈다.

그럼 실제로 얼마나 심각했던 걸까? 기분이 안 좋은 것과 우울증은 어떤 차이가 있나? 그 차이는 어떻게 알아차릴 수 있을까?

나는 이에 대해 정신과 의사인 토마스 폴매셔Thomas Pollmä-cher에게 질문을 던졌다. 잉골슈타트 병원의 정신건강의학 센터장을 맡고 있으며 독일 정신의학협회 중에서 가장 대규모인 독일 신경정신의학회 및 심리치료학회의 학회장을 맡고 있는 그라면 답을 알 거라고 생각했다. 하지만 폴매셔

조차도 우울증에서는 건강한 사람과 아픈 사람의 경계를 긋기가 극도로 어렵다고 했다. "의욕 저하, 슬픔, 외로움, 불면증과 같은 우울장애의 고전적인 증상에 대해서는 누구나 알고 있습니다. 어느 정도를 질병으로 보느냐는 사회에서 합의한 관습에 따릅니다. 이러한 정의는 여러 증상이 장기간에 나타나야 한다는 의미이지만, 그 기준은 임의적입니다. 어째서 14일 동안 깊은 슬픔에 잠겨 있는 것은 괜찮고, 15일째부터는 우울증이라고 봐야 할까요? 기본적으로 건강한 사람과 환자 간의 경계는 개인마다 고통과 도움이 필요한 정도에 따라 결정됩니다."

객관화가 잘된 기준은 아니다. 그래서 지금도 이따금 임신 테스트나 코로나 PCR 테스트처럼 내 우울증과 통증을 측정해주는 퀵 테스트가 있었으면 좋겠다는 생각을 한다. 테스트기에 소변을 묻히거나 면봉으로 코를 찌른 후 들여다보기만 하면 되는 것이다. 우울증, 양성 아니면 음성? 만성 통증, 가벼운 정도, 중간 정도, 심각한 정도? 의사의 도장이 찍힌 결과지도 있었으면 좋겠다. 모두가 내 말을 믿도록 흔들어 보일 수 있게.

그런 테스트는 앞으로도 없을 것이다. 그런 가시적인 결과가 없는 것이 정신질환을 인정하지 못하게 하는 이유 중 하나다. 정신의학에서 모든 의학적 진단과 그에 따른 증명서는 결국 환자 자신의 말에 기반한다. 정신병원과 심리상담소에서 쓰이는 표준화된 설문지조차 실상에 대한 근사치일 뿐이다. 그래서 마음이 아픈 사람들은 그 질병이 어느 정도 심각한지 스스로 결정한다는 선입견이 생긴다. 그러나 폴매셔 박사는 그러한 선입견에 단호하게 반박한다.

"정신질환은 외부에서만 진찰하는 것도, 그렇다고 내부에서만 진찰하는 것도 아닙니다. 병의 심각성을 진단하기 위해서는 환자와 의사의 팀워크가 필요합니다. 일부 환자들에게는 의사가 심한 우울증을 앓고 있다고 알려주어야 하는 반면, 어떤 환자들은 그저 가벼운 불면증이라고, 그렇게 심각한 상태가 아니라고 이야기해주는 것만으로도 안심합니다." 즉 정신과적 진단은 무엇을 질병으로 보아야 하는가에 대한 사회의 관습을 토대로 의사와 환자 간의 협상으로 이루어진다.

나는 내가 그저 기분이 좋지 않은 것인지, 우울증 단계에 접어든 것인지 알지 못할 때 심리 설문지에 답해본다. 작년에는 매일 세 번 다음과 같은 질문들을 띄워주는 애플리케이션을 내려받았다.

"평소 즐거움을 주던 일들이 재미없게 느껴지나요?"

"네."

"스스로가 무가치하다는 생각이 드나요?"

"네. (지금뿐만이 아니라 항상 그래요.)"

"죽음에 대해 생각하나요?"

"네."

"그러한 생각이 더는 살고 싶지 않다는 마음과 관련이 있나요?"

"네."

지금은 앱을 지워버렸다. 상태가 좋지 않을 때는 그 질문에 주기적으로 답하기도 쉽지 않다. 그럼에도 답을 마치고 나면 휴대전화 액정에는 대개 내가 심각한 우울증 상태라는 결과가 뜬다. 나도 이미 알고 있는 사실이다. 특히 마지막 두 질문에 답을 하고 나면 새로운 창이 하나 뜨고, 자살 방지 챗봇이 등장하는 게 거슬렸다. 그래그래, 아니, 아니, 안 할 거야. 알았으니까 창을 닫으려면 어떻게 해야 하는지 좀 알려줄래? 앱으로 자기애를 키우고 마음 치유와 자살 예방을 한다는 건 좋은 아이디어지만 나하고는 맞지 않았다.

✳ ✳ ✳

'있는 그대로의 내가 좋아.' 나의 내면에서는 전혀 찾아볼 수 없는 생각이다. 나는 있는 그대로의 내가 좋다고 생각하지 않고, 그렇게 생각했던 적이 한 번도 없다. 적어도 내가 기억하는 한은 없다. 예전에 어머니는 내가 유치원에 다닐 때만 해도 자신감 넘치는 아이였다고 이야기하곤 하셨다. 통통했던 네 살의 나는 바이에른주에서 대림절(크리스마스 전의 4주간—옮긴이)에 부르는 노래의 가사를 줄줄 외우는 것이 너무 자랑스러웠다. 그래서 동네 스포츠 동호회의 크리스마스 행사 도중 사회자에게 다가가 노래를 부르겠다고 했다. 사회자는 나를 의자에 앉힌 뒤 마이크를 넘겨주었고 나는 그 노래를 12절까지 불렀다.

이 이야기가 내 자신감을 보여준다고 할지도 모르겠다. 나는 여전히 그리고 언제나 무대 위에서 말하고, 세미나를 열고, 콘퍼런스에서 발표할 수 있었다. 하지만 자신감 넘치게 "선생님, 저 알아요!"라고 외치고 대중 앞에 당당히 서고 소셜 미디어 포스팅에 게시물을 올리는 등 누군가의 인정을 받으려는 끊임없는 시도는 어쩌면 낮은 자존감을 감추기 위한 나만의 방법인지도 몰랐다. 내가 생각하기에 사람들 앞에 잘 나서고 많이 떠들고 거리낌 없이 퍼포먼스를 보여주는, 자신감 넘치는 이들이 사실은 자기 안에서 쉬지 못하고 외부의 인정을 필요로 하는 경우가 흔하다.

자신이 매일 하는 일을 실제로는 제대로 하지 못하는 것 같다는 기분. 많은 사람이 공유하는 느낌이다. 가면 증후군Impostor Syndrome이라고 불리는 이 느낌은 자신이 백 번, 천 번 성공적으로 해낸 일을 할 때도 나타난다. 나는 이 기분을 자주 느낀다. 심지어 내가 느끼는 기분은 이보다 한 단계 깊다. 나는 어떤 일들을 잘 해낼 수 있을지를 의심할 뿐만 아니라 내가 좋은 사람인지도 의심한다.

내 인식 속의 나는 다른 사람들이 생각하는 정도로만 좋은 사람이다. 그럼에도 그럭저럭 잘 지낸다. 나도 많이 애쓰고 있기 때문이다. 내가 받는 피드백 중에 긍정적인 것이 훨씬 많다. 많은 사람이 내 글을 읽어주고 상사들은 내게 만족한다. 독자들이 다정한 메시지도 많이 보내준다. 내게는 친구들이 있고 이웃과도 사이가 좋다. 나는 남편과 아이들을 사랑하며 그들도 나를 사랑한다. 모두 내가 삶을 헤쳐나가는 원동력이다. 대부분은.

하지만 스스로 헤쳐나갈 수는 없다. 나는 타인의 판단에 의존적이라서 비판을 받거나 거절을 당하면 그저 약간 신경 쓰는 정도에서 끝나지 않는다. 비판과 거절은 나의 가장 깊은 곳을 찌르고, 그 순간 확신이 든다. 나는 이걸 할 수 없다는 확신, 내가 모든 걸 망쳤다는 확신, 나는 아무것도 아니라는 확신이.

저널리즘에 종사한 지 20년이 넘었음에도 내가 글을 쓸 수 있는지 확신이 없다. 나는 100건이 넘는 글을 발표했고 상도 받았다. 그럼에도 기사를 제출할 때마다 내 글이 가치

나는 내가 백 번, 천 번
성공한 일을 할 때도 어김없이 불안하다.

매일 능숙하게 하는 일도
제대로 못하고 있다고 느끼는
가면 증후군 때문이다.

어쩌면 우울증은
'자존감 결여'가 원인일지 모른다.
우울증 환자는 자기 자신을
견디지 못하기 때문이다.

있는지 의심이 든다. 상사가 '오케이'라고 말하고 나서야, 동료가 나를 칭찬하고 나서야, 기사가 공개되고 독자들의 메일이 들어오고 나서야 나 또한 만족감을 느낀다.

이 이야기를 하는 이유는? 자존감의 결여가 모든 것의 원인이고, 우울증의 뿌리이며, 어쩌면 그 자체가 우울증일지도 모른다는 생각이 들기 때문이다. 우울증 환자는 근본적으로 자기 자신을 견디지 못하고, 때로는 가족, 친구, 직업, 취미 등 자신의 '삶을 둘러싼 모든 것'이 그런 사실을 숨기기 위한 쇼라고 느낀다.

우울증에도 불구하고 나 또한 내 '삶을 둘러싼 모든 것'이 정말 아름답게 느껴진다는 말을 덧붙여야겠지만 말이다. 대부분은 그렇다. 그저 불안정할 뿐이다. 마치 줄을 타는 느낌이다.

내 상태가 좋을 때면 그 줄이 땅에 붙어 있는 느낌이라서, 그 위에서 균형을 잡는 것은 그냥 땅 위를 걷는 것과 별반 다를 게 없다. 내가 '할 만하다'라고 생각하는 순간들이다. 직장을 옮긴다면? 셋째를 가진다면? 책을 쓴다면? 나는 들뜬 상태로 나의 생명줄 위에서 춤을 추면서 모든 게 균형을 이루고 모든 게 가능한 것처럼 굴 것이다. 예전에 이사를 강행했을 때, 바람을 피우려던 때, 약을 끊었을 때가 그러한 순간에 해당한다. 지금의 나는 안다. 그러다가는 땅에 떨어진다는 걸.

균형 잡기가 쉬웠던 건 줄이 땅 위에 놓여 있을 때뿐이다. 공중에 떠 있는 줄은 흔들릴 수밖에 없다. 이때 떨어지지 않으려면 내면의 안정성이 높아야 한다. 그렇지 못한 나는 멈춰야 하고, 내 손을 잡아줄 누군가가 필요하다. 그래도 다 괜찮다는 사실을 알게 되는 게 어쩌면 가장 어려웠던 일 같다.

CHECK POINT

우울증은 측정할 수 없다.

늘 편두통과 함께였다

심리 상태와 통증과의 상관관계

나는 카리브해, 로마, 발렌시아, 사르데냐, 로도스, 사우스 티롤, 바이에른 숲, 북해에서 편두통에 시달렸다. 수많은 호텔 방에서 빛과 소음을 차단하기 위해 블라인드나 커튼, 창의 덧문을 내리고는 낡은 침대에 누워 조금이라도 나아지길 바랐다. 너무 부드럽거나 너무 단단하거나 너무 크거나 너무 작거나 너무 뻣뻣하거나 너무 처지는 베개를 두드려서 내가 견딜 수 있는 형태로 만들고는, 어떻게든 내 아픈 목을 지탱하고 누워 통증을 조금이라도 줄여줄 자세를 찾았다. 그런 자세는 없었다. 내 방 안의 내 침대에서 내 베개를 베고도 그런 자세는 찾지 못했다.

당연한 이야기지만, 휴가 중에만 편두통이 있는 건 아니다. 물론 휴가 중에 편두통을 덜 겪는 것도 아니었다. 긴장에서 벗어나 바다를 바라보고 산 공기를 마셔도 통증이 덜어지지 않았다. 인상적으로 묘사할 만한, 기억에 남는 한 번의 심각한 편두통 경험이 있었던 것도 아니다. 지난 10년간 겪은 여러 차례의 편두통은 모두 같은 그림, 같은 기억과 엮여 있다. 나는 침대에 누워 있고 머리는 깨질 듯이 아프다. 쿡쿡 찔러대는, 욱신거리는 달걀이 관자놀이 밑에 있는 듯하다. 주로 오른쪽이고, 가끔은 왼쪽이다. 같은 방향의 턱과 목덜미에서도 강한 통증이 느껴져서 어떤 자세를 취해야 좋을지 모르겠다. 베개와 매트리스가 받쳐주도록 아픈 쪽으로 돌아눕는 게 좋을까? 아니면 이마에는 찬 수건, 목덜미에는 보온 팩을 올릴 수 있도록 다른 쪽으로 눕는 게 좋을까? 어느 쪽으로든 누운 다음에는 흔들리지 않도록 움직이지 말고 기다려야 한다. 약효가 듣기를(가끔은 듣는다), 내가 잠들기를(대부분은 성공한다), 편두통이 사라지기를(항상 언젠가는 사라진다).

나는 토스카나에서 정말 맛있는 카프리초사 피자를 변기에 뱉어냈고 아직도 그곳의 바닥 타일이 눈앞에 어른거린다. 나폴리에서는 베스파 스쿠터가 돌길을 달리며 우르르 소리를 내는 동안 호텔 방 구석에서는 거미가 줄을 치고 있었다. 이탈리아 남부를 함께 여행하던 내 친구 브로니는 혼자 돌아다녔다. 멕시코에서 혼자 바다를 바라보고 테킬라를 마셨던 내 남편처럼. 그 시각 나는 방갈로에 누워 편두통과 씨름 중이었다.

편두통이 한 번 시작되면, 심한 경우 사흘까지 이어진다. 두 번째 날부터는 아예 잠을 잘 수도 없다. 이미 스무 시간 이상 잤기 때문이다. 그래서 나는 깨어 있는 상태로 침대에 누워 욱신거리는 통증을 고스란히 느껴야 한다. 왼쪽이든 오른쪽이든 양쪽이 동시에 아픈 법은 없으므로, 그 순간에는 한쪽을 잘라내고 고통 없는 반쪽 인간으로 살아가는 편이 낫겠다는 상상을 한다. 매우 심한 편두통에 시달리면 자살 충동도 함께 고개를 든다. 그러면 나는 모든 사람이, 모든 것이 사라져서 결국 고통도 끝나기를 바라게 된다.

편두통 발작 중에는 극도로 예민해져서 빛, 소음, 냄새를 거의 견딜 수 없게 된다. 소설을 보면 간혹 편두통에 시달리는 어머니가 아이들더러 집 안에서 뒤꿈치를 들고 발끝으로만 걷게 하는 장면이 나온다. 나는 그 마음을 이해할 수 있다. 나도 아들이 복도에서 장난감 자동차를 굴려서 내 침실 문에 쾅 하고 부딪히면 마치 그 장난감 차로 머리를 얻어맞은 느낌이다. 아이들이 방 너머에서 시끄럽게 싸울 때면 마치 내 귀에 대고 소리를 지르는 느낌이다. 나는 아무 말도 하지 않는다. 내 가족은 이미 너무 자주, 몇 시간 혹은 며칠 동안 마치 갑자기 꺼진 컴퓨터처럼 제 역할을 못 하는 나 때문에 충분히 고생하고 있기 때문이다. 프로그램 일곱 개와 인터넷 창 25개쯤을 띄워놓은 상태에서 갑자기 로딩 아이콘이 무한 반복되며 모든 것이 멈춰버린 상태. 이제 방법은 검은 화면이 뜰 때까지 전원 버튼을 누르는 것뿐이다. 셧다운.

또 다른 클리셰는 고통 속에서 "편두통이 있어요"라고 말함으로써 부부생활의 의무를 회피하는 것이다. 이 문장을 떠올리면 가수 아이린 쉬어Ireen Sheer의 1991년 노래가 머릿속에 자동 재생된다. "오늘 저녁에는 머리가 아파, 당신이 내게 오라고 말할 때. 나는 편두통이 있어. 나는 원해, 사랑받기를. 그리고 그 이상을." 예전에는 오해받기 싫어서, 사람들이 내 등 뒤에서 눈알을 굴리거나 키득거리는 게 싫어서 편두통이 있다는 말을 쉽게 하지 못했다.

나는 어렸을 때부터, 그러니까 편두통이라는 단어를 발음할 수 있게 된 이후 쭉 편두통을 앓았다. 어린 시절에는 오후에 주로 발작이 있다가 다음 날 아침 사라졌다. 그때는 거의 항상 구토가 동반되었지만 현재는 정말 심한 발작이 있는 날에만 토한다. 그런 날이면 말 그대로 몸 안의 위장이 텅 비워지기 위해 몸 밖으로 튀어나올 것만 같다. 배 속에 든 게 없으면 담즙을 쏟아낸다. 하지만 거기까지 가기 전에 이미 상태가 너무 안 좋아져서 통증은 거의 잊힐 정도다. 그 때쯤 되면 그저 속이 더는 울렁거리지 않도록 토하고 싶다는 생각밖에 안 든다. 그게 지나가고 나면 변기 옆에 쭈그리고 앉아 드디어 두통을 느끼기 시작한다.

아스피린, 이부프로펜, 파라세타몰과 같은 일반 진통제는 편두통에 별로 도움이 되지 않는다. 25년 전쯤에 트립탄이라는 특별한 편두통 치료제가 등장했다. 처음에 그 효과는 거의 마법이었다. 원래 진통제는 효과가 나타나기까지 시간이 걸린다. 많은 경우 통증이 완전히 사라지는 것이 아니라 약간 덜어질 뿐이며, 몇 시간 뒤에 또 한 번 약을 복용해야 한다. 그에 비해 트립탄은 매우 빠르고 완전하게 작용해서, 마치 누군가가 편두통이라는 장막을 뇌에서 잡아 빼낸 것 같았다. 가끔은 복용 직후 기분이 약간 들뜨기도 했다. 나는 오랜 시간 그것이 착각이거나 발작에서 벗어난 기쁨인 줄로만 알았다. 최근에 트립탄이 뇌에 저장돼 있던 세로토닌을 한꺼번에 방출시킨다는 사실이 알려졌다. 편두통에다 행복 호르몬을 쏟아붓는 셈이니 기분이 좋아질 수밖에. 안타깝게도 트립탄이 여러 번 연속해서 효과를 내지 못하는 이유다. 세로토닌이 다시 쌓이려면 시간이 필요하기 때문이다.

잠깐, 나처럼 우울증과 편두통에 시달리는 사람들을 위한 짧지만 중요한 주의사항이 하나 있다. 대부분의 항우울제와 트립탄에 동봉되는 설명서에는 다른 약물과 함께 복용하지 말라고, 혹은 반드시 의사의 처방을 받아야 한다고 적혀 있다. 나처럼 다양한 약제를 동시에 복용하고 싶다면 꼭 의사의 처방을 받아야 한다.

나는 수년간 이부프로펜, 파라세타몰, 트립탄 등 정말 많은 종류의 진통제를 번갈아 또는 동시에 복용해서 어느 순간 약효가 전혀 나타나지 않게 되었다. 게다가 약물로 인한 두통에도 시달려서 복용을 중지해야 했던 적도 있다. 그때부터는 복용량을 제한하려고 노력 중이다. 목표는 내 정신과 의사가 분기마다 처방해주는 18알의 트립탄으로 견디는 것이다. 어려운 목표다. 관자놀이에서 약간의 욱신거림이 느껴질 때마다 스스로에게 물어야 한다. 편두통이 오려나? 심한 편두통이 오려나? 약을 먹어야 할까? 아닌가? 혹시 지금? 아니면 나중에? 역시 지금? 그러다 때를 놓친다. 트립탄은 편두통 초기에 바로 먹어야 효과가 가장 좋다.

만성 편두통의 경우 다양한 약물이 예방 차원에서 처방된다. 베타 차단제, 매우 낮은 용량의 특정 항우울제, 토피라메이트라는 항간질제. 처음에는 모두 꺼려졌다. 당장 통증이 없는 상태에서 매일 알약 하나, 혹은 여러 개를 삼키는 게 너무 지나친 것 같았다. 내가 그렇게 많이 아픈 사람이라는 생각도 들지 않았다. 이런 마음가짐 때문인지, 혹은 약물이 실제로 내게는 효과가 없어서인지 모르지만, 어쨌거나 나는 예방 차원에서 처방된 약들을 아주 잠깐씩만 복용했다. 그러고는 늘 의사에게 아무것도 나아지지 않았다고 말했다.

나는 필사적으로 고통의 원인을 찾았다. 언뜻 보기에 타당한 행동이었다. 통증은 항상 무언가가 잘못되었다는 신호이기 때문이다. 말하자면 뜨거운 요리용 철판 같은 것이다. 손가락이 닿은 사람은 고통에 손을 뗀다. 그 외에도 몸이 느끼는 많은 불편함이 경고 신호다. 무릎이 아프네, 인대를 다쳤나? 엑스레이를 찍어봐야겠다. 속이 계속 쓰리다면? 위궤양일 수 있다. 그러나 두통은 99퍼센트 이상 그저 통증일 뿐이다. 두통이 이면의 질병을 암시하는 경우는 극히 드물고, 대개는 증상이 곧 질병이다. 그래도 나는 머리끝부터 발끝까지 검진을 받았고, CT도 두 번이나 찍었다. 여기서 무언가가 발견된다면 '그저' 편두통일 경우보다 상황이 심각해지겠지만, 그럼에도 나는 병원에서 뭐라도 찾아내길 바랐다.

몇 년 후 인내심을 좀 더 갖고 편두통 예방 치료를 시도해봤을 때도 별다른 효과가 없었다. 결국 나는 민간요법, 동종요법, 정골요법(틀어진 뼈를 물리적으로 제자리에 넣어 치료하는 대체의학—옮긴이), 심지어 샤머니즘에도 많은 돈을 쏟았다.

그 과정에서 귀에 바늘도 꽂아보고 글로불린도 복용했다.
내 안의 차크라(탄트라 요가에서 인간의 척추를 따라 존재한다고
보는 에너지 연결점—옮긴이)가 막혀 있다는 말도 들었다. 어떤
음식을 피하라는 이야기도 들었다(글루텐, 유당, 달걀, 설탕, 씨
가 있는 과일, 가짓과 식물을 피하라고 했다. 결국에는 아무것도 먹지
말라는 것이었다).

그러다가 심리치료를 시작하면서 내 몸의 모든 통증의 배
후에 놓인 원인을 들여다보았다. 이것은 어떤 감정을 나타
내는 증상일까? 우리는 모든 편두통에 대해 통증을 촉발한
분노, 슬픔, 트라우마 등을 찾으려 했다. 자세히 들여다볼수
록 무언가를 찾아낼 가능성이 높아지는 것은 당연했다. 상
사가 내게 고마움을 제대로 표현하지 않아서, 결정을 제때
내리지 못해서, 어쩌면 어머니가 뭔가 이상한 이야기를 해
서 등등. 그렇다고 이러한 분석이 내 통증을 줄여주는 것은
아니었다.

물론 신체적인 증상이 정신적인 문제에서 비롯될 수도 있
다. 억눌렸던 분노가 편두통으로 나타난다는 명제도 완전
히 틀린 것은 아니다. 그러나 그 사실을 알게 된다고 해서
상황이 나아지는 것은 아니다. 게다가 신체적 증상 중에는
단순한 신체적 증상인 것도 있다. 마지막으로, 신체의 통증
과 증상이 역으로 정신에 미치는 영향도 있다. 다른 많은 경

우와 마찬가지로 모든 것이 서로 연결돼 있는 것이다. 엉킨 실타래를 조심스럽게 푸는 대신 한쪽 끝만 세게 잡아당기다가는 매듭이 더 꽉 조여질 뿐이다.

편두통을 일으키는 원인은 매우 다양하고, 대부분은 감정, 갈등, 움직임, 음식, 날씨같이 피할 수 없는 것들이다. 그 원인들을 한 단어로 요약한다면, '삶'이다. 그래서 나는 예전에 쾨니히슈타인에 있는 한 편두통 클리닉에서 어떤 의사에게 들었던 비유를 좋아한다. 그는 편두통 환자를 그릇에, 모든 편두통 유발 요인을 물이 담긴 컵에 비유했다. 컵에 담긴 물을 차례대로 그릇에 부으면, 언젠가는 그릇이 넘치고 환자는 편두통을 느낀다. 그렇다고 해서 마지막에 부은 물 컵을 편두통의 주요 원인으로 볼 수는 없다. 편두통 환자의 목표는 그릇을 넘치게 한 원인을 찾는 것이 아니라 그릇의 수면, 즉 스트레스 수준을 최대한 낮게 유지하는 것이어야 한다. 실행에 옮기기에 간단한 목표는 아니지만 말이다.

나는 한동안 매일 근육 이완 운동과 자생 훈련을 했고, 나중에는 명상까지 했다. 지구력 스포츠가 도움이 된다고 해서 조깅, 수영, 노르딕 워킹도 해봤다. 술은 거의 마시지 않았다. 그럼에도 얼마 전까지 지속적으로 편두통을 앓았다. 지난 20년간 한 달에 평균 열흘간 편두통이 있었고, 그중 어느 달에는 더 많기도, 더 적기도 했지만 치료 상태가 유지된 적은 한 번도 없었다.

✳ ✳ ✳

나는 가끔 어떤 종류의 고통이 최악인지 생각한다. 심한 편두통 발작? 우울증? 출산의 고통? 하지만 이를 어떻게 측정할 수 있을까? 나는 통증 클리닉에서 통증 일기를 적었던 적이 있다. 하루에 네 번, 통증의 정도를 0부터 10까지로 기록해야 했다.

환자들이 적어낸 통증의 범위는 매우 달랐고 어떤 환자는 계속 8, 9, 혹은 10이라고 적었다. 나는 그렇게 통증이 심하다면 구석에서 울고만 있어야 하는 게 아닌가 생각했다. 어떤 이들은 눈에 띄게 힘들어하면서도 4 이상으로는 적지 않았다. 나는 예전에 들었던 통계학 수업을 떠올리면서 의사와 상담사들이 이런 뒤죽박죽인 숫자로 과연 뭘 할 수 있을까 궁금해했다.

환자 A의 기록을 B의 기록과 비교하면 아무것도 얻을 수 없을 것이다. 숫자는 완전히 주관적이어서, 고통의 강도 외에 다른 요소에 의해 좌우될 수밖에 없었다. 예를 들면 절제와 인내를 중요하게 생각하는 환경에서 자랐다면 ("과장하지 마!"라는 이야기를 듣고 자랐다면) 10이라는 숫자에 표시하는 것을 주저할 것이다. 하지만 "여기요, 여기! 제가 지금 너무 아파요!"라고 크게 소리를 질러야만 관심과 도움을 받을 수 있는 환경에서 자란 사람이라면 망설임 없이 높은 숫자에 표시할 것이다. 실제로 어느 정도의 고통을 참을 수 없는지는 개인마다 다르고, 단순히 질문지에 표시할 수 있는 것이 아니다.

통증 클리닉에 입원해 있을 당시 나를 가장 힘들게 했던 고통은 편두통이었다. 그래도 가장 심한 편두통 발작이 왔을 때조차 나는 7을 적었다. 그보다 높은 숫자를 적어낸 적은 없다. 한번은 아버지와 대화를 나누면서 아버지에게 참을 수 없는 고통이 무엇인지, 그리고 아버지는 편두통을 어느 정도로 표현할지 물은 적이 있다. 숫자 10에는 '상상할 수 있는 가장 극심한 고통'이라는 설명이 붙어 있었다. 아버지는 편두통이 4 정도일 거라고 답했다. 누군가가 전기톱으로 자신의 팔을 자른다면, 그게 분명 더 고통스러울 거라면서 말이다.

다행히도 누군가가 내 팔을 톱으로 자른 적은 없다. 하지만 내게는 두 번의 출산 경험이 있다. 아이가 세상에 나오기 직전, 그러니까 아이의 머리는 이미 밖에 있지만 어깨는 아직 골반에 끼어 있을 때 산모가 겪는 고통이 내가 상상할 수 있는 최대의 고통이다. 적어도 내 몸이 직접 경험한 가장 큰 고통이다(정신적 고통은 또 완전히 다른 이야기다). 하지만 또 한 번의 출산과 편두통 발작 중 하나를 선택해야 한다면 그래도 전자를 택할 것이다. 출산할 때의 진통은 잠시 왔다가 사라지고 또다시 찾아오는 놀라운 특성이 있다. 그런데 진통과 진통 사이에는 아무것도 느끼지 못한다. 첫째를 낳을 때는 진통 사이사이에 잠깐씩 스도쿠나 마작을 하기도 했다. 진통은 60초에서 90초 동안 정말 심한 생리통 같은 느낌으로 왔다가 사라진다.

반면, 편두통 발작은 예고 없이 찾아온다. 머릿속에 자리 잡은 통증과 거리를 두는 것은 불가능하고 발작이 얼마나 지속될지도 알 수 없다. 고통이 사라지고 나면 그다음 발작은 또 언제 시작될지 알 수 없다. 운이 나쁘면 바로 다음 날 시작될 수도 있다. 편두통에는 뚜렷한 의미도 없다. 나는 화나고 슬프고 짜증나고 무력감과 좌절감을 느낀다. 한마디로 이게 다 뭔지 도통 알 수가 없다.

출산의 경험은 완전히 다르다. 그때는 이 통증이 무엇을 위한 것인지 분명히 알고 있다. 그리고 이 통증이 영원하지 않으리라는 절대적인 확신이 있다. 스스로 무언가를 할 수 있다는 느낌, 앞으로 어떻게 할지를 나도 함께 결정해도 된다는 느낌이 있다.

어떤 고통이 참기 어려운지 혹은 견딜 만한지의 문제에서 중요한 것은 어디가 왜 아픈가를 아는지의 여부다. 몸에서 이상 증세가 나타나는 이유가 불분명할 경우 의사가 무슨 일인지 알려주는 것만으로도 이미 반은 치료될 수도 있다. 통증이 지속되는 시간도 마찬가지다. 금세 사라질 확률이 높은 통증은 항상 느껴지거나 수시로 찾아오는 통증보다 더 견딜 만하다. 후자는 의학용어로 만성화라고 한다. 한 통증 클리닉에서 참석했던 '통증을 다루는 방법을 배우는 시간' 도중에 한 환자가 이런 말을 했다. "다른 사람들은 도대체 이 정도의 두통에 어떻게 대처하는 걸까요? 도무지 익숙해지지가 않아요." 상담사의 답변은 놀라웠다. "지속적인 통증에 시달리는 사람은 그 통증에 더 강해지는 게 아니라 더 민감해집니다."

그 말을 듣고 스스로를 관찰해봤다. 매일 아침 일어나면 내 몸에 긴장이 있는지 살폈다. 매일 네 번 내 상태를 통증 일기에 기록하며 자문했다. 아직 4 정도인가? 아니면 5? 왼쪽 관자놀이가 욱신거리네, 편두통이 시작되려나? 나는 당연히 평소 괴로울 일이 거의 없는 사람보다 통증을 더 집중적으로 감지했다. 그러나 통증이란 뇌에서 받아들이는 것 그 이상도 이하도 아니기 때문에 이렇게 정확하게 관찰하려는 행위를 통해 오히려 더욱 심해졌다. 그걸 막기 위해 내가 할 수 있는 일은 없었다.

이는 통증 인지에서 매우 중요한 또 하나의 요인이다. 자신의 통증을 잘 이해하고 있고 이에 대해 뭔가 할 수 있다고 느끼는 사람은 그렇지 못해 무력감을 느끼는 사람보다 더 나은 기분을 느낀다. 트리거 분석Trigger Analysis이 여기서 나왔다. 통증, 음식, 활동을 정확하게 기록하여 편두통을 일으키는 트리거를 집어내고, 미래에 피할 수 있게 한다는 것이다. 하지만 나한테는 그저 혼란만 가중시킬 뿐, 효과가 없었다. 편두통 유발 요인이 무엇이라고 생각하든 삶에서 그 요인을 아무리 멀리 떨어뜨려놓아도 편두통은 어김없이 찾아왔다. 그래서 나는 진작 그만두었다. 편두통 일기를 계속 쓰기는 하지만(요즘은 앱으로 기록한다) 언제 증상이 나타났는지, 약을 복용했는지, 효과는 있었는지만 적어둔다. 약의 복용량에 따라 통증이 언제 심해지거나 나아지는지 알기 위해 꼭 해야 하는 일이다.

2020년에는 1,000시간 이상 편두통 증상이 나타났다고 기록되어 있다. 1년은 총 8,760시간이다.

나는 2021년 초에 큰 좌절감을 느끼며 이 결과를 인스타그램에 공유했다. 물론 팬데믹, 록다운, 등교 금지, 재택근무, 실존적인 불안, 감염의 두려움 등으로 2020년은 나뿐만 아니라 모두에게 재앙 같은 한 해였다. 그러나 사람들의 회복력은 저마다 다르다. 나는 이러한 위기 상황이 아니더라도 편두통 없이 온전히 한 주를 보내는 경우가 매우 드문 사람이다. 그런데 코로나19 팬데믹 상황에서 통증 없는 날이 적은 달들이 생겼다. 난 모든 참담한 심경과 불평불만을 게시 글로 올리고는 사람들이 공감 이모티콘이나 눌러줄 거라고 생각했다.

그런데 한 대학 친구가 다이렉트 메시지로 항체주사에 대해 들어본 적이 있는지 물었다. 처음 들어봤다. 검색해보았다. 2019년에 나온 항체주사는 가격이 매우 비싸서 다른 약물이 효과가 없는 경우에만 의료보험 혜택을 받을 수 있다고 했다. 항체주사에 대해 잘 알고 이를 처방해주는 신경과 의사도 아직은 많지 않다고 했다. 하지만 나는 한 사람을 찾아내 예약을 했다.

몇 달의 기다림 끝에 한 뭉치의 서류와 함께 의사를 방문했다. 서류 더미는 통증 클리닉과 편두통 클리닉의 최종 진단서와 앱에서 PDF로 다운받은 몇 달간의 내 통증 기록이었다. 나는 그 주사를 처방받기 위해 싸울 준비가 되어 있었다.

그러나 그 의사는 내 서류 뭉치를 힐끗 보았을 뿐이었다. 그는 이 주사에 대해 안다면서 다른 환자들도 수년, 수십 년간 자신이 겪은 고통의 역사를 들고 찾아온다고 했다(그가 환자들을 여성형 대명사로 지칭한 건 분명 우연이 아닐 것이다. 편두통을 앓는 사람들은 대개 여성이기 때문이다).

며칠 후 그 병원에서 처음으로 항체주사를 두 대 맞았다. 그때부터 4주에 한 번씩 주사를 맞았고, 요즘에는 내가 집에서 직접 주사를 놓는다. 이후 편두통 발작을 일으키는 횟수는 반으로 줄었고 고통도 더 가볍고 짧아졌다.

몇 달 뒤, 다시 한번 나의 편두통 통계를 인스타그램에 올렸다. 7일 동안 41시간의 편두통과 네 번의 약 복용이 있었다. 나는 이 내용을 환호하는 이미지와 함께 포스팅했지만 모두가 그 의미를 이해하지는 못했다. 이 숫자는 더없이 환상적인 결과를 의미함에도 많은 팔로워가 오히려 위로와 쾌유를 기원하는 메시지를 보냈다. 어떤 이는 이 숫자도 너무 많다고 느끼겠지만, 나는 지난 20년간 이때만큼 편두통을 적게 겪은 적이 없었다.

이런 말이 위험하다는 생각이 들기도 한다. 나는 이미 여러 번 내 편두통을 이해하고 정복했다고 착각했던 적이 있다. 그러나 '이것 때문이었구나. X는 하면 안 되고 Y를 항상 해야지. 그러면 편두통과는 영원히 작별이겠다'라고 생각하기 무섭게 다음 발작을 겪으며 욕실 바닥에서 눈물을 흘려야 했다. 때로는 편두통이 나의 성격 중 가장 고약한 부분처럼 느껴지기도 한다. 아무것도 이해되지 않고 제대로 작동되지도 않는 그런 부분 말이다. 그러다 드디어 해결책을 찾았다는 생각이 들면, 마치 편두통이 내 머리를 세게 내려치며 이렇게 말하는 듯했다.

"찾긴 뭘 찾아."

이것이 과장된 허튼소리이길 바란다. 이제 이 문장들은 인쇄되어 계속 남겠지만, 그럼에도 주사 약물의 성분이 지금처럼 편두통에 효과가 있길 간절히 바란다.

내가 앓고 있는 두 가지 질병인 우울증과 편두통은 정신과 신체의 분리가 인위적이라는 사실을, 그리고 이 둘에 대한 나의 영향력이 제한적이라는 사실을 반복하여 일깨워준다. 그 사실을 깨닫고 받아들이는 것은 통증과의 싸움에서 가장 중요한 단계다. 물론 애초에 싸움을 시작도 하지 않는 것이 좋겠지만. 결국에는 자신을 대상으로 하는, 이길 수 없는 전쟁이기 때문이다.

나는 오랫동안 우울증과 편두통을 '통제'하고 싶었다. 이것은 자신의 삶을 통제하고 싶다는 소망만큼이나 유토피아적이다. 그렇게 할 수 있는 사람은 아무도 없다. 언제라도, 누구에게라도 삶의 균형을 무너뜨리는 일이 일어날 수 있는 게 인생이다.

균형을 잡으려면 뒤를 돌아보거나 아래를 보는 대신 시선을 늘 앞에 두고 유연한 자세를 유지해야 한다. 그래서 우울증 같은 정신적 질병을 당뇨나 천식처럼 받아들이는 법을 배워야 한다. '어떤 원인에 의해 병이 생겼나?'라는 질문보다 훨씬 중요한 것은 '현재 내게 도움이 되는 것은?', '내가 이 문제에 대처할 방법은?'일 것이다.

CHECK POINT

통증은 뇌에서 받아들이는 것이다.

삶은 침대 밖에 있으니까

10년 넘게 정신분석을 받았지만

나는 여전히 나의 과거에서

만성 통증과 우울증의 원인을 찾지 못했다.

결국 이런 결론에 도달했다.

과거에 기인한 이유 같은 건 없다.

알레르기나 당뇨, 비뚤어진 골반을 가진 사람들이 있는 것처럼

나도 그냥 그런 것이다.

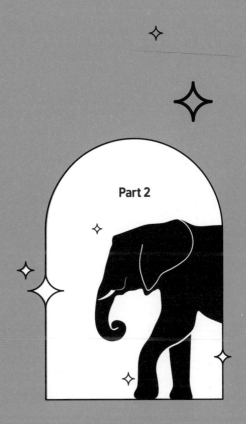

Part 2

그렇게 또 균형을 찾는다

심리치료가 할 수 있는 것과 없는 것

　나의 첫 심리상담사는 (여기서는 빌 선생님이라고 해두자) 엄밀히 말하면 비전문가였다. 아직 아우스빌둥(현장실습과 이론교육이 함께 이뤄지는 독일의 직업교육 방식 ―옮긴이) 과정을 밟으며 마인츠 대학에서 학생들에게 심리상담을 해주던 교육생이었다. 통증 클리닉에서 퇴원한 후 나는 그를 처음 찾아갔고 상담은 1년간 이어졌다.

　빌 선생님은 행동치료를 연구했다. 그는 종종 자신의 방에 있던 책장에서 책을 한 권 뽑아 들어 몇 페이지를 복사해주었다. 책장 옆에 놓인 클립보드에는 내가 부담을 느끼는 상황을 원그래프로 표시한 서류가 꽂혀 있었다(대학 30퍼센트, 편두통 20퍼센트, 새로운 하우스메이트 7퍼센트). 나는 다음 상담 시간까지 지정된 책을 읽거나 워크시트에 답을 채웠고, 선생님과 함께 내가 대학 생활 마지막 순간까지 의존했던 학습계획을 세우기도 했다. 잘못된 것은 없었다. 몇 가지 방법은 심지어 내가 일상을 잘 살아가도록 도움을 주기도 했다. 그럼에도 상담을 시작한 지 1년이 지나도록 내 심리는 조금도 나아지지 않았다. 뷜 선생님은 외래 심리치료를 받아보라고 조언했다. 조언대로 나는 오랜 대기 시간 끝에 여기저기서 시험 상담을 몇 번 받았다.

　내가 그 상담사들을 좋아했는지를 묻는다면 할 말이 없다. 상담치료를 받을 수 있는 곳은 제한적이고, 대부분의 진료는 대기 시간이 길다. 그래서 당시의 나는 상담사들에 대해 비판적인 생각을 해서는 안 되겠다는 느낌을 받았다. 어쨌든 그중 마음이 가는 사람은 아무도 없었다.

　이쯤에서 한 가지 조언을 해주고 싶다. 한시가 급한 심각한 우울증을 앓고 있는, 어쩌면 자살 충동까지 느끼는 사람에게는 반년이라는 시간이 물론 지나치게 길다. 하지만 당시의 내가 그랬던 것처럼 만약 장기적으로 우울증과 함께 살아가는 방법을 배워야 한다면, 몇 주 더 기다리더라도 진심으로 함께하고 싶은 상담사를 만나는 편이 낫다. 나는 우울증을 겪은 지 이미 오래되어서 햇수로 수십 년이라고 표현할 정도다. 여기서 몇 달 더 왔다 갔다 한다고 해도 별 문제가 되지 않는다.

물론 모든 것이 지난 지금에서야 할 수 있는 이야기이기는 하다. 당시의 나는 급했다. 나는 마치 고장 난 자동차를 정비소에 맡기는 듯한 마음으로 상담소를 찾았다. 그러고는 예전에 달리던 도로를 다시 그대로 달릴 수 있기를 바라며 최대한 빨리 치료받기를 원했다. 하지만 전담 상담사를 찾기도 전에 나는 직장 때문에 마인츠를 떠나 뮌헨에 가야 했다. 뮌헨에서는 '심리상담 수다'가 전혀 필요하지 않기를 바라면서.

당연하게도 헛된 바람이었다. 뮌헨에서 나는 여전히 상태가 좋지 않았다. 이번에도 처음 몇 달간은 다른 곳에서 원인을 찾으려고 했다. 어쩌면 하루 종일 일하는 게 처음이라 스트레스를 많이 받은 게 아닐까? 남자친구가 보고 싶은 게 아닐까? 새로운 자리에서 잘 해내지 못할까 봐 두려운 게 아닐까? 얼마간의 시간이 흐른 뒤에야 내가 다시 도움이 필요한 상태라는 사실을 깨달았다.

대기 시간과 시험 상담 등 이런저런 과정을 건너뛰기 위해 나는 곧장 아버지의 상담사를 찾아갔다(이분은 다르치 선생님이라고 부르자). 다르치 선생님은 심층심리학을 전공한 대화 치료 상담사다. 나는 그와의 상담 시간이면 매번 페르

시아 카펫 위에서 울었고, 내 상태는 정말 나빠졌다. 내가 훌쩍이면서 "저는 우울증인 것 같아요"라고 말했을 때, 그는 나의 자가 진단을 부정했다. 나는 내 슬픔을 너무 잘 표현하는 반면, 진짜 우울증을 앓는 사람들은 돌처럼 아무것도 느끼지 못한다는 것이었다.

며칠 뒤에 나는 뮌헨 남쪽에 있는 작은 정신병원에 자발적으로 입원했다. 내가 다니던 산부인과 의사가 추천해준 곳이었다. 산부인과 의사는 그 병원이 '자연 속에 있어서 푹 쉬고 올 수 있을 것'이라고 말해주었다. 나는 입원 중에 다르치 선생님을 만나 어떤 병원에 입원해 있는지 이야기 해주었다. 다르치 선생님은 절망적으로 머리를 감싸며 소리쳤다. "정신 나간 정신역동(정신역동 심리치료는 무의식 속의 불안이나 어린 시절의 경험이 지금의 정신적 상태에 큰 영향을 준다는 개념을 기본으로 삼는다 — 옮긴이) 심리치료사에게 갔군요." 더욱 절망에 빠진 나는 다르치 선생님에게 물었다. 그 병원에서 나오는 게 좋겠냐고. 하지만 선생님은 오히려 내게 반문했다. 지금도 나는 상담치료가 의미 있는지를 판단하고 싶을 때면 그때 다르치 선생님이 던진 질문을 스스로에게 던진다. 그 병원에 나를 도와줄 수 있을 것 같은 사람이 한 명이라도 있나? 당시 나는 고개를 끄덕였고 다르치 선생님은 "그럼 그냥 있으세요"라고 답했다. 그 병원의 치료 방향

처음 몇 달간은 다른 곳에서
원인을 찾으려고 했다.
하루 종일 일하는 게 처음이라
<u>스트레스를 많이 받은 게 아닐까?</u>
남자친구가 보고 싶은 게 아닐까?
잘 해내지 못할까 봐 두려운 게 아닐까?

얼마간의 시간이 흐른 뒤에야
내가 다시 도움이 필요한 상태라는
사실을 깨달았다.

에는 전혀 동의하지 않으면서도 말이다.

모든 정신과에는 좋은 의사와 그렇지 않은 의사들이 있고, 모든 상담기관에는 능력 있는 상담사와 그렇지 않은 상담사들이 있다. 어떤 상담 방향이 가장 효과적이냐는 질문에 학계는 아직 분명한 답을 내놓지 못하고 있다. 엄밀히 말하자면 방법을 불문하고 심리상담이 효과가 있는가라는 질문에 대해서도 확실한 근거를 대기는 어렵다. 하지만 환자와 상담사의 좋은 관계가 치료의 성공에 얼마나 영향을 미치는지는 입증되었다.

그러니 혹시 이제 막 상담을 시작하려 하거나 어떤 상담사에게 가야 할지 고민이라면 이렇게 해보라. 당신 마음에 드는 사람, (그리고 더 중요하게는) 당신 생각에 능력 있는 사람에게로 가라. 그가 행동치료를 하는 사람인지, 심층심리학자인지, 전신요법Systemic Therapy 전문가인지, 정신분석가인지는 부차적인 문제다. 특히 상담사들이 실제 상담에서는 자신의 방법론적 도구에서 벗어나 직감에 따라 대화를 이끌어간다는 연구 결과를 감안하면 더욱 그렇다.

그렇게 해서 나는 2008년에, 주변의 숲이 매우 아름답고 병원 이름에 '심신 상관 의학'이 들어 있다는 이유로 산부인과 의사의 추천을 받은 정신역동 치료 전문병원에 입원했다. 사실 '심신 상관 의학'이라는 이름 덕분에 그곳에 갈 수 있었던 것이지, '진짜' 정신과였다면 입원할 엄두가 나지 않았을 것이다.

지금도 나는 이따금 그 병원 주변의 숲을 산책하곤 한다. 그곳에 가면 일명 환경요법Milieu Therapy 시간에 내가 보도를 재포장하며 타일로 꾸며놓은 곳을 찾아 나서지 않도록 주의해야 한다. 그때 나는 무지개 색깔로 달팽이 한 마리를 만들어놓았다. 어쩌면 그 의미를 분석해볼 수도 있다. 어쩌면 그럴 필요가 없을지도, 그저 내가 무지개색을 좋아하는 것일 수도 있다(안 좋아하는 사람이 있나?). 그러나 병원에 있을 때는, 당연한 이야기지만, 내 모자이크가 분석의 대상이 되었다. 그 외에도 다른 환자들의 작품, 보도를 재포장하는 동안 우리가 느꼈던 기분, 사람들 사이에서 생겼던 모든 갈등 등도 분석거리였다. 환경요법은 그런 것이다. 작업치료 Occupational Therapy 또는 Ergotherapy를 수행하는 대부분의 정신병원과는 달리, 내가 갔던 정신역동 치료 병원의 핵심은 '환경'이었다.

나는 매일 오전을 동료 환자 그룹과 함께 보냈고, 우리는 프로젝트를 조직하고 이를 실행에 옮겼다(우리 그룹이 선택한 프로젝트가 정원의 보도를 타일로 꾸미는 것이었다). 그 과정에서 늘 발생하는 이런저런 일들은 오후에 있었던 분석적인 대화치료의 소재로 쓰였다. 분석적인 대화치료 중에는 대개 가족과 어린 시절의 트라우마로 이어지는 귀납적 추론이 도출되기까지 오랜 시간이 걸리지 않았다. 많은 환자가 트라우마가 될 만한 몇 가지 경험을 가지고 있었다.

한번은 휴식 시간에 한 잡지에서 네 명의 여자아이 중 한 명이 어린 시절 성폭력을 경험하는 것으로 추산된다는 기사를 읽었다. 나는 믿기지 않아서 같이 커피를 마시던 여성들에게 그 기사를 읽어주었다. 그런데 그 자리에 있던 다섯 명 모두 이렇게 말하는 것이었다. "전혀 놀랍지 않아. 나도 그런 경험이 있는걸." 그룹 치료 시간에 나는 노숙, 약물 중독, 폭력, 방임과 같은 경험에 대해서도 들었다.

1980년대 중산층 가정에서 평균적인 어린 시절을 보낸 나는 그사이에 앉아 이런저런 이야기를 했다. 우리 집에서는 컵 받침이 없는 컵에 커피를 마시면서 커피가 묻은 숟가락을 그냥 테이블에 올려놓으면 엄마가 나를 노려본다는 이야기 같은 것들. 그러니까, 진짜 노려본다는 것이 아니라 노려보는 기분이 든다는 이야기였다. 열세 살 때는 아빠의 반대를 무릅쓰고 머리카락을 잘라야 했는데 당시로서는 엄청난 용기가 필요했다는 이야기도 했다. 다이어트에 엄청나게 신경 쓰던 엄마가 저녁에는 차 한 잔만 마시곤 했는데 나중에는 유혹을 이기지 못하고 카망베르 치즈 반 조각을 먹어치우곤 했다는 이야기도. 정신분석학에서는 어떤 디테

일도 평범하지 않으며 커다란 문제의 단초가 될 수 있다. 우리는 가족 구성원의 가장 작은 얼룩 하나까지도 심혈을 기울여 조사했다. 우리 그룹이 진행한 원격 진단에 따르면, 엄마는 섭식장애와 강박적 성향이 있는 완벽주의자였고 아빠는 우울한 일 중독자였다. 제대로 기능하지 않는 내 가족과의 관계를 끊는 것이 좋겠다는 제안도 사이사이 들어왔다.

그 제안을 따른 적은 한 번도 없다. 그래도 나는 몇 년간의 상담치료 시간에 나의 어린 시절과 부모님과의 관계를 매우 집중적으로 들여다보면서 트라우마를 야기할 만한 원인이나 내 우울증의 이유를 찾아봤다. 과거의 모든 조약돌을 다르게 놓아보고는 당시의 모든 기억과 현재의 모든 대화를 마치 수능 준비를 위해 독일어 시를 읽던 때보다 더욱 자세히 분석했다. 내게 잊으려고 애쓰는 나쁜 기억이 있나? 당시 내 경험이 생각보다 심각한 일이었나? 이 모든 것은 누구 탓이지?

이런 질문을 하는 사람은 뭐라도 찾아낸다. 나도 당연히 어린 시절과 청소년기에 부모님과 오해가 쌓였던 적도, 갈등이 있던 적도 있다. 내가 태어나고 얼마 지나지 않았을 때 우리 가족은 뮌헨으로 이사 왔다. 그때는 주변의 모든 것이 새로웠다. 분석가 모드를 켜고 바라본다면 우리 엄마는 외로이 과중한 부담을 지고서도 자신의 불안을 인정하지 않은 탓에 결국 딸에게까지 짐을 물려준 젊은 여성으로 보일 것이다. 어쩌면 아기 바바라는 그냥 배가 아팠던 것일 수도 있지만.

나는 상담치료를 하면서 지금 내가 안고 있는 코끼리의 원인을 어린 시절의 모기만 한 이유에서 찾았던 시기도 있다. 그러나 10년 넘게 정신분석이 이어져왔음에도 여전히 나의 과거에서 만성 통증과 우울증에 대한 분명한 이유를 찾지 못했다. 그래서 나는 이런 결론에 도달했다. 과거에 기인한 이유 같은 건 없다. 알레르기나 당뇨, 비뚤어진 골반을 가진 사람들이 있는 것처럼, 나도 그냥 그런 것이다.

물론 전쟁, 폭력, 학대 등 트라우마를 일으킬 만한 경험이 정신적 장애로 이어질 수 있다. 부모의 이혼이나 가까운 이의 죽음 또한 질병의 원인이 될 수 있다. 하지만 그러한 경험을 질병 없이 극복하는 사람이 있다는 사실만으로도 사람마다 상황이 다르다는 것을 알 수 있다.

나는 왜 지금의 나인 걸까? 모든 것이 왜 이렇게 됐을까? 누구 잘못일까? 발달심리학계의 저명한 교수인 제이 벨스키Jay Belsky, 압살롬 카스피Avshalom Caspi, 테리 모피트Terrie Moffitt, 리치 풀턴Richie Poulton은 그 답을 찾기 위해 평생 연구한 결과를 『당신의 기원The Origins of You』에 담았다.

그들은 (그다지 놀랍지 않은 사실이지만) 아이일 때의 성격이 그 아이가 어른이 됐을 때의 성격을 매우 정확히 예측해준다고 주장했다. 간단히 말해, 특정 성향을 지닌 아이들은 어른이 되어서도 계속 그럴 것이라는 뜻이다. 예를 들어 나는 스키 탈 때 겁이 정말 많다. 여기에 대해서는 내가 슬로프 가장자리에서 커브를 돌지 못하고 몇 분이나 쩔쩔맬 때 나를 비웃었던 스키 강사나 아버지를 탓할 수도 있다. 그러나 아마도 이러한 기억은 겁이 많은 내 성향의 원인이라기보다는 결과일 것이다. 나는 그런 성향의 사람이다. 사람들은 서로 다른 성향을 지녔다.

이것은 완전히 자명한 사실이며 신체의 질병에 있어서도 논쟁의 여지가 없는 부분이다. 두 사람이 코로나19 바이러스에 노출되어도 한 사람은 중증으로 발전하는 반면, 한 사람은 가볍게 앓고 지나갈 수 있다. 혹은 두 명의 스키 선수가 똑같은 사고를 당하더라도 한 사람은 멍이 들고 끝나지만 다른 한 명은 골반이 부러질 수도 있다. 우리의 신체는 다르다. 탄력성이 다르고, 저항력도 다르다. 정신도 마찬가지다. 그래서 어떤 여성이 이혼 후에 치료를 받는다고 해도 이혼이 힘든 것은 '정상'이라며 치료받는다는 사실을 경솔하게 비난해서는 안 된다. 행복한 어린 시절을 보냈음에도 심각한 우울증을 겪는 이에 대해서도, 그다지 스트레스가 크지 않은 직무임에도 번아웃 증후군을 겪는 동료에 대해서도 마찬가지다.

잠깐, 이제 그만. 항상 이유와 원인이 있는 것은 아니라는 말을 하려다가 이야기가 너무 길어졌다. 어쨌든 어떤 사람은 과거나 현재에 숨겨진 극적인 트리거 없이도 그냥 그렇게 정신질환을 앓는다. 내 생각에는 내가 그런 것 같다. 지난 20년을 돌아보면, 좀 길게 심리적으로 안정돼 있던 시기는 약을 복용하던 때뿐이다.

그렇다면 15년간 받은 심리치료는 아무 소용이 없었나? 그저 약물에 몸을 맡기고, '심리상담 수다'는 집어치워야 할까? 물론 그렇지 않다. 나는 상담사들과 동료 환자들로부터 소중한 것들을 정말 많이 배웠다. 오늘날 내가 감정과 관계에 대해 알고 있는 거의 모든 것을 배웠다고 해도 과언이 아니다. 특히 타인과의 관계가 내 정신 건강에 정말 필요하다는 것을 깨달았다. 매우 오랫동안 나는 그저 내게만 신경 쓰면 된다고 생각했다. 나를 더 잘 이해하고 내 요구사항에 더 귀를 기울이되, 다른 이에게 너무 의존하지 말아야 한다고 생각했다. 정신역동적 치료와 그에 따르는 환경요법과 그룹 상담치료에서 나는 다른 사람과 함께 그들과의 관계 속에서만 건강해질 수 있음을 깨달았다.

모든 사람은 자신에게 귀 기울여주고 자신을 거울처럼 비춰주며 자신의 아이디어, 감정, 생각에 반응하고 정리를 도와줄 누군가를 필요로 한다. 좋은 심리상담사가 그런 역할을 할 수 있다. 친구, 배우자, 이웃, 동료가 해줄 수도 있다. 예전에는 사람들의 관계망이 오늘날보다 훨씬 가까웠다. 가족, 교회, 정당, 협회, 이웃 등은 지금보다 훨씬 큰 의미를 지녔다. 좋은 일이든 나쁜 일이든 사람들은 다양한 관계의 실로 서로 가깝게 얽혀 있었다. 이러한 누에고치 같은 관계는 지나치게 가깝고 갑갑하게 느껴질 수 있다. 따라서 이런 관계가 느슨해진 게 나쁘기만 한 것은 아니다.

혼자 사는 사람은 꾸준히 늘고 있어서 최근에는 1인 가구 비율이 42퍼센트에 달했다. 학업, 직업훈련, 직장 때문에 어쩔 수 없이 하는 이사는 우정을 깨뜨린다. 연인의 모든 걸 받아들여야 하지만 그러지 못한다. 그래서 이들도 깨진다. 핸드볼팀에서 사람들과 운동하는 대신 홀로 헬스장에 등록하고, 교회에 가는 대신 요가와 명상을 한다. 오늘날 주기적으로 심리상담사를 찾는 사람은 예전 같으면 고해성사를 하러 다녔을 수도 있다. 어떤 사람들에게는 관계의 실이 너무도 가늘어져서 그 실체가 거의 없을 정도다.

나 역시 그랬다. 내가 우울증을 가장 심하게 앓았던 시기는 2005년, 2008년, 2011년이었다. 미국에서 교환학기를 마치고 마인츠에 돌아왔을 때, 친구와 동기와의 연락은 완전히 끊어졌고, 우리 가족은 450킬로미터 떨어진 곳에 살고 있었다. 3년 후 나는 다시 고향인 뮌헨에서 살게 됐다. 《쥐트도이체차이퉁》에서 일하기 위해서였다. 일이 많아서 사람들과 관계를 맺거나 즐겁게 어울릴 시간이 부족했다. 다시 3년 후 나는 육아휴직 중이었다. 나를 제외한 모두가 낮에는 사무실, 밤에는 와인 바에 있었다. 외로웠다.

외로움은 우울증과는 다르다. 외로움이 심한 우울증을 야기하는 것은 아니며, 우울증은 친구들과의 대화로 치유되지 않는다. 상담치료를 친구들과의 대화로, 상담사를 성직자로 대체할 수 없다. 독일에서 전문 심리상담사가 되려면 대학을 졸업하고도 수년간 훈련을 받아야 한다. 열정적인 상담사들의 입장에서는 많은 노력이 요구되는 막중한 도전이다. 환자들의 입장에서는 많은 도움이 되고 유익한 일이다. 반면, 소셜 미디어에서 유행하는 '모두를 위한 테라피' 따위는 의미가 없다.

치료 상담을 받으러 가는 사람 중 일부는 오히려 친구가 필요한 것일 수도 있다(새로운 사람을 사귀는 것이 힘들어서 심리학 또는 코칭의 도움을 받거나). 반면 심한 정신질환을 앓고 있는 사람들이 자신을 치료해줄 사람을 찾지 못하는 경우도 있다. 정신과 의사인 토마스 폴매셔에 따르면 전체 우울증 환자 중 3분의 1만이 도움을 받고 있다.

상담치료를 받을 수 있는 곳은 매우 한정되어 있다. 독일에서는 매년 성인 네 명 중 한 명인 1,800만 명이 정신질환자의 요건을 충족시키는 것으로 추정된다. 2020년에 외래 심리치료를 받으려는 사람은 평균 24주, 즉 거의 반년을 기다려야 했다. 평균이라는 것이 항상 그렇듯이, 어떤 사람은 그보다 훨씬 빨리 치료를 받지만 어떤 사람은 응급치료가 필요해도 도움을 받으려는 시도조차 하지 않는다. 당연히 통계에 전혀 잡히지 않을 수도 있다. 혹은 치료를 받으려는 시도를 잠깐 했다가 포기하는 바람에 24주가 되기 훨씬 전에 대기자 명단에서 빠졌을 수도 있다. 치료를 받기 위해 넘어야 할 허들이 너무 높다고 느끼는 사람들도 있다. 내가 문제라고 생각하는 지점이다.

※ ※ ※

나는 결국 상담사를 찾아냈다. 물론 여기저기 전화를 하고 시험 상담을 받는 등 귀찮은 과정을 거쳐야 했기 때문에 힘들고 짜증이 났다. 하지만 내가 충분히 할 수 있는 일이었다. 그리고 그걸 해내지 못할 만큼 상태가 너무 좋지 않을 때면 나의 배우자, 가장 친한 친구, 엄마와 같은 주변 사람들이 도와주었다. 당시 아버지의 담당 상담치료사가 우리를 알고 있으니 대기 시간 없이 바로 진료 예약을 잡을 수 있었다. 그다음에 찾았던 병원 소속의 상담사는 외래 환자를 장기적으로 보는 일이 거의 없었지만 나는 예외적으로 받아주었다.

나는 상담사들과 의사들이 기꺼이 나를 진료해준다는 느낌을 자주 받는다. 증상이 매우 심할 때도 나는 상냥한 환자다. 진료 시간을 칼같이 지키고, 진료 의뢰서나 건강보험증을 빼먹지 않는다. 병원 측이 건강보험으로 결제받지 못하면 내가 개인적으로 진료비를 지급한다. 맞은편에 앉은 사람에게 욕을 하지 않고, 소리를 지르며 돌아다니지 않고, 냄새를 풍기지 않고, 누군가를 때리지도 않고, 불을 지르지도 않는다. 말을 조리 있게 하고, (나와 마주 보고 있는 상담사와 비슷한 정도의) 대학교육을 받았다. 우리는 같은 세계에 살고 있으며 서로를 이해한다.

정신병원에 두 번 입원하면서 나는 다양한 사람들을 만났다. 집이 없고, 친구가 없고, 돈이 없고, 예의범절도 없는 사람들이었다. 양극성 장애, 경계선 증후군 등 각종 정신 이상 증세를 앓는 이들이었다. 그들은 후속 치료가 반드시 필요했지만 스스로를 돌볼 여건이 되지 않았다. 다른 한편으로는 (순전히 추측에 불과하지만) 심리치료사들이 그런 환자들을 별로 내켜하지 않았던 것 같다.

어쩌면 심리치료를 다소 비판적으로 바라보는 것이 도움

이 될지도 모르겠다. 왜냐하면 심리치료는 굉장히 많은 것을 해줄 수 있지만, 그렇다고 모든 것을 해줄 수 있는 것은 아니기 때문이다. 특히 내가 함께했던, 분석적인 훈련을 받은 상담사들은 가끔 의지만 있으면 뭐든 해낼 수 있는 것처럼 행동했다. 2008년 나는 병원에서 두 달간 내 가족을 분석했지만 그것으로 나아질 기미는 보이지 않았다. 그제야 정신과 의사가 항우울제를 처방했다. 내가 이 이야기를 전했을 때 내 상담사는 얼굴을 찌푸리며 말했다. "언젠가는 환자분이 감정을 너무 억누르지 않고 그대로 내버려두는 법을 터득했으면 좋겠어요." 나는 너무 심한 생리통에 시달려서 작년에는 자궁절제술을 받았다. 이때도 상담사는 내가 여성성에 대해 보다 긍정적인 태도를 가졌더라면 통증을 줄일 수 있었을 거라고 했다. 설령 그의 말이 맞는다 하더라도 그런 태도를 어떻게 단기간에 갖는단 말인가?

치료에 대한 이런 식의 믿음은 자기 자신의 영혼과 생각, 감정을 통제할 수 있다는 착각을 유발하기도 한다. 정말이지 완전히 비현실적인 착각이다. 도대체 내 안에서 어떻게 자신감, 사랑, 힘, 확신과 같은 것들을 불러일으킨다는 말인가? 자신의 신념에 의문을 갖고 그것을 바꾸기까지 하는 것은 매우 길고 힘든 길이다(그리고 그럴 만한 가치가 없을 때도 많다. 나는 치료가 중요하다고 생각하고, 그에 앞서 자기 성찰은 더더욱 중요하다고 생각한다). 하지만 어떤 것들은 자신의 성격이기 때문에 바꿀 수 없다. 나처럼 우울하고 의심 많은 사람은 무언가에 불꽃을 튀기며 무모하게 달려들지 못한다. 내 친구가 자신의 상담사에게 들은 말이 있다. "언젠가는 괜찮아질 거예요. 그렇다고 해서 당신이 알록달록한 나비가 되는 건 아니겠지요." 그 상담사는 훌륭한 상담사다.

치료가 마술처럼 모든 걸 바꿔줄 수 있다는 잘못된 믿음 외에도 일단 치료를 시작하면 잘못될 것은 없다는 생각도 문제다. 재밌는 점은 두 가지 생각을 동시에 하는 사람들이 있다는 것이다. 하지만 가만히 생각해보면, 두 생각이 모두 맞을 수는 없다. 어떤 방법이 효과가 있는 경우 거기에는 원치 않은 효과가 수반되기도 한다. 또는 잘못될 가능성이 전혀 없는 대신 큰 도움도 되지 않는 경우가 있다.

개인적으로는 예전이나 지금이나 좋은 심리치료가 많은 것을 해줄 수 있다는 믿음을 갖고 있다. 하지만 잘못된 치료가 많은 것을 파괴하는 것도 보았다. 만약 어린 시절의 유령이 지금도 자신을 괴롭힌다면, 그 유령과 싸우는 게 의미 있을 수도 있다. 하지만 깊게 잠들어 있는 과거의 괴물을 단지 분석하기 위해 깨우는 건 위험하다.

주변의 숲이 아름답다는 이유로 찾았던 그 병원을, 세세한 분석 시간에만 국한하여 설명하는 건 불공평하다. 나는 그곳에서 대부분의 시간을 편안하게 보냈고, 흥미로운 사람들을 만났으며, 수많은 소중한 경험을 얻었다. 그렇다고 해도 '25번, 100번, 300번의 상담치료 후에 내 정신은 완전히 건강해져서 다시는 같은 이유로 병원을 찾는 일은 없을 거야'라고 기대해서는 안 된다. 다른 사람들도 이런 생각으로 치료를 시작하는지는 모르겠으나 적어도 나는 그렇게 생각했었다. 내 질병의 원인을 듣고 싶었고 문제를 해결하고 싶었으며 그 후에는 이 빌어먹을 모든 것으로부터 해방되고 싶었다. 지금은 심리치료psychotherapy가 물리치료physiotherapy와 비슷하다는 사실을 안다. 아이들은 어차피 그 둘의 차이점을 모르고 두 단어 모두 제대로 발음하지 못한다.

허리나 무릎이 아프면 물리치료를 받으러 가서 통증을 줄여주는 처치(적외선 램프, 온찜질, 마사지 등)를 받는다. 그 후에는 물리치료사와 함께 재활을 한다. 물리치료사는 어떤 자세가 잘못되었고 어떤 훈련이 힘을 키워주는지 가르쳐준다. 치료를 위해 몇 번 방문하다가 괜찮아지면 물리치료를 중단한다. 그렇다고 해서 허리나 무릎이 다시는 아프지 않으리라는 보장은 없다. 매우 많은 사람이 같은 문제로 같은 치료를 받으러 클리닉을 다시 방문한다.

정신도 마찬가지다. 이상적으로는 똑똑하고, 공감 능력이 뛰어나고, 다가가기 쉬운 상담사에게 모든 일을 털어놓는다. 부담되거나, 신경 쓰이거나, 슬픈 일들을. 그것만으로도 기분이 나아진다. 그다음에는 그 일이 왜 부담되는지 신경 쓰이는지 슬픈지, 혹시 잘못된 사고 패턴이나 신념을 가진 건 아닌지, 그렇다면 그것은 어디에서 비롯된 것인지 알아 내고자 노력한다. 그러고 나면 그런 사고 패턴을 지우고, 더 나은 신념으로 대체한다. 단순하지 않은가? 하지만 절대 그 렇지 않다. 게다가 이 과정은 완전히 끝나지 않는다.

그렇다고 평생 치료를 받아야 한다는 것은 아니다. 하지 만 반복해서 문제가 생기고, 정신적 부담을 느끼고, 도움 을 필요로 하게 될 가능성은 크다. 심리치료는 아프기 이전 의 삶을 되찾아주는 신속한 수선이나 수리와 같은 것이 아 니다(내 말을 믿어주길 바란다. 나도 이 말이 틀리길 바랐다). 그보 다는 감정적, 지적 체조와 같다. 정신질환을 앓고 있는 많은 사람이 충분한 치료를 받은 후에 혼자 균형을 찾아갈 수 있 다. 그러나 어떤 사람들은 계속 치료를 받아야 한다.

CHECK POINT
치료는 도움이 된다.
그렇다고 모든 걸 해결해주지는 않는다.

약을 먹어도 될까

전문가의 도움을 받아야 할 때

처음으로 알약이란 걸 접했던 때가 정확히 기억난다. 아홉 살이던 나는 할머니네 거실의 난방기 앞에 서서 따뜻한 바람이 들어가게 잠옷을 들어 올렸다. 방광염이 너무 심해서 계속 울음이 나왔다. 어느 순간 엄마는 큰맘 먹고 내게 파라세타몰을 반쪽 주었다. 나는 알약을 먹어본 적이 없어서 어떻게 삼켜야 할지 몰랐다. 심지어 알약 반쪽은 온전한 한쪽보다 목으로 넘기기가 힘들어서 혀끝에 남아 있던 부스러기의 쓴맛이 아직도 입안에 맴도는 느낌이다. 결국 나는 그 알약을 삼키지 못했다.

나는 그렇게 자랐다. 우리 집에서는 비상시에만 알약을

먹었다. 그것도 되도록 반만. 그래서 진통제와 편두통약을 먹을 때는 양심의 가책을 느꼈다. 그러면서도 의식하지 못하는 사이에 점점 많은 양을 복용하게 되었지만. 미국으로 떠나기 전, 나는 의사에게 편두통약 일곱 팩을 처방해달라고 했다(미국에서 어떻게 편두통약을 처방받아야 하는지 몰랐기 때문이다). 한 팩에 일곱 알씩 총 49알이었고, 그만큼이면 10개월 이상 버틸 수 있을 것 같았다. 착각이었다. 그 덕분에 나는 워싱턴에서는 수마트립탄 일곱 알이 135달러라는 사실을 알게 되었다(어쩌면 독일에서도 그 정도의 가격일지 모르지만 보통은 보험 처리가 되기 때문에 정확히는 모르겠다).

우울증 때문에 매일 약을 먹기 시작한 것은 2006년부터였다. 뷜 선생님과의 상담 시간에 그토록 많은 노력을 들이고 긴장이완 훈련과 지구력 운동을 규칙적으로 했음에도 내 상태는 나아지지 않았기 때문이다. 구불구불한 회녹색 라인강 위에 뻗어 있는 테오도어 호이스 다리가 또다시 내게 속삭이는 듯했다.

"뛰어내려!"

이곳에서 뛰어내려 목숨을 끊은 사람이 있는지는 모르겠다. 하르 지역 정신병원에 입원했을 당시 돌아다니던 근처 S반 철길 구역도 자살에 적합한 장소인지 잘 모르겠다. 어쩌면 철길로 들어가는 길이 아예 막혀 있을지도 모른다. 내가 10대였을 때 한 친구와 함께 발코니 위에 서서 지금 아래로 뛰어내려 자살한다면 어떻게 될까라는 생각을 입 밖으로 낸 적이 있다. 그 친구는 나를 비웃었다. 우리가 있는 3층 높이에서는 죽지 않는다는 것이었다.

그러나 중요한 건 그게 아니었다. 적어도 나에게는 그랬다. 나는 수년간 계속 자살에 대한 생각으로 괴로워하면서도 한 번도 자살을 시도해본 적은 없었다. 그런 시도에 가장 가까이 다가갔던 것은 하르에 입원해 있을 때였다. 그때는 정말 다시 돌아오지 않을 마음으로 아이를 맡기고 떠났었다. 당시의 나는 그 정도로 자살 충동과 우울증에 깊이 빠져 있었고, 나의 딸 막달레나에게도 내가 없는 편이 더 나을 거라고 생각했다. 나는 마티아스가 나보다 좋은 엄마가 되어줄 배우자를 찾을 거라고 확신했다.

그렇게 되려면 먼저 해야 할 일이 있었다.

깊은 좌절감과 아프게 가슴을 누르는 압박감을 안고 나는 선로로 갔다. 괴로움에서 벗어나는 길은 죽음밖에 없는 것 같았다. S반이 차례로 한 대씩 지나갔고, 나는 나 자신과 씨름했다. 역사에서 선로로 뛰어들어야 할까? 아니면 철로에 누워 있을까? 어떤 결정을 내리기에는 너무 혼란스러웠고, 나의 얽히고설킨 신념을 실행에 옮기기에는 너무 무력했다. 그래서 나는 병원으로 가서 담당 간호사에게 내 기분을 이야기했다. 간호사는 내게 강한 안정제를 놔준 뒤 다시 폐쇄 병동에 넣어주었다. 내가 동의한 일이었다.

이쯤에서 정신병원에 대한 이야기를 하는 게 좋을 듯하다. 정신과에 대해서는 알려진 것이 너무 없고, 그만큼 선입견도 많기 때문이다. 세상이 주목할 만한 재판 이후 가해자가 '정신병원'에 가게 되는 경우 말고는 대중이 정신병원을 접할 일은 별로 없다. 그러나 사실 유죄판결을 받은 범죄자들이 '정신병원'에 가는 일은 절대 없다. 그들은 정신적 장애가 있는 범죄자 혹은 예방적 구금(독일 형법에 따라 위험한 범죄자로부터 국민을 보호하기 위한 예방 목적으로 내려지는 구금 조치─옮긴이) 대상자를 위한 치료감호소에 가게 된다. 그러므로 우울증이나 강박장애로 정신병원에 입원했다가 탕비실에서 테러리스트나 살인범을 만날 수도 있다는 불안은 근거가 없다.

사람들이 흔히 갖고 있는 두 번째 선입견은 정신병원이 교도소와 같은 곳이라서 환자들이 그곳에 영원히 감금될 수도 있다는 것이다. 실제로 그런 일이 있었던 것은 사실이고, 유명한 사례로 구스틀 몰라스Gustl Mollath의 이야기가 있다. 여러 범죄를 저지른 그는 정신장애가 있다는 판정을 받고 교도소가 아닌 치료감호소에 가게 됐다. 나중에 이 판결은 법원과 정신병원이 저지른 중대한 실수로 드러났다. 하지만 이 이야기는 사실 불안감을 조성하기보다는 우리를 안도하게 만들어야 한다. 왜냐하면 이 사건이 이토록 크게 다뤄졌다는 것은 그만큼 예외적인 일이라는 뜻이기 때문이다. 수만 번 안전하게 도착한 기차가 아니라 어쩌다 한 번 탈선한 기차가 보도되는 것이 미디어의 논리다. 그러나 대부분의 사람들은 기차를 타본 적이 있어서 ICE(독일 고속 열차—옮긴이)가 정상 궤도를 달린다는 사실을 알고 있는 반면, 정신병원에 직접 가본 사람은 극소수이기 때문에 잘못된 이미지가 생겨나는 것이다.

독일에서는 어떤 이를 당사자의 의지에 반해 정신과 폐쇄 병동에 입원시키려면, 자해 혹은 타해 위험이 반드시 입증되어야 한다. 판사가 입원 명령을 내려야 하고 이를 주기적으로 검토한다. 사람들의 상상과는 다르게, 폐쇄 병동에 있는 대부분의 환자는 자발적으로 들어온 사람들이다. 병동의 문은 그들을 보호하기 위해 닫혀 있는 것이며, 그들이 원한다면 언제든 치료를 중단할 수 있다. 물론 모든 의사가 격렬하게 반대하면서 어쩌면 "당신이 나가게 두지 않을 겁니다!"와 같은 말을 할 수도 있다. 하지만 그 말은 생사가 달린 수술을 거부하거나 화학요법을 조기에 중단하려고 하는 환자도 들을 만한 것이다. 정신과에서도 어떤 약을 복용할지 말지, 어떤 치료를 진행할지 말지, 결국은 환자 스스로가 결정한다.

환자가 원하면 언제든 자유롭게 나갈 수 있는 병원이 훨씬 더 많다. 치료가 예정되어 있거나 보험법상의 이유로 병원을 떠나면 안 되는 경우도 있겠지만 그건 정신병원이 아닌 다른 병원도 마찬가지다.

처음 정신과를 방문했을 때만 해도 나는 이 모든 사실을 알지 못했다. 하지만 그때는 입원 또한 선택지에 없던 때였다. 그저 머리가 무거운 느낌과 자살 충동을 없애기 위해 매일 아침 청록색의 둘록세틴Duloxetine(우울증에 중요한 역할을 하는 호르몬인 세로토닌과 노르에피네프린을 모두 타깃으로 하는 항우울제-옮긴이) 캡슐을 복용하기로 했다. 약이 효과가 있어서 몇 달 후 나는 다시 나 자신으로 돌아온 듯했다. 그래서 약을 끊자 다시 어두운 감정이 돌아왔다.

나는 나의 우울한 기분을 설명해줄 갖가지 이유를 찾았다. 짧은 기간 안에 조부모님 두 분이 연달아 돌아가셨으니 이렇게 슬픈 것도 놀라운 일이 아니지. 처음으로 주중 40시간을 일하고 있으니, 이렇게 힘든 것도 당연한 일이지. 그렇게 계속 이유를 찾았지만, 어느 순간 독특한 치료 방법을 가진 그 정신병원에 또다시 찾아간 나를 발견했다. 그곳 의사들은 약을 쉽게 처방해주지 않았고, 처음에는 나도 그런 방침을 환영했다. 나는 약물의 도움 없이 '해내기'를 바랐다.

이 말에는 당시의 내 사고방식에 관한 많은 것이 함축되어 있다. 나는 열심히 치료에 전념한다면 약의 복용을 피할 수 있으리라고 생각했다. 그 병원의 상담사들은 나의 이런 생각을 격려했다. 하지만 두 달이 지나도록 여전히 자살 충동을 느꼈기 때문에 결국 약을 처방받았다. 마인츠에서부터 알던 청록색 알약이었고, 이번에도 큰 효과가 있었다.

퇴원 후에도 나는 병원의 상담사와 상담치료를 이어갔다. 그는 상담사인 동시에 정신과 의사였다. 반년쯤 지나고 나서 나는 그 의사와 상담한 후에 다시 약을 끊었다. 몇 달 뒤, 내 상태가 꽤 심해졌고, 의사가 새로 약을 처방해줬다. 그러다 임신을 하게 되어 다시 약을 끊었다. 혹시 여기서 반복되는 패턴을 발견했는가? 지금은 나도 보이지만 그때는 알아차리지 못했다. 그러나 나의 의사는 알아차렸어야 했다. 시간이 지나고 돌아보면 항상 더 많은 것이 보이는 법이지만, 내가 약을 먹는 과정을 돌아보면 항상 이런 생각이 든다. 어째서 내가 약을 끊겠다고 세 번째로 말했을 때도 아무도 나를 말리지 않았을까? 왜 나의 의사 중 누구도 임신 중에 먹을 수 있는 항우울제가 있다는 것을 몰랐을까?

현재 나는 10년 넘게 매일 우울증약을 복용하고 있다. 그동안 나는 정신적 안정을 유지했다. 그전에는 그렇지 못했다. 나는 너무 오랫동안 약물에 대해 비판적이었기에, 우울증약은 고사하고 편두통약조차 먹고 싶지 않았다. '약물은 나쁜 것이다. 그 이름에 정신이라는 단어가 들어간 것은 더더욱 나쁘다. 약물은 사람을 중독시키고 성격을 바꾸고 사람을 좀비로 만든다.' 당시 내 생각과 불안을 글로 옮기면 대략 이렇다. 나는 다른 사람들도 이러한 두려움을 갖고 있다는 걸 안다. 그래서 몇 단락에 걸쳐 약에 관해 쓰고 있지만, 내가 환자로서 이 글을 쓰고 있음을 강조하고 싶다.

나는 정신과 의사도, 그냥 의사도 아니라서 내가 어떤 약을 복용했고 어떤 효과를 봤는지를 이야기할 수 있을 뿐이다. 그러니 이 글을 읽고 의사에게 가서 같은 약을 달라고 하지 마라. 나에게 효과가 있었다고 해서 당신에게도 효과가 있을 거라는 보장은 없으니까. 한때 도움이 되었던 약이 더는 효과가 없는 경우도 있다. 그럴 수 있다. 나도 그랬다. 그러니 믿을 만한 정신과 의사를 찾아가서 상의하길 바란다.

팁을 하나 더 준다면, 일단 정신과 의사를 찾았다면 그의 조언을 따르는 것이 좋다. 정신과 관련해서는 많은 환자가 자신이 의사보다 많이 안다는 충동적 느낌을 받는다(나도 그랬다). 그래서 우리가 우리 머리를 다시 통제하고 있다는 착각에 빠진다. 그래서 나는 두 번 이상 의사에게 약을 줄이거나 중단하는 것이 좋겠다고, 그래도 나는 '해낼 수 있을' 거라고 설득했다. 만약 정신이 아니라 몸에 병이 있었다고 생각해보자. "아니요, 저는 6주나 화학요법을 받을 필요가 없습니다. 4주면 돼요. '해낼 수' 있어요." "아니요, 제 폐렴에 항생제는 필요 없습니다. 그냥 '해낼 수' 있어요." 어이없게 들리는가? 맞다, 어이없는 소리다. 정신적 질병도 마찬가지다.

차이가 있다면, 다른 질병의 경우 환자의 진술 외에도 많은 자료를 얻을 수 있다는 것이다. 유방 촬영을 통해 가슴의 멍울이 얼마나 큰지 확인할 수 있고, 엑스레이나 혈액 수치를 통해 폐렴을 확인할 수 있다. 환자가 자신의 컨디션이 아주 좋다고 말해도 이러한 자료를 제시하며 어떤 조치가 필요하다고 권할 수 있다. 정신적 질병은 환자가 의사에게 이야기하는 것 외에 다른 실마리가 별로 없다. 그래서 내가 내 상태가 좋고 약을 꼭 먹지 않아도 될 것 같다고 하면, 의사는 적어도 나의 진술 중 앞부분은 믿는 수밖에 없다.

＊ ＊ ＊

내가 처음 복용했던 약인 둘록세틴은 항우울제에 속한다. 이 그룹의 전형적인 특징은 처음 약을 먹었을 때 아무 일도 일어나지 않는다는 것이다. 두 번째, 세 번째, 네 번째에도 마찬가지다. 효과는 몇 주가 지나야 나타난다. 그것도 매우 서서히 나타나기 때문에 신체와 정신 모두 약물과의 연관 관계를 제대로 알아차리기 어렵다.

나도 이 약의 효과가 매우 느리고 거의 느껴지지 않았기 때문에 내 상태가 좋아진 것이 이 약 덕분이었음을 수년간 알지 못했다. 그도 그럴 것이, 내가 그 약을 먹었던 6~9개월 동안 당연히 내 삶에서도 무언가가 계속 바뀌었기 때문이다. 나는 나의 좋아진 회복 탄력성과 더 밝아진 분위기가 이 청록색 알약이 아닌 다른 이유들 때문이라고 생각했다. 그래서 약을 끊었다.

항우울제의 경우 보통은 점점 복용량을 줄이다가 끊는다. 즉 하루아침에 복용을 중단하는 것이 아니라 서서히 복용량을 0까지 줄여간다. 처음 약을 복용할 때와 마찬가지로 약을 끊을 때도 몇 주 뒤에야 효과가 나타난다. 그때가 되면 내가 약을 복용했다는 사실조차 거의 잊어서, 내 기분이 우울한 이유를 다른 곳에서 찾게 된다. 내가 다시 우울하다는 사실을 알아차리고 항우울제를 처방받기까지 몇 달씩 걸리는 이유가 이것이다.

딸을 출산한 뒤에는 특히 상태가 좋지 않아서 평소 복용하던 항우울제도 듣지 않았다. 결국 막달레나와 나는 다시 정신과 병동에 있게 되었다. 그곳에서 먹은 약을 다 적기에는 공간이 모자랄지도 모른다. 매우 많은 종류였다는 사실

외에는 나도 이제 기억나지 않는다. 며칠에 한 번씩 다른 약
을 받았지만, 하늘색 감미료 정제처럼 생긴, 작고 둥근 타보
르Tavor(강력한 항불안제인 로라제팜의 상표명 —옮긴이)는 늘 포
함되어 있었다. 타보르는 벤조디아제핀 계열에 속하는 진
정제로, 장기간 사용하면 중독될 수 있고 처방을 잘못하면
사람을 좀비로 만들 수 있다. 이 때문에 타보르를 복용하기
가 두려웠지만 당시 내 상태가 너무 심각해서 다른 선택지
가 없었다. 항우울제와는 달리 타보르는 즉시 효과가 나타
났다. 내가 자살 충동을 느낀다고 하면 처방해주는 진정제
가 타보르였다. 내가 싫어하던 트루더링의 집에 앉아 있다
가 견딜 수 없는 기분이 들면, 이 비상 알약을 먹었다. 효과
는 즉각적이었다. 타보르는 기분을 들뜨게 하지도, 행복하
게 하지도 않았다. 하지만 끔찍한 생각과 기분에서 벗어나
도록 도와주었다. 갑자기 모든 게 그럭저럭 괜찮아졌다. 자
살 충동이 드는 우울한 상태에 비하면, 그럭저럭 괜찮은 것
은 매우 훌륭한 상태다.

　벤조디아제핀은 장기간 복용하는 약물로는 적합하지 않
았기 때문에 의사들은 다른 효과적인 항우울제를 찾았다.
내 우울증이 너무 중증인 데다 정신 이상 증세와 매우 비슷
했기 때문에 항정신질환제와 리튬Lithium(정신질환에 사용되는
약물. 양극성 기분장애의 치료와 예방에 효과가 있는 것으로 알려졌

다—옮긴이)도 시도해봤다. 리튬은 (왜 그런지는 과학자들도 명확히 설명하지 못하지만) 항우울제 효과가 있으며 중증 우울증에 다른 약물과 함께 처방된다. 이 셋의 조합을 통해 나는 퇴원할 수 있었다. 이후 찾아간 다른 정신과 의사는 약을 끊는 것에 대해서는 3년 후에나 논의할 거라고 솔직하게 말해주었다. 잘됐다고 생각한 것은 아니지만, 의사가 명확하게 말해주어 고마웠다.

그다음 3년 동안은 아침저녁으로 매일 하얀색, 노란색, 분홍색의 알약을 모두 삼켰다. 약들을 플라스틱 포장재에서 눌러 꺼낸 다음 일부는 반으로 쪼개서 연두색의 알약 디스펜서에 넣는 것이 내가 매주 반복하는, 일종의 의례가 되었다. 게다가 이 모든 약을 먹으면서도 소화 기능을 유지하기 위해 매일 아침 오렌지 맛이 나는 차전차피 가루를 물에 타서 한 잔씩 마셨다.

나는 밤낮으로 갈증에 시달렸고, 체중은 20킬로그램 늘었다. 더는 우울증에 시달리지 않아도 된다는 사실에 변비와 구강 건조, 체중 증가 같은 사소한 것쯤은 얼마든지 감수할 수 있을 만큼 기뻤다. 내가 복용했던 모든 정신과 약물에는 부작용이 있었다. 거의 모든 약은 구강 건조를 동반했고, 체중 증가와 변비 혹은 체중 감소와 설사를 유발했다. 수면과 성욕에도 영향을 미치는 약물이 많았다. 이 모든 것을 피할 수 있다면 당연히 좋았을 것이다. 하지만 모두 사소한 문제였다. 체중이 100킬로그램 나가고 평생 섹스를 하지 않는 것이 다시 우울증에 빠지는 것보다는 나았다.

✳ ✳ ✳

2014년에 남편과 나는 둘째를 낳기로 하고 피임을 중단했다. 나는 첫째를 임신했을 때의 경험을 통해 임신하자마자 약을 끊어도 된다는 정보를 갖고 있었다. 기다리던 아이가 생겼고, 나는 내 정신과 의사에게 이야기했다. 그는 깜짝 놀라 의자에서 떨어질 뻔했다. 그는 리튬을 복용하면서 임신하는 것은 매우 위험하다고 했다. 그러나 나는 이미 임신했기 때문에 상황을 조절하고 최선의 결과를 기대하는 수밖에 없었다. 안타깝게도 나는 임신 5개월째에 유산하고 말았다. 향정신성 약물 때문이었는지, 또는 그냥 운명이었는지는 누구도 알지 못할 것이다. 지금의 내게는 중요한 사실도 아니다. 나는 그저 모든 의사가 임신이라는 주제에 대해 스스로 공부하거나, 아니면 자신이 잘 모른다는 점을 솔직하게 인정하고 다른 의사를 찾아가게 하기를 진심으로 바랄 뿐이다.

그래서 세 번째 임신을 하기 전에는 미리 리튬과 신경이

완제를 끊고, 새로운 항우울제를 복용했다. 사실 그 약은 꽤 오래전부터 있던 약이었다. 공식적으로 임산부에게 허락된 약은 거의 없다. 약에 동봉된 거의 모든 설명서에는 임산부와 수유부의 경우 의사 혹은 약사와 반드시 상의하라고 되어 있다. 아니면 해당 약물이 태아나 모유에 어떤 영향을 미치는지는 확실히 연구된 결과가 없다고 적혀 있다. 임산부와 수유부 대상의 의학적 연구는 윤리적 문제 때문에 거의 수행되지 않기 때문이다. 그래서 시판되는 약의 90퍼센트 정도는 임산부와 수유부의 올바른 복용량이나 복용에 따르는 위험에 대한 신뢰할 만한 정보가 없다. 그럼에도 여성들은 당연하게도 약이 필요하다. 임산부 두 명 중 한 명은 만성 질병을 앓고 있거나 급성 질환에 시달린다.

어쨌든 특수한 상황의 임산부를 대상으로 수십 년째 데이터가 수집되고 있다. 비록 진정한 의학 연구와는 거리가 있지만, 이렇게라도 수만 건의 경험 보고서가 쌓인다면, 어떤 약물이 더 많은 혹은 더 적은 위험을 내포하는지에 대해 믿을 만한 결과가 도출될 것이다. 언제나 득과 실을 신중하게 고려한 뒤에 결정이 내려져야 한다. 모든 것을 중단하는 것도 결코 안전한 결정이 아니라는 것을 경험으로 배웠다. 하지만 임신 중의 약물 복용에 대해서는 이러한 측면이 너무 자주 간과된다. 임산부가 아프면 그 또한 태아에게 좋지 않은 영향을 미친다. 그래서 나의 정신과 의사는 오랜 기간 시험을 거치고 예전부터 잘 알려진 항우울제를 임신, 출산, 수유 기간 전체에 걸쳐 복용할 것을 결정했다. 병력을 기재하는 설문지 같은 곳에 '매일 설트랄린Sertraline(졸로푸트라고도 불리는, 적응증이 광범위한 항우울제. 부작용이 적은 것으로 알려져 있다ㅡ옮긴이) 100밀리그램 복용'이라고 적을 때마다 상대방이 눈썹을 추켜세우며 비판적인 목소리로 "임신하셨는데도요?"라고 묻는 것을 제외하면 모든 게 순조로웠다.

나는 그때부터 매일 우울증약을 복용하고 있고 당분간은 이를 변경할 계획이 없다. 물론, 약에는 부작용이 따른다. 신체적인 부작용은 앞에서 이야기했다. 감정적인 부분에 대해 이야기하자면, 우울증 외에도 감정 전반을 무디게 만드는 경향이 있다. 나는 더는 끝없는 슬픔을 느끼지 않고, 우는 일도 거의 없다. 그러나 완전한 행복감에 빠지는 일도 별로 없다(다른 사람들도 예외적인 상황에서만 그런 기분을 느끼기는 하지만). 약간 더 빛이 밝아진 느낌이고, 점점 더 자주 어떤 일이 벌어지든 상관없다고 느낀다. 부정적으로 생각할 수도 있겠지만, 나는 이 상태가 편하다. 예전의 나는 다른 사람들에 의해 굴려지는 감정의 공과 같은 상태였다. 누군가의 말 한마디 때문에 울기도 했고, 이상한 반응 때문에 며칠씩 괴로워하기도 했다. 내가 실수라도 하면, 모두가 알 것이라고 확신하며 영원히 그 실수를 끌고 다녔다. 화가 날 때면 아무 말도 하지 않고, 고요 속에서 홀로 괴로워하며, 사실은 내가 화난 것이 아님을 스스로에게 주지시켰다. 그러고 나서 나중에는 이 모순되고 혼란스러운 생각 때문에 편두통을 앓았다.

흔히들 말하길, 정신적 질병을 앓는 사람들은 일단 약을 복용해야 심리치료도 효과를 볼 수 있다고 한다. 모두에게 해당하는 말은 아니겠지만, 나한테는 맞았다. 약은 나의 성격을 변화시키지 않았고, 슬픔에서 기쁨을 만들어내지도, 분노를 평화로 바꾸어놓지도 않았다. 그러나 감정을 인지할 수 있을 정도의 충분한 안정감과 내면의 고요를 가져왔다. 지난 9년 동안의 치료는 언젠가 다시 약물과 치료 없이 '해낼 수 있도록' 하는 것에 초점이 맞춰져 있지 않다. 그 대신 나는 앞으로 살아가는 데 필요할, 나의 감정을 건강하게 다루는 법을 배우려고 노력하는 중이다.

CHECK POINT

**약의 복용 여부는
성공이나 실패와 아무 상관이 없다.**

난 당신의 상담사가 아니야

우울증을 겪는 이가 곁에 있다면

어느 토요일 오전, 심각한 우울증을 겪던 나는 울음이 터
지기 일보 직전으로 드러그스토어의 샴푸 코너에 서 있었다.
며칠째 집에 샴푸가 떨어져서, 집에서 가장 가까운 200미터
거리의 상점을 찾은 것이다. 발에 몇 톤 무게의 모래주머니
가 달린 듯 10미터를 걸을 때마다 과연 내가 상점에 도착할
수 있을지, 아니면 집으로 돌아가 침대에 다시 누워야 할지
를 고민했다. 그렇게 겨우 당도한 곳은 약 4미터 길이의 샴
푸 매대였다. 그곳에는 100 아니, 200가지는 족히 되어 보
이는 여러 종류의 샴푸통이 진열돼 있었다. 푸석푸석한 모
발, 윤기 없는 모발, 건조한 모발을 위한 샴푸. 천연 샴푸, 전

통 샴푸, 브랜드 샴푸. 가격은 99센트인 것도, 11.99유로인 것도 있었다. 사실 어떤 샴푸든 쥐똥만큼의 관심도 상관도 없어서 선택이 더 어려웠다. 나는 다시 집으로 돌아가 며칠째 감지 않은 머리 위로 이불을 덮었다.

또 다른 어느 토요일, 마찬가지로 심각한 우울증에 시달리던 나는 뮌헨 근교에 있는 1,700미터 높이의 헤어초크슈탄트 정상에 있었다. 이날도 차라리 침대 밖으로 나오지 않았으면 했던 날이었다. 그런데 내 친구 브로니가 나를 밖으로 꾀어냈다. 브로니는 가끔 그런다. 나에게 진짜 선택권을 주지 않는다. "우리 발헨 호수로 산책 갈 거야. 너도 가자. 내가 15분 후에 데리러 갈게. 그럼 조금 이따 봐, 안녕!" 제대로 답도 하지 못한 나는 우울하고 무감각한 상태로 가르미쉬 방향 95번 아우토반을 달리는 브로니의 차에 실려 있다. 브로니라면 두 시간짜리 등산을 산책이라고 표현할 수도 있다. 나는 아니다. 우울증의 한가운데 있는 나는 말할 것도 없다.

나는 말을 아끼고 스스로를 겨우겨우 끌어올리면서, 속으로 다음 커브까지 올라갈 수 있을지 아니면 가까운 덤불 아래 젖은 낙엽 더미에 누워 죽는 게 나을지 계속 생각했다. 바보 같은 소리라는 걸 나도 알지만, 이게 바로 우울증 상태에서 나의 뇌가 하는 생각들이다. 그 황당무계함을 당시에는 알아차리지 못한다. 내 머리는 이 모든 걸 진지하게 떠올리고 있고, 그래서 너무 마음이 아프다.

산 위에서 내려다보니 삶이 훨씬 아름다워 보여서 나를 데리고 나온 친구에게 고마운 마음이 들었다는 말로 글을 마무리 지어야 할지도 모르겠다. 하지만 내가 진짜 느꼈던 것은 그게 아니었다. 산 정상에서의 기분은 밑에서만큼 최악이었고, 그날의 우울감은 그 전날, 그리고 그다음 날과 다를 바가 없었다. 그래도 그날은 기억에 남았지만, 그 전날과 다음 날은 잊혔다. 산을 오를 때 침대에 누워 있던 것보다 상태가 좋았던 것은 아니지만, 그래도 나는 어쨌든 그날 밖에 있었다. 땀을 흘리고, 욕을 하고, 숨을 쉬고, 하루를 살면서 내 질병을 상대로 작은 승리를 거두었다. '우울한 상태'의 반대말이 꼭 '인생을 즐기는 것'은 아니기 때문이다. '우울한 상태'의 반대는 '삶을 느끼는 것'이다.

우울한 사람들은 어떻게 상대해야 할까? 가족이나 친구의 입장에서 질병을 받아들이고 당사자를 그냥 가만히 내버려두는 게 좋을까? 아니면 무언가라도 하도록 동기를 부여해주고, 경우에 따라 부드럽게 등을 떠밀어주는 게 필요할까?

그건 때마다 다르다.

나를 데리고 아무것도 할 수 없는 그런 날도 있었다. 화장실에 가는 것조차 너무 지치고 과도하게 부담스러워서, 삶이 내게 원하는 사소한 것들이 불가능하게만 느껴졌다. 그런 날이면 함께 살던 친구가 그냥 자기 샴푸를 쓰게 허락해주기만 해도 고마웠다. 어떤 날에는 처음에 똑같은 기분으로 시작했으나, 하루를 마무리할 때쯤이면 누군가에 의해 어딘가로 끌려가서 시간을 보냈던 것이 즐거웠다. 그게 삶의 재미를 다시 찾아줘서는 아니다. 그렇게 빠르고 간단하게 해결되지는 않는다. 그래도 자살, 침실 천장, 베개 외에 다른 것들을 생각하고 보고 느낄 수 있었기 때문이다.

배우자로서 혹은 친구로서 언제 상대를 조심스럽게 떠밀어야 하는지, 아니면 내버려둬야 하는지를 어떻게 알아차릴 수 있는지, 안타깝지만 나는 알지 못한다. 아마도 그걸 구분하는 명확한 선이 애초부터 없을지도 모른다. 내 판단이 틀릴 가능성도 있다. 관계라는 건 결국 항상 그렇다. 상대를 아무리 좋아해도, 자신이 아무리 세심한 사람이어도 상대의 머릿속을 들여다볼 수는 없다. 그럼에도 나는 당사자의 모든 가족 구성원에게 몇 번이고 반복해서 시도할 것을, 그래도 통하지 않으면 그대로 받아들일 것을 간곡히 부탁하고 싶다. 무엇이 얼마나 가능한지는 꾸준한 시도를 통해서만 알 수 있다. 수술 후의 물리치료와 마찬가지다. 계속 누워만 있을 수는 없지만, 곧바로 몸에 부담을 주는 것 또한

'우울한 상태'의 반대말이
꼭 '인생을 즐기는 것'은 아니다.
'우울한 상태'의 반대는
'삶을 느끼는 것'이다.

피해야 한다.

브로니와 나의 부모님, 그리고 물론 나의 남편 마티아스까지. 내게 계속해서 손을 내밀어주고, 가끔은 부드럽게 밀어주고, 어떤 때는 무언가를 덜어주기도 하는 사람들이 내 주변에 많다는 것은 정말 큰 행운이다. 특히 마티아스는 한 번도 우울증을 약점이라고 생각하지 않았고, 치료나 약물에 대한 어떤 선입견도 품지 않았다. 이따금 '우리 남편은 언제나 날 위해 내 곁에 있어준다'라는 진부한 표현을 쓸 뻔도 했다. 그러나 사실 남편이 늘 내 곁에 있지는 않으며, 그게 그의 강점이다.

우울증을 앓는 사람과 함께 지내는 사람이라면 무엇보다 자신이 도움되지 않는 순간이 언제인지를 알아차리는 감이 필요하다. 이야기를 들어주고 위로해주는 건 좋다. 계속 들어주는 게 아니라 어느 순간 "상담사에게 전화해"라고 말해줄 수 있는 건 더 좋다.

많은 사람이 정신적 질병을 앓는 가족에게서 모든 일상적인 걱정을 덜어주려고, 그들의 모든 자기 파괴적인 생각과 감정에 귀를 기울이는 실수를 한다. 마티아스도 가끔 그럴 때가 있다. 하지만 그는 어느 순간이 되면 단호하게 선을 긋고 이렇게 말할 줄 안다. "그렇게 좋지 않은 상태라면, 당신은 내가 줄 수 없는 방식의 도움이 필요해. 내가 당신에게 맞는 상담사, 의사, 병원을 찾도록 도와줄게." 마티아스는 자신도 충분히 잘 지내야만 날 도와줄 수 있다는 사실을 안다. 그러기 위해서 그는 때때로 이기적으로 행동해야 한다. 예를 들면 내가 정신과 병동에 있는 동안 옥토버페스트(독일 뮌헨에서 매년 9월 말에서 10월 초까지 열리는 민속 축제이자 맥주 축제—옮긴이)에서 생일파티를 한다거나. 당시에는 많은 사람이 그의 행동을 말도 안 된다고 여겼고, 솔직히 말하면 나도 그랬다.

그러나 그 당시에는 남편(당시에는 남자친구)에게 내 생각을 솔직히 말하지 않았다. 말해야 한다는 느낌조차 들지 않았다. 앞서 이야기했던 감정표현불능증과 가끔 꽉 막혀버리는 나의 감정 처리 능력의 적절한 사례다. 남편은 생일 오후에 병원으로 날 찾아왔고, 우리는 병원 안에서 가능한 방식으로 최대한 그의 생일을 '축하'했다. 그런 다음 그는 친구들과 함께 옥토버페스트에 가기 위해 일어났다. 그는 내게 정말 가도 괜찮은지 물었고 나는 대답했다. "당연히 가도 괜찮지." 어차피 따라갈 수 없었고, 면회 시간도 끝났다. 달리 어쩔 수 있는 것도 아니었다. "아무렇지도 않아. 당연히 가도 돼. 난 괜찮아."

마티아스가 가고 나서 나는 지옥의 편두통을 맛보았고, 새벽 2시에 당직자에게 응급 상담을 받았다. 남자친구가 나

없이 혼자 파티에 가도 정말 아무렇지 않다는 말을, 그는 완전히 믿으려고 하지 않았다. 나는 내가 그걸 막는 건 거의 불가능하다고 답했다. 내가 정신병원에 있다는 이유만으로 남자친구에게 벌을 줄 수는 없지 않으냐고. 그래서 그런 건 괜찮아해야 한다고 말했다.

이날 이 감정의 매듭을 풀기까지는 시간이 걸렸지만, 결론적으로 나는 매우 중요하고 완전히 새로운 깨달음을 얻은 뒤 침대로 갔다.

나는 나의 남자친구를 비난하지 않고도 옥토버페스트에 보낼 수 있다. 그리고 동시에 그것 때문에 화나고 슬프고 질투할 수 있다. 어쩌면 다른 이에게는 뻔한 이야기일지도 모른다. 나에게는 '괜찮아'와 '무척 신경이 쓰여'를 동시에 느낀다는 게 혁신적으로 느껴졌다.

상담을 마치고 나니 실제로 편두통이 사라졌고, 마티아스는 파티에서 좋은 시간을 보냈다. 그렇게 하는 게 맞았고, 이건 매우 중요했다. 우울한 시기는 최소 몇 주에서 종종 몇 달까지도 지속된다. 우울한 사람과 같이 블랙홀에 그렇게 오랜 시간을 앉아 있다 보면, 결국 스스로도 빠져나오지 못하게 된다.

아버지가 처음 우울증을 앓을 당시 나는 이 모든 걸 알지 못했다. 당시 나는 10대였고 아직 상담을 받아본 적이 없었다. 정신질환에 대해서는 공개적으로 말하기를 꺼리는 분위기였고, 적어도 우리 가족의 분위기는 그랬다. 1990년대 중반의 사회에서 이 주제는 지금과는 다르게 다뤄졌다. 그래서 처음 몇 달간은 아빠가 왜 회사에 가지 않고 계속 운동복을 입고 소파에 앉아 있는지 잘 몰랐다. 우울증이라는 단어가 처음 언급되기까지는 시간이 걸렸다. 우리에게는 완전한 대참사로 다가왔다. 우리는 그것이 마치 함께 부끄러워해야 하는 대상인 것처럼, 매우 위험한 정신적인 무언가와 자살 위험, 누구에게도 말하지 말라는 무언의 금기가 얽혀 있는 것처럼 여겼다.

이 시절의 기억 중 하나는 내가 쉬는 시간에 학교 계단에 앉아 울면서 아빠가 우울증이라는 얘기를 친구에게 하던 장면이다. 나는 그때 아빠가 스스로 목숨을 끊을지 모른다는 두려움과, 말하면 안 되는 사실을 말했다가 들킬지 모른다는 더 큰 두려움을 안고 있었다. 아버지는 약물을 복용했고 병원에도 입원했으며 상담치료를 받았고 지금도 받고 있다. 하지만 오늘날까지도 여전히 그 어떤 것도, 그 누구도 도움이 되지 않았다고 이야기하며 언젠가는 저절로 좋아질 거라고 말한다.

아버지가 두 번째로 우울한 시기를 보낼 때는 내 상황이 달라진 뒤였다. 그때는 20대 후반이었고, 우울증이 어떤 기분인지 직접 겪어 알고 있었으며, 그래서 한편으로는 아버지를 잘 이해했다. 다른 한편으로 나는 아버지와 달리 항상 무언가 해볼 수 있다는 의견이라서, 치료와 약물에 대한 아버지의 비판적인 견해와 비관적인 자세에 대한 인내심이 부족했다. 아버지와 나는 완전히 다른 경험을 한 것 같았다. 나는 상담치료든 정신과 치료든 도움을 받을 수 있으며 병원에 가서 도움을 받아야 한다는 의견이다. 반면, 아버지는 상담사들이 자신을 이해하지 못하고 약이 효과가 없다는 입장을 대변했다. 그럼에도 아버지는 상담치료를 받으러 갔다.

정신질환을 앓고 있는 사람이 전문적인 도움을 거부하고, 자신의 요구사항으로 가까운 사람에게 부담을 줄 때 가족으로서 어떻게 해야 하냐는 질문을 자주 받는다. 내 생각에 가장 중요한 건, 의사와 상담사의 역할을 직접 떠맡지 않는 것이다. 당연히 도움이 필요한 누군가를 내버려둬서는 안 된다. 그 사람이 사랑하는 사람이라면, 그리고 그 사람이 지금 우울 시기에 놓여 있다면 더더욱 안 된다.

그때 당신이 할 수 있는 일은 전문적인 도움을 구하라고 당사자에게 계속 요구하는 것이다. 심지어 단호하게 최후통첩을 날려도 된다고 생각한다. "네가 스스로 상담치료가 필요 없다고 생각하는 한, 나도 몇 시간이고 자살에 대한 너의 이야기를 들어주지 않을 거야." 그 대신 상담소를 찾거나 진료 예약에 도움을 주겠다고 제안할 수 있다. 하지만 당사자가 끝까지 전문가의 도움을 절대 받으려 하지 않는다면, 가족으로서 그 구멍을 메워줄 의무는 없으며 선을 그어야 한다. 질병에 대해 잘못이 있는 것도 아니고 치유에 대한 책임이 있는 것도 아니다. 그저 도움을 주고, 동기를 부여하고, 안심시킬 수 있을 뿐이다. 그러다 위기가 닥치면 이렇게 말했으면 좋겠다.

"난 당신의 상담사가 아니야. 하지만 나는 기꺼이 당신을 상담사에게로 데려다줄 수 있어."

CHECK POINT
**우울증의 반대는
'기쁨'이 아니라 '활기'다.**

슬픔과 우울증은 다르다

우울증은 날씨가 좋지 않아
기분이 약간 처지는 것보다 혹독하고 고통스럽다.
우울증은 많은 경우에 이유가 없다.
하지만 감당하기 힘든 일을 겪은 후
심리치료나 정신의학적 치료가
필요한 상태가 되는 것은 지극히 당연하다.
우울증과 슬픔은 엄연히 다르다.

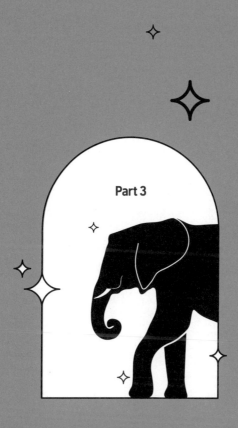

Part 3

유산의 경험

감정에 충분한 공간을 내어줄 것

 소셜 미디어에서 우울증을 주제로 게시물을 올릴 때 '단지 슬프기만 한 게 아니다'라는 뜻으로 해시태그 #not justsad를 쓴다. 우울증을 직접 겪는 이들이 우울증과 슬픔이 다른 것임을 분명히 밝히기 위함이다. 정신질환을 앓는 사람이라면, 누군가가 어쩌다 기분이 좋지 않다고 해서 "우울증 걸린 것 같아"라고 표현하거나 며칠째 비가 온다고 해서 "이런 날씨에는 우울해지는 게 당연하지"라고 말하는 걸 반기지 않을 것이다.

 우울증은 날씨가 좋지 않아 기분이 약간 처지는 것보다 혹독하고 고통스럽다. 슬픔이나 좌절, 혹은 분노와 같은 불편한 감정과는 반대로, 우울증은 많은 경우에 이유가 없다. 하지만 가끔은 이유가 있을 때도 있다. 견디기 힘든 일을 겪은 후 심리치료나 정신의학적 치료가 필요한 상태가 되는 것은 지극히 당연하다. 정신분석가 쿠어트 아이슬러Kurt Eissler는 1963년에 다음과 같이 질문함으로써 그 사실을 잘 표현했다. "자신의 아이를 몇 명까지 잃고도 증상이 없어야 정상 체질입니까?"

그렇다면 어떤 감정적 상황이 병적이거나 정상적이며, 이것은 누가 결정하는가? 특정 감정이 건강한 동시에 치료가 필요할 수도 있을까? 지금부터 할 이야기는 개인적으로 내게 슬픔과 우울증의 분명한 차이를 의식하게 만들어준 사건들, 그리고 내가 어떻게 나의 감정과 병적인 증상을 구분하는지에 관한 것이다.

✳ ✳ ✳

"아기의 심장박동이 안 잡히네요."

나를 진찰한 산부인과 주치의가 말했다. 나는 임신 5개월이었고, 화면상으로는 아기의 머리와 척추, 작은 다리가 또렷하게 잘 보였다. '그럼 잘 좀 잡아보세요.' 나는 생각했다. 의사는 내 배를 몇 번 더 살펴보다가 아무 말 없이 자신의 동료 의사를 데려왔다. 나는 모든 경우의 수를 떠올렸다. '기계가 고장인가? 아이가 거꾸로 누웠나? 의사가 멍청한가?' 두 번째 의사가 나의 복벽을 여기저기 찔러보다가 첫 번째 의사에게 "안타깝지만 맞는 것 같네"라고 말한 뒤 내 손을 잡으며 "정말 안타깝게 되었습니다"라는 말을 건넸다. 그제야 어렴풋이 무언가가 잘못됐다는 느낌이 들었다.

옷을 갈아입고 책상에 마주 앉은 내게 의사는 이렇게 말했다. "12주가 지난 뒤에 이런 일이 생기는 건 매우 드물어요. 분만을 위해 산부인과로 바로 가시는 게 좋겠습니다." 그 말을 듣고도 나는 아무 느낌이 없었다. "매우 침착하시네요." 침착한 게 아니라 상황을 제대로 이해하지 못한 것이었다. 산부인과로 가는 길에서야 무슨 일이 일어났는지 깨달았다. 내 아이가 죽었다. 내 배 속에서, 그냥 그렇게, 가버린 것이다.

그런데 지금 분만을 해야 한다고? 아이를 낳는다고?!? 나는 울었다. 나는 전신마취를 원했다. 그들이 아이를 꺼내서 버리기를, 그것도 당장 그러기를 바랐다. 나는 아이를 보고 싶지 않았다. 어떤 모습이었는지 알고 싶지도 않았다. 아예 임신한 적이 없었던 것처럼. 하지만 불가능했다. 그리고 소파수술을 하기에는 태아가 이미 너무 컸다. 머리둘레가 거의 3센티미터였기에 자궁문을 통해 나와야 했다.

그러니까 나는 죽은 아이를 분만하는 것이었다. 그 과정은 3일이 걸렸다. 남편과 나는 꼬박 사흘을 산부인과에서 보내야 했다. 우리는 무슨 일이 일어난 건지 이해해보려 했지만 잘되지 않았다. 지루한 시간이었다. 진통을 유도하는 약물은 심한 설사를 하게 만드는 것 외에는 하는 일이 없었다. 의료진은 무능하고 세심하지 못했으며, 내가 어떤 약물을 복용 중인지 다섯 번씩 물어보았다. 그중 몇 명은 기록을 하는 듯했으나 결국에는 내게 다시 와서 여섯 번째로 물어봤다. 접수처에서는 이런 대화를 나눴다.

"어떻게 오셨어요?"

"유도분만을 하러 왔어요."

"아, 아기가 나오려고 하지 않나 봐요."

"그게 아니라, 죽었어요." 그러면 접수처 직원은 본인에게 끔찍한 일이 일어난 것처럼, 숨을 크게 들이쉬었다.

무언가를 질문할 때면 모든 의사와 간호사로부터 각기 다른 답변을 들었다("약은 네 시간마다 드시면 돼요." "약은 12시간마다 복용하세요." "아니, 약을 왜 또 벌써 드셨어요?"). 사흘째 저녁에는 세 명의 친구가 병문안을 왔고, 나는 배가 아팠다. 사실 배는 3일 내내 아팠던 터라 배가 아픈 것 때문에 불안하지는 않았다. 다만 시도 때도 없이 화장실에 가야 했을 뿐이었다. 설사 때문이었다. 그러다 ×번째로 화장실을 갔을 때, 갑자기 피가 비쳤다. 다급하게 일어나 속옷을 올리자마자 한 번의 고통스러운 진통과 함께 '무엇인가'가 내 안에서 쑥 빠져나왔다. 나는 비명을 질렀다. 그러고 나서 긴급호출 버튼을 눌렀다.

피가 방울방울 떨어지기 시작했다. 무엇이 나왔는지 쳐다볼 엄두가 나지 않은 상태로 몇 분이 지나고 나서야 간호사 한 명이 손에 초콜릿 크루아상을 든 채로 꾸물거리며 걸어 들어왔다. 무슨 일로 불렀냐고?

"진통이에요! 그리고 이미 무언가가 나온 것 같다고요!"

"이리 오세요. 병실로 가요."

"병실로요? 어떻게 가요, 지금 피가 나는데……."

간호사는 가버리고 나는 그 뒤에다 소리쳤다. "남편에게 이리로 오라고 말해주세요. 그리고 병문안 온 손님들은 집에 보내주시고요!"

간호사가 돌아오기까지 또다시 몇 분이 흘렀다. 이번에는 다른 간호사가 와서는 병실로 걸어가자고 했다. 결국 나는 화가 난 상태로 피를 흘리며 속옷 안에 죽은 태아가 있는 채로 걸어야 했다. 어떻게 이렇게 정신 나가고 무능력할 수가 있냐고 간호사들에게 소리를 지르면서. 그렇게 흥분한 상태로 피에 흠뻑 젖어 도착한 병실에는 남편과 친구 한 명이 앉아 있었고, 나머지 두 명의 친구는 음료수를 사서 막 들어오고 있었다. 그들은 이 상황에 대해 아무것도 몰랐다. 그 순간부터 나는 우는 것 외에는 아무것도 할 수 없었다.

그래도 어느 순간부터는 능력 있는 의료진이 나를 챙겨주기 시작했다. 한 간호사는 나를 바지와 그 안의 내용물로부터 해방시켜주었고, 한 의사는 소파수술을 위해 나를 데려갔다. 처음에 그들은 무척 서두르며 아이를 보지 못하게 했지만, 나는 그사이 마음이 바뀌어 아이가 보고 싶었다. 아이를 품고 있던 모든 시간을 손가락 한 번 튕겨서 없던 일로 하고 싶다는 최초의 생각은 상실과 고통에 직면할 수밖에 없다는 생각에 밀려났다. 마취과 전문의가 자리를 비운 바람에 갑자기 수술을 진행할 수 없게 되자 누군가가 아이를 내 품에 올려주었다. 아이는 손바닥 정도의 크기였고, 몇 겹의 크레이프지 위에 눕혀져 있었다. 나는 피투성이의 징그러운 무언가를 상상했으나, 내 아이는 아주, 아주 작다는 점을 빼면 그저 평범한 아기의 모습을 하고 있었다. 귀와 손, 발도 있었다. 심지어 손톱도 있었다. 나는 아이의 손을 쓰다듬으며 울었다. 그렇게 우리는 작별인사를 나눴다.

이후 의사는 소파수술을 위해 PDA(분만 시 흔히 사용되는 국소마취제)를 원하는지, 아니면 '조금 자고 싶은지' 물었다. 모든 것이 혼란스러운 상태에서 그런 것을 생각하고 결정할 겨를이 없었지만 그래도 '조금 자는' 쪽을 택했다. 의료진은 나를 수술실로 옮겼고, 그곳에는 여러 명의 의사가 나를 기다리고 있었다. 많은 사람이 나의 몸 여기저기에 무언가를 하느라 바빴다. 나는 눈물을 흘리며 천장을 바라봤다. 다행히 누구도 나에게 위로의 말을 건네지 않고 그저 자기 일을 할 뿐이었다. 그러다 어느 순간 나는 잠이 들었다.

수술 후, 나는 우리 아들(이전에는 아기가 너무 작은 데다 몸을 웅크리고 있어서 아들인 줄 몰랐다)을 다시 한번 볼 수 있었다. 하지만 병원에서는 경건해야 한다는 불필요하고 부자연스러운 생각에 아기를 희한한 자세, 그러니까 등을 대고 몸을 똑바로 펴서 눕힌 뒤, 옆에는 꽃을 놓았다. 그런 자세로 눕는 아기는 없으며, 태아는 말할 것조차 없었다. 그렇게 누운 내 아이는 어딘가 상태가 좋지 않은 개구리처럼 보였고, 나는 그런 모습의 아이를 더 오래 보고 싶지 않았다.

✳ ✳ ✳

내가 그때, 그러니까 지금으로부터 8년 전에 겪었던 일은 계류유산이다. 아이가 살아 있지 않음에도 몸이 태아를 (바로) 내보내지 않는 것이다. 아마 약물의 도움 없이도 언젠가는 나왔을 것이고, 심지어 일부 의사와 조산사는 시간을 두고 자연스럽게 아이가 나오도록 내버려둘 것을 권하기도 한다. 하지만 나는 배에 죽은 아이를 품은 채 필요 이상으로 오래 돌아다니고 싶지 않았다.

나는 집으로 돌아와 그 누구도 답해줄 수 없는 질문들로 스스로를 괴롭히기 시작했다. 리튬 때문이었을까? 커피를 너무 많이 마셨나? 엽산 복용을 너무 자주 깜빡했나? 충분히 기뻐하지 않았나? 유산의 책임이 내게 있지 않다는 사실은 나도 물론 알고 있었다. 그렇다고 해서 죄책감이 사라지는 않았다. 계류유산이든 뭐든, 유산은 드문 일이 아니다. 유산과 관련한 통계는 수치가 뒤죽박죽이다. 어떤 경우에는 임신부 10분의 1이, 다른 경우에는 3분의 1이 유산을 겪는다고 한다. 정확한 수치는 중요하지 않다. 중요한 것은 많은 사람이 경험하는 일이라는 것이다. 너무 많아서, 유산과 사산이 거의 정상이라고 말해야 할 것 같을 정도다. 사실이 그렇다.

하지만 이러한 의견은 감정적으로 아무런 도움이 되지 않는다.

나는 "그건 정상이야"라는 문장을 오랜 시간 "그런 일로 흥분하지 마. 울 일이 아니야"라는 뜻으로 오해해왔다. 절대 그런 뜻이 아니다. 살면서 부딪치는 많은 일은 '정말 많은 사람이 겪는 일'이라는 점에서 정상적이다. 전체 부부 중 3분의 1은 이혼하고, 거의 모든 사람이 사랑하는 사람과 이

별하고, 임신이 언제나 건강한 아이의 출산으로 이어지는 것은 아니다. 대부분의 사람은 언젠가는 부모의 죽음을 감당해야 하는 날이 온다. 부모가 먼저 세상을 떠나는 것은, 앞의 표현을 반복하자면, 정상이다. 오히려 그 반대의 상황이라면 더욱 좋지 않았을 것이다. 물론 그럼에도 무척이나 고통스럽기는 마찬가지다.

나의 유산도 마찬가지였다. 그것은 매우 가슴 아픈 경험이었다. 나는 죄책감과 좌절감을 느꼈고, 스스로가 무능하게 여겨졌으며, 많은 감정이 뒤섞였다. 나의 아픔과 처지에 무감각하고 나를 그토록 부적절하게 대한 병원 의료진에게도 화가 났다. 그래서 항의 편지를 썼다. 글은 항상 내가 감정을 표출할 수 있게 해주는 수단이다. 그 외에도 나는 내가 사랑하는 많은 사람에게 나의 경험과 아픔에 관해 이야기했다. 가장 친한 친구 한 명과 남편과 함께 보냈던 어느 날 저녁에는 자기혐오와 분노로 가득해서 팔에 피가 나도록 상처를 냈고 진을 병째로 마셨다.

이는 감정을 다루는 나의 방식이다. (술을 병째로 마시는 건 정말 극한의 상황일 때만 그렇다. 진짜다.) 당신의 방식은 다를 것이다. 어떤 사람들은 몇 시간씩 달리거나 수영을 하거나 샌드백을 마구 패는 등 운동을 하면서 일부 감정을 털어버린다. 또 다른 사람들은 그림을 그리거나 도자기를 굽고, 노래를 부르거나 춤을 춘다. 슬픔, 분노, 혹은 또 다른 감정이 터질 듯 가득 찼을 때 어떻게 할지는 개인마다 모두 다르다. 내 생각에 가장 중요한 것은, 감정을 치워버리거나 억누르는 대신 그 감정에 충분한 공간을 내어주는 것이다. 특히 내가 중요하게 생각하는 것은 자신의 감정을 다른 사람들과 나눌 때 만들어지는 공간이다. 즉 자신을 사로잡은 감정과 생각들에 대해 친구들과 이야기하는 것, 더 나아가 더 많은 사람에게 알리는 것 말이다.

나는 인터넷에 유산의 아픔에 대한 글을 적었고 나와 같은 일을 겪은 이들의 위로가 큰 도움이 됐다. 당연한 이야기지만, 내가 겪었던 일은 내가 처음 겪은 일도, 마지막으로 겪은 일도 아니었다. 사람들은 특히 소셜 미디어에 자신의 개인적인 경험을 나누는 글을 계속 올렸고, 그중에는 슈퍼모델 출신 크리시 타이겐과 공작부인 메건 마클도 있었다. 그런 글을 읽을 때마다 나는 같은 방식의 공감 메커니즘과 관음증을 느꼈다. 그리고 유산과 사산으로 인한 트라우마를 더 진지하게 받아들이고 당사자들이 심리치료를 받을 수 있게 해야 한다는 목소리를 확인했다.

나 또한 병원 의료진의 공감과 세심한 태도가 중요하다고 생각한다. 산부인과에서는 죽은 태아가 세상에 나오는 일이 자주 발생한다. 그곳에서 일하는 간호사와 의사들에게는 예

가장 중요한 것은
감정을 치워버리거나 억누르는 대신
그 감정에 충분한 공간을 내어주는 것이다.
자신의 감정을 타인과 나눌 때
만들어지는 공간은 특히 중요하다.

삿일일지 몰라도 자신의 아이와 방금 작별인사를 해야 했을 산모에게는 이것만큼 큰일이 없다. 그 일이 당사자에게 얼마나 크게 느껴지는지, 제삼자는 짐작조차 할 수 없다.

대부분의 유산은 첫 3개월 안에 일어나는 반면, 나는 임신 16주'나' 되었다. 그 때문에 내가 느낀 커다란 좌절감을 이해한다고 말하는 사람들을 종종 만났다. 그러면 12주까지는 갑자기 아이를 잃어도 아프지 않을 거라는 말인가! 게다가 나는 이미 두 번, 매우 빠르고 어렵지 않게 임신한 적이 있었다. 즉 나는 유산으로 인한 아픔은 있었지만 내가 노력하면 곧다시 아이를 가질 거라는 믿음이 있었다. 하지만 힘겨운 호르몬 치료의 도움을 받아 수년간의 노력 끝에 임신한 여성이라면 임신 7주 만에 유산했어도, 내가 5개월째에 유산한 것보다 훨씬 더 고통스러울 수 있다. 반면, 원치 않았던 임신이라면 유산이 해방의 느낌으로 다가올 수도 있다. 유산에 따르는 감정의 팔레트는 이처럼 크고 다양하다.

고통은 비교하거나 수치화할 수 없다. 유산을 겪은 여성이나 남성은 (여기서 언급한 모든 내용은 아빠에게도 마찬가지로 적용된다) 얼마든지 좌절할 수 있어야 한다. 나중에 심리치료가 필요하다면 이를 받을 수 있어야 한다. 다만 내가 꼭 하고 싶은 말은, 유산은 대부분 극복 가능하며 많은 경우 약물이나 전문적인 도움이 필요 없다는 것이다. 공작부인 마클과 모델 출신 타이겐이 자신의 안타까운 경험을 널리 알림으로써 전 세계 네티즌 절반의 위로를 받은 것은 분명 긍정적인 일이며, 유산을 경험한 사람들을 특정 낙인에서 벗어나게 하는 데에 일조했다. 하지만 일부 글에서는 그 아픔이 너무나 부풀려져서 시간이 지나도 극복하는 게 불가능한 것처럼 보이기도 한다. 그러나 불편한 감정이 아무리 우리를 강렬하게 사로잡는다 해도 절대 잊지 말아야 할 사실은 그 감정도 언젠가는 사라진다는 것이다. 심지어 많은 경우에는 저절로 사라진다.

우리는 유산을 하고 나서 며칠 뒤에 뮌헨에 있는 사산아 묘지에 우리 아기를 묻어주었다. 누군가가 임의로 정한 몸무게 500그램을 넘지 못한 아이들도 묘지에 묻어줄 수 있게 되기까지, 부모들은 수십 년간 행동하고 노력해야 했다. 내 아이의 몸무게는 정확히 100그램이었다. 2006년 이전이었다면 (바이에른주에 해당하는 내용이다. 장례법은 주법州法을 따르므로 주에 따라 차이가 있다) 병원 폐기물로 분류되었을 것이다. 2013년 중반부터는 부모가 사산아를, 심지어 소급하여 호적에 등록할 수 있게 되었고 출생증명서를 받거나 가족관계등록부에 올릴 수도 있게 되었다.

내가 느끼기에는 왠지 맞지 않는 것 같아 우리는 아이를 호적에 등록하지는 않았다. 하지만 다르게 생각하는 가족들의 마음도 이해한다. 이것은 법적인 문제라기보다는 감정적인 문제에 가까워서, 결정도 가족들의 마음을 따르면 된다. 첫째, 둘째, 셋째 혹은 그 이상의 자녀에 관해 이야기할 때 유산 혹은 사산으로 잃은 아이들을 포함하여 숫자를 세는 엄마들도 있다. 나는 그러지는 않는다. 난 나 자신을 2011년과 2015년에 태어난 두 아이가 있으며 그사이에 16주차 아이를 유산한 경험이 있는 엄마로 본다. 그러나 이 문제 역시 감정적인 문제이며, 당연히 개인의 선택에 따라 결정이 달라질 수 있다고 생각한다.

나는 유산 후 꽤 오랫동안 슬퍼하고 분노했다. 마지막으로 힘들었던 날은 2014년 7월 13일, 아들의 출산 예정일이었다(그날 저녁, 독일이 월드컵에서 우승했음에도 나는 크게 기쁘지 않았다). 하지만 어느 순간부터는 괜찮아졌다. 오늘날 유산했던 경험을 돌이켜보면 슬픔과 고통에 대한 기억뿐이지만 감정은 남아 있지 않다. 나의 감정이 필요로 했던 충분한 시간과 공간이 이미 주어졌기 때문이다.

CHECK POINT

**감정에 충분한 시간과 공간을 준다면
아무리 최악의 감정일지라도 언젠가는 사라진다.**

검은색도 하나의 색이다

슬픔의 속도

2018년 10월 9일, 아들을 막 유치원에 데려다주고 다시 소파로 돌아가 나의 부비강염과 넷플릭스와 함께 시간을 보내려던 그때 휴대전화가 울렸다. 아버지였다. 수화기 너머의 아버지는 울면서 이렇게 말했다.

"엘프리데가 부엌에 누워 있는데, 숨을 안 쉰다." 엘프리데는 어머니의 이름이다. 어머니는 3년 전 그렇게 돌아가셨다. 그냥 갑자기 쿵 하고 넘어지셨고 심정지가 왔다. 그날 오후 나 대신 유치원에 아이들을 데리러 가주기로 하셨는데.

어머니는 자주 아이들을 데리러 가주셨다. 나는 어린이집 운영 시간 외에도 부부가 종종 일해야만 하는 맞벌이 가정에서, 가끔 아픈 두 아이를 데리고 살아야 하는 우리의 일상이 아이들의 외할머니 없이는 불가능할 거라고 자주 이야기했었다. 물론 시간이 흘렀고, 이제는 어떻게든 살 수 있다는 것을 안다. 하지만 동시에 내가 이따금 인지하던 것보다 더 많이 어머니를 사랑했다는 것도 알게 되었다.

어머니는, 그 세대의 어머니들이라면 당연하게 여기던 바이지만, 항상 우리를 위해주셨다. 나와 남동생, 아버지와 조부모님, 친구들과 친척들까지 늘 보살피셨다. 어머니는 모두를 챙기면서도 자신은 보살핌을 받지 못하는 사람이었다. 아마 도움을 드리려고 하면 필요 없다고 하셨을 것이다. 문제가 있거나 문제를 일으키는 것은 늘 다른 사람이었고, 그 뒤치다꺼리를 하고, 전화를 걸고, 이야기를 들어주고, 커피는 물론 음식을 만들어주던 이는 어머니였다.

이 글을 읽고 있는 여러분에게도 부모님이나 절친한 친구 혹은 배우자 등 아주 가까운 이를 잃어본 경험이 있는지 모르겠다. 나의 조심스러운 추측으로는 있으리라 짐작한다. 누구도 죽음을 피해갈 수는 없기 때문이다. 주변의 아무도 잃고 싶지 않다면 자기 자신이 제일 먼저 죽음을 맞이해야 하는데, 이 또한 해법이 될 수는 없다. 그러나 사랑하는 사람을 죽음으로 잃는 경험이 아무리 일반적이라 하더라도 그것이 고통스럽다는 사실에는 변함이 없다. 초기에는 그 고통이 너무도 강렬해서 몸으로 느껴질 정도다.

아버지가 전화를 끊은 직후부터는 눈물이 흘렀다. 나는 전철역 쪽으로 비틀거리며 걸었고, 그러다 택시가 더 빠르겠다는 생각이 들었다. 부모님 집으로 가는 내내 나는 뒷자리에 앉아 울고 또 울었다. 휴대전화가 한 번 더 울리기를 바라는 마음으로 손에 꼭 쥐고 있었다. 구급대원들이 어머니를 병원으로 이송하면 연락해달라고 아버지에게 부탁해놓았기 때문이다. 부모님 집으로 가는 도중에 연락을 받으면 택시를 돌려 바로 병원으로 향하려고 했다. 끝내 내 휴대전화는 울리지 않았고, 난 이미 한참 전부터 그게 무슨 의미인지 마음속 깊은 곳에서는 알고 있었다.

차가 부모님 집 앞 골목으로 들어서자, 응급차들이 눈에 들어왔다. 난 열려 있는 현관문 안으로 뛰어 들어갔다. 부엌을 지나 거실로 들어섰다. 그곳에서는 젊은 응급의가 아버지에게 어머니가 돌아가셨다는 사실을 막 알리려는 참이었다.

그 순간부터 내 심장은 너무도 아파서 마치 가슴 밖으로 튀어나오거나 부서질 것만 같았다. 이 모든 진부하고 감상적인 표현들은 정말 말 그대로다. 정말이지 정확히 그런 느낌이었다. 내 안의 무언가가 제대로 고장 나서 수술이나 약물로는 절대 고칠 수 없을 것 같았다. 거기에 슬픔을 이겨내는 법을 알려주는 책에 1,003번 정도 설명된 감정들이 밀려왔다. 처음에는 현실을 부정하고, 이것이 절대 사실일 리가 없다는 생각이 들었다. 이어 우주를 향한 분노와 함께 내가 부당한 대우를 받고 있다는 기분이 들었다. 왜 하필 우리 어머니, 왜 하필 나, 왜 하필 우리, 왜 하필 지금이지? 그 모든 것을 슬픔이 덮고 있었고 그것은 견디기 힘든 고통이었다.

아버지와 남동생 그리고 나는 그날 온종일을 그 상태로 보냈다. 이쪽으로 갔다, 저쪽으로 갔다, 혼자 울다가, 같이 울다가, 서로를 안아주기도 했다가 곧 다른 쪽으로 뛰어갔다. 그러다 부엌 바닥에 숨이 멎은 채로 누워 있는 엄마의 곁에 앉아 울었다. 이내 돌아가신 엄마와 그토록 가까이 있는 것을 견딜 수가 없어, 정원으로 나가 몇 바퀴 돌았다. 좀 오랫동안 아버지가 보이지 않는다 싶을 때면 즉시 패닉 상태가 됐다. 정원 바로 뒤쪽에는 철로가 있고 아버지는 우울증이 있는데, 설마……?

위기상황 관리팀에서는 꽤 빠르게 한 남성을 파견해주었다. 나는 그가 어디에서 왔는지, 누가 그를 보냈는지 몰랐지만 그가 왔다는 사실이 기뻤다. 우리는 몇 시간째 사망 진단서를 발급해줄 의사를 기다리고 있었다. 위기 관리팀에서 온 남성은 우리가 기다리는 시간 동안 어머니 옆에 있도록 해주었다. 내가 어머니의 머리 아래에 베개를 받쳐드리고 어머니를 만지도록 격려해주기도 했다. 아버지는 낙엽을 치우고 집 안에 들어왔다가 부엌에서 어머니를 발견했다. 곧바로 심폐소생술을 시도했고 구급대를 불렀다. 하지만 너무 늦은 상태였다. 죽음은 우리가 완전히 예상치 못했던 순간에 갑자기 우리를 찾아왔다. 어머니는 건강했고, 67세밖에 되지 않으셨다.

'갑자기 돌아가셨고, 연세도 많지 않으셨다'라는 이 문장으로 나는 그다음 며칠간 나와 아버지, 남동생이 겪어야 했던 완전한 혼란스러움과 믿을 수 없는 아픔의 이유를 댔다. 하지만 말도 안 된다. 슬픔에는 이유가 필요 없다. 5년을, 10년을, 20년을 더 살아계셨다고 해도 어머니가 돌아가실 때의 슬픔과 아픔은 결코 더 작지 않았을 것이라고 생각한다. 길고 무거운 투병 생활 이후라 하더라도 작별이 반드시 더 쉬운 것은 아니다.

물론, 부모님이 67세가 아닌 97세에 돌아가신다면, 그만큼 부당하고 갑작스럽게 느껴지지 않을 수는 있다. 그래도 슬픈 것은 마찬가지다. 감정을 비교하고 수치화하는 건 의미가 없다. 그런데도 종종 사람들은 타인의 고통에 반응할 때 자신의 이야기를 꺼낸다. 그러면 누구도 의도하지 않았음에도 비교한다는 오해를 받기도 한다.

"우리 어머니는 57세에 돌아가셨어요." "하지만 암 투병

중이셨으니 마음의 준비를 할 수 있었겠네요." "아버지는 제가 고등학교를 졸업하기도 전에 돌아가셨어요." "그렇군요. 하지만 그때 이미 연세가 여든하나셨으니까요."

이러한 대화가 오가면 '나의 고통이 너의 고통보다 크다'는 식의 괜한 말실수가 이어지기 쉽고, 상대에게 공감하며 연결되기는 어렵다.

그래서 사랑하는 사람을 잃은 뒤에 그 아픔을 가장 잘 이해해주는 건 그 사람을 잘 알고 그리워하는 이들이다. 어머니가 부엌에서 쓰러진 날, 나는 친척과 친구들에게 어머니가 돌아가셨다는 이야기를 하기 위해 전화를 걸었다. 누구도 예상하지 못한 소식이었기에, 마치 수화기 너머로 수류탄을 하나씩 던지는 듯한 기분이 들었다. 나는 차례차례 한 명씩, 그 사람의 하루를 망쳤다. 한 친구분은 사무실에서 전화를 받고는 더는 일을 할 수가 없어 바로 집으로 가셨다고 했다. 다른 친구분은 전화를 받지 않아서 연락을 달라고 부탁해두었는데, 나중에 걸려온 전화 너머 목소리에서는 초조함이 느껴졌다. 그럴 수밖에 없었다. 긴급한 일이 아니라면 성인이 된 친구의 딸이 왜 직장으로 전화를 걸겠는가? 그 친구분과는 이런 대화를 나눴다. "바바라, 무슨 일이야?" "엘프리데, 그러니까, 음, 제 말은, 엄마가 돌아가셨어요." 나조차 믿을 수 없는 이 문장을 입 밖으로 내뱉을 때마다 나는 아주, 아주 조금씩 괜찮아졌다.

'기쁨은 나누면 배가 되고, 슬픔은 나누면 반이 된다'는 말이 있다. 수학적으로 맞지 않는 것 같지만, 나와 함께 슬퍼하는 사람들을 통해 내 고통이 적어도 아주 조금은 줄어드는 것 같았다.

어머니의 추도식에 와준 분들은 적어도 150명 정도는 되었다. 여기에 시간이 흐르면서 내가 어머니의 죽음에 관해 이야기를 나누게 된 사람들이 추가된다. 그렇게 슬픔은 계속해서 옅어지다가 어느 순간부터는 견딜 수 있는 정도가 되었다. 나는 추도사에서 아스트리드 린드그렌의 말을 인용했다. "그들은 그렇게 그곳에 오래 앉아 있으면서 힘들어했다. 그래도 그들은 함께 힘들어했고, 그것은 위로가 되었다. 그럼에도 쉽지는 않았다."

그전까지는 추도식 직후 장례식을 하는 것이 일반적이었다. 나는 가톨릭 집안에서 자랐고, 조부모님은 모두 돌아가시고 며칠 후에 장례를 치렀다(바이에른주의 장사 등에 관한 법률에 따르면 96시간 안에 장례를 치러야 한다). 장례식은 신부님이 진행했고 언제, 누가, 어떤 말을 할지는 가톨릭의 관례에 따라 정해졌다. 그다음에는 식당에서 구운 고기 같은 음식을 먹었다. 그렇게 일주일도 안 되어 모든 것이 끝나면 유족들은 각자 슬픈 마음을 안고 집으로 돌아갔다.

어머니의 장례식은 지역 교구에서 가톨릭 방식으로 치르는 게 어딘가 맞지 않는다는 느낌이 들었다. 어머니는 신실한 편이었다. 어렸을 때 우리 가족은 매주 일요일 미사에 참석했다. 하지만 그것도 부모님이 지금의 집으로 이사한 후에는 옛날이야기가 되어버렸다. 이 동네에서 어머니는 크리스마스 심야 미사 외에는 성당에 가거나 신부님과 이야기를 나눠봤을 것 같지 않았다. 어머니를 전혀 모르는 분이 어머니의 장례를 치른다는 것에 거부감이 들었다.

다행히도 나의 직장 동료가 문자로 장의사를 추천해주었다. 위기상황 관리팀에서 파견된 분에게 장의사에게 연락하는 게 좋을지 물었더니 그는 고개를 끄덕였다. 자신은 장의사를 추천해줄 수 없지만, 장의사에게 전화해서 나쁠 건없다는 말을 덧붙였다. 나의 선택은 옳았고 우리는 운이 좋았다. 장의사는 슬픔을 소화하는 데 필요한 행동을 되도록많이 하도록 우리를 격려해주었다. 그래야만 슬픔이 사라진다고 했다. 그 행동에는 친척과 지인에게 부고를 직접 전하고, 신부님이나 추도사를 할 사람과 이야기를 하거나 직접 추도사를 쓰고, 고인의 사진을 고르는 것 등이 있었다.

슬픔은 고유의 속도를 가지고 있고, 그 속도는 독일 장례법의 관료주의적인 규칙이나 기한과는 잘 맞지 않는다. 나흘 후에 장례식을 치르는 것은 대부분의 사람에게 너무 빠르다고 느껴지는 반면, 뮌헨에서 유골함이 안치되기까지는 매우 오래 기다려야 한다. 애매한 유보 상태가 4주에서 5주 동안 지속되는 것이다. 그래서 우리는 일단 소규모로 사람들을 불러서 예전에 일반적이었던 방식으로, 즉 관에 누워 있는 고인을 대면하여 작별인사를 하고, 시간이 흐른 후에 더 많은 사람을 초대하여 추도식을 진행했다.

우리에게는 이 방식이 맞았다. 어떤 사람에게는 시신 옆에서 두 시간을 보내는 것이 섬뜩하게 느껴질 수도 있지만, 우리는 그렇지 않았다. 너무나 고통스럽기는 했다. 어머니는 이제 완전히 세상을 떠난 사람의 모습, 매우 수척한 모습을 하고 있었기 때문이다. 그리고 얼음처럼 차가웠다. 하지만 나는 그렇게 어머니를 다시 한번 보는 것이 좋았다. 구급대원의 발자국이 잔뜩 묻어 있던 부엌 바닥에 쓰러져 있던 모습이 마지막 기억이었기 때문이다.

작별인사를 위해 장의사는 어머니의 모습을 예쁘게 정돈해주었다. 어머니는 화장을 하고 생전에 가장 좋아하던 옷과 액세서리로 치장했다. 그런 어머니의 모습은 어머니에 대한 수백만 가지의 기억과 함께 내 머릿속에 남을 것이었다.

당시 일곱 살과 세 살이었던 나의 아이들도 할머니와 작별인사를 나눌 시간을 가질 수 있어 좋았다고 생각한다. 아이들은 관 뚜껑에 아크릴 물감으로 그림을 그렸고 그러면서 자기 몸에도 물감을 좀 묻혔다. 덕분에 이후 2년간은 아들이 스페인 축구선수의 유니폼을 입을 때마다 엄마가 떠올랐다. 그림을 그리면서 그 옷의 어깨 부위에 묻은 물감이 세탁으로도 지워지지 않았기 때문이다. 그 얼룩을 보고 그때 기억이 떠오를 때마다 어쩐지 기분이 좋아졌다.

작별 그 자체는 이루 말할 수 없이 슬퍼서 그 자리의 모두가 눈물을 흘렸다. 그것도 아주 많이. 하지만 누구도 몇 시간 이상 완전한 슬픔 속에만 머무를 수는 없다. 30분이 지나자 몇 사람은 커피를 가지러 갔고, 이모는 담배를 피우러 나갔고, 우리는 이야기를 나누기 시작했다. 두 시간쯤 지났을 때는 거의 유쾌한 분위기가 되었다. 그러다 작별의 시간조차 끝나갈 무렵, 관 뚜껑이 닫히고 이제 정말 엄마를 마지막으로 본다고 생각하니 다시 모든 게 최악으로 느껴졌다.

나는 어머니가 착용하고 있던 액세서리를 간직하고 싶어서 장례식을 도와주시던 분에게 빼달라고 부탁드렸다. 그분은 내가 직접 할 수 있지 않으냐고 했다. 그래서 나는 매우 서투른 손짓으로 엄마의 귓불을 만지작거렸다. 한참 후에야 나는 엄마의 백금 링 귀고리를 빼내어 원래 그것이 담겨 있던 작고 붉은 보석함에 넣었다.

이 모든 것이 슬픔을 소화하는 과정이다. 매우 힘겹고 고통스럽지만, 매우 중요하다. 고인의 얼굴을 다시 보거나 직접 추도사를 쓰는 것이 슬픔을 증폭시킬 거라는 생각은 오해다. 그런 행동을 하는 순간에는 고통이 특히 강하게 느껴지기도 한다. 하지만 그 고통은 그전에도 그 자리에 있었다. 그리고 고통은 느껴야만 사라진다. 언젠가는 사라진다.

어머니의 추도식은 그로부터 일주일 뒤에 열렸다. 나는 그때까지의 시간을 어머니의 친구분들과 통화하고 어머니에 관한 이야기를 들으며 보냈다. 추도사를 쓰기 위해서였다. 무척 아프기도 했지만 동시에 엄청나게 만족스러운 시간이었다. 나는 어머니의 죽음 외에는 그 어떤 것에도 신경 쓸 수 없었고, 내가 할 수 있는 일은 그것밖에 없었기 때문이다. 추도사를 쓰면서 그래도 의미 있는 일을 한다는 느낌을 받았다. 아버지는 추도식에 틀 음악을 골랐고, 남동생 부부는 사진과 꽃을 골랐다. 우리는 친분이 있던 성직자에게 식을 진행해줄 수 있는지 물었다.

그렇게 150명 앞에서 추도사를 했던 경험은 오늘날까지도 내가 했던 가장 좋았던 일 중 하나로 남아 있다. 추도사가 그만큼 좋았다거나 그 순간의 느낌이 편안해서가 아니다. 사람들 앞에 나가 이야기했던 그 10분 동안 내 안에서 정말 많은 일이 일어났기 때문이다.

나는 내 생각과 느낌에 다른 이들의 기억을 조합한 이야기를 비슷한 생각과 감정, 기억을 가진 수많은 사람과 나눴다. 우리 사이에는 나의 상담사가 사회적 에너지라고 부르는 감정 안에서의 연결과 감정을 통한 연결이 생겨났다. 그렇게 몇 달이 흐르고 몇 년이 흐르면서 슬픔은 점점 작아지고 가벼워져서, 가슴이 찢길 듯했던 기분은 어느새 슬픈 기억으로 변해 있었다.

✳ ✳ ✳

소셜 미디어에서 우울증을 뜻하는 해시태그인 #notjust sad는 기본적으로 슬픔이 우울증보다 덜 고통스럽다는 의미를 담은 것처럼 들린다. 그래서 어머니가 돌아가셨을 때 그 두 가지가, 적어도 내게는 너무 비슷하게 느껴져서 깜짝 놀랐다. 나는 눈이 빠지도록 울었고 전신이 떨렸으며, 심각한 두통에 시달렸다. 다른 감각은 거의 파고들 틈이 없었다. 나는 추운지, 배고픈지, 피곤한지 전혀 인지하지 못했다. 아무래도 상관없었다. 가슴 위에는 묵직한 통증이 자리 잡고 있었다. 마치 갈비뼈 위를 무언가가 누르고 있는 것처럼 그 무게가 실제로 느껴졌다. 견디기 어려운 상태였다.

그래서 나는 슬픔과 우울증이 그 심각성에서는 구별되지 않는다고 생각한다. 다만 우울증은 근거나 타당한 원인이 없는 경우가 많으며, 보통의 방식으로는 그 고통을 덜어낼 수 없다. 그에 반해 슬픔은 심각한 상실에 대해 인간이 느끼는 정상적인 반응이다. 나는 어머니가 돌아가시고 나서야, 그 끔찍한 기분이 언젠가는 사라진다는 사실을 알게 되었다. 비록 그 당시에는 그런 사실을 상상할 수 없었을지라도 말이다.

그리고 나는 무언가를 할 수 있었다. 내가 여기에서 슬픔을 소화하는 과정이라고 서술한 모든 것은 내 안의 무언가를, 내 감정을 바꾸어놓았다. 사람들과 어머니에 대해 이야기하고 추도사를 쓰고 어머니의 무덤가를 찾고 어머니의 사진을 보고 있을 때면, 무언가가 일어났다. 반면, 우울증은 움직이지 않는다. 우울증은 딱딱하고 견고하다. 그런 느낌이 왜 드는지, 언제 사라질지, 언젠가 사라지기는 하는 건지 알 수 없다. 이론적으로는 우울증도 영원히 계속되는 게 아니라는 걸 알면서도 그 사실을 믿지 못하는 것도 우울증의 증상 중 하나다.

모든 것이 의미 없고, 고통은 사라지지 않으며, 나는 그런 고통을 받아야 마땅한 존재라는 것이 우울증을 겪을 때 내 머릿속을 채우는 생각들이다. 마치 검은 용암처럼 절망과 좌절, 죽음에 대한 갈망이 다른 모든 것을 덮어버리고 다른 모든 감정에 엉겨 붙어 돌처럼 굳어지게 해서 아무것도 할 수 없고 느낄 수 없게 한다. 슬픔을 이겨내기 위한 노력 같은 것은 심각한 우울증에 빠진 사람에게 거의 불가능하다. 뭔가를 할 수 있는 에너지가 남아 있지 않기 때문이다.

슬픔을 소화하고 극복하는 과정을 거친다고 해서 모든 것이 즉시 좋아지는 것은 아니다. 그래도 묘지를 찾아가고 대화를 나누고 눈물을 흘릴 때마다 그 한 번 한 번이 모자이크의 한 조각이 되어 시간이 지난 후에도 슬픔이 기억될 수 있게 했다.

어머니가 돌아가시고 얼마 지나지 않았을 때, 나는 동료에게 이렇게 말했다. "언젠가는 이토록 엄청나게 아프지 않고도 '우리 어머니는 너무 일찍 돌아가셨어'라고 덤덤하게 말할 수 있는 날이 올 거라는 걸 알아. 하지만 지금 이 순간만큼은 그게 가능할 거라는 게 상상조차 안 돼." 이제는 시간이 흘러서 그렇게 말하는 게 가능한 날이 왔다. 그리고 나는 매우 의식적이고 집중적으로 애도 과정을 거쳤던 것이 그날이 오도록 도움을 주었다고 생각한다.

> **CHECK POINT**
> **어떤 사건은 커다란 재앙인 동시에 완전히 정상적인 일일 수 있다.**

미처 준비하지 못한 이별

해결하지 못한 과거의 트라우마

과거에 겪었던 힘들거나 슬프거나 창피하거나 화나거나, 혹은 다른 방식으로 흥분되는 사건을 떠올릴 때 같이 딸려 오는 불편한 기분을 아는가? 보통은 그 감정을 다시 치워버린다. '오래전 일이야'라고 하면서 그것 때문에 다시 흥분하고 싶어 하지 않는다. 하지만 사실은 다시 흥분해야 한다. 기억과 함께 번뜩이며 떠오르는 것, 심장을 자극하는 것, 배를 뒤트는 것은 그 감정을 더 자세히 들여다보라고 요구하는 몸의 반응이다. 거기에 아직 마저 다 느끼지 못한 무언가가 남아 있다는 뜻이다.

수년간 내 유치원 친구의 죽음에 관해 이야기할 때면 내가 그랬다. "나와 가장 친했던 친구가 눈앞에서 물에 빠져 죽었어요." 이렇게 말할 때면 무언가가 명치를 찌르는 듯했지만 그것에 대해 정확히 알고 싶지 않았다. 어머니가 돌아가신 후 깊게 애도하는 시간을 갖고, 관에 누운 어머니와 작별인사를 하고, 추도식을 열고, 장례를 치르는 동안 어린 시절 나의 세계를 무너지게 했던 자비네의 사고가 계속 떠올랐다. 자비네는 그때 물에 빠졌고, (내 기억으로) 다시는 수면으로 올라오지 못했다.

1987년 5월이었다. 아직 초등학교에 입학하지 않은 여자아이 세 명에, 더 어렸던 세 살과 네 살의 남동생들까지 다섯 명이 수련이 핀 연못가에서 놀고 있었다. 연못가의 풀밭은 일부 무너져 있었고 움푹 팬 땅에는 올챙이들이 헤엄치고 있었다. 자비네(이 일화에 등장하는 모든 이름은 가명이다)는 재밌어하면서 손으로 올챙이 몇 마리를 잡으려고 했지만 잘 안 됐다. 그래서 어느 순간 고무장화를 신고 연못 안으로 들어갔다. 그러고는 바로 물속으로 미끄러졌다. 연못 바닥에 방수포가 깔린 데다 경사도 가팔랐던 탓이다.

그날에 대한 여기까지의 기억은 너무도 선명해서 마치 여러 번 돌려본 영화를 보는 것 같다. 재생 버튼을 누르기만 하면 그날의 모든 장면이 펼쳐진다. 풀밭, 올챙이, 탁한 연못물, 하늘색 방수포. 하지만 자비네가 수련 사이로 머리를 내밀려고 애쓰는 장면부터는 기억이 불완전하다. 우리는 하필 영문도 모르는 가장 어린 나의 남동생에게 어른들을 데려오라고 했다. 슈테파니와 나는 자비네에게 수련 사이에 장식용으로 떠 있는 나무로 만든 집을 붙잡고 있으라고 소리 질렀다. 그리고 어딘가에서 울타리 기둥을 가져와 연못 안으로 밀어 넣었다. 나무가 물 위로 뜬다는 사실을 알고 있었기 때문이다. 자비네와 나는 같이 수영 레슨을 받고 있었기에 자비네가 잠깐은 물에서 버틸 줄 알았다. 그러나 디른들Dirndl(독일 남부 지역의 여성용 전통 의상—옮긴이) 위에 재킷을 걸치고 장화까지 신은 채로 연못에 빠진 아이에게는 아무 도움이 되지 않았다.

그러다 나도 아마 어른들을 데려오기 위해 뛰어갔던 것 같다. 호텔로 돌아가는 길에, 달려오는 어른들과 부딪혀 넘어질 뻔한 기억은 생생하기 때문이다. 하얀 내의를 입은 슈테파니의 아빠가 달리면서 그걸 벗으려던 장면이 기억난다. 그날의 가장 마지막 기억은 수련이 핀 연못의 모습이다. 나무로 만든 집도, 자비네도 없는.

자비네는 그날 사망한 게 아니고, 어쩌면 그 사고 때문에 사망한 게 아닐지도 모른다. 하지만 그날 이후 나는 내 친구를 다시는 보지 못했다. 병문안을 간 적도, 장례식에 간 적도, 자비네의 무덤을 찾은 적도 없다. 어른들의 생각으로는 그 모든 충격으로부터 나를 멀리 떨어뜨려놓는 것이 옳은 방법이었을 것이다. 내가 자라면서 모든 것을 잊고 새 친구를 찾을 거라고 생각했을 것이다. 그중 맞은 것은 내가 자랐다는 사실밖에 없다. 새 친구는 찾지 못했다. 그 이후에도 함께 노는 아이들은 있었지만 많은 여자아이에게 큰 의미를 가진 '베스트 프렌드'라는 말은 한 번도 쓸 수 없었다.

이게 트라우마일까? 내가 트라우마에 시달리는 건가?

앞에서 얘기한 것처럼, 나는 수년 동안 심리치료를 받으며 상담사와 함께 트라우마를 찾아다녔다. 마치 광부가 금을 찾듯이. 물론 우리는 자비네의 죽음도 사방에서 조명해보았다. 큰 충격이었나? 맞다. 수십 년 뒤에 찾아온 우울증을 설명해줄 수 있나? 아니라고 본다. 나보다 자비네의 가족, 부모님과 오빠에게 훨씬 더 큰 충격이었을 것이다. 게다가 이런 일을 겪은 것이 이 세상에 나뿐만인 것도 아니다. 세상에 태어나 수십 년을 살며 트라우마를 전혀 겪지 않는 사람은 없다. 그때 자비네의 사고와 죽음을 같이 경험한 모든 사람에게, 그 사건은 큰 비극이었다. 그러나 그들이 살면서 겪은 유일한 비극은 아니었다.

수십 년이 지난 지금 자비네의 죽음에 얽힌 나의 감정을 털어놓고 다시 한번 애도하려는 것은 나에게 이 사건이 특별히 큰 부담이 되어서가 아니다. 그 아이의 죽음이 내 정신적 질병의 근거가 될 수 있겠다고 생각해서도 아니다. 그보다는 우리 모두 언젠가는 이러한 일을 극복해야 한다고 생각하기 때문이다. 배출구를 찾지 못한 슬픔은 마치 피부 아래에 갇힌 염증과 같다. 만지지 않는 한, 별로 아프지는 않다. 그렇다고 저절로 낫는 일도 거의 없다. 그렇다면 어떻게 해야 할까?

나는 일단 자비네의 오빠인 마틴에게 연락해서 내가 엄마와 작별인사를 한 것처럼 그의 동생인 자비네와 인사를 하지 못한 것이 너무 안타깝다고 이야기했다. 마틴은 성직자였다. 엄마의 추모식을 진행해준 성직자가 마틴이었다. 우리 가족과 그의 가족은 수십 년간 친밀한 관계를 유지해오고 있었다. 마틴은 내게 지금이라도 무덤에 가보자고 했다.

그러기로 했다. 자비네가 묻혀 있는 곳으로 가기 전에 우리는 사고가 난 곳을 먼저 방문했다. 그때 자비네가 빠졌던 연못은 뮌헨에서 멀지 않은 곳에 있었다. 사고 당일 마틴은 연못에 있지 않고 자신의 엄마와 함께 호텔 리셉션에 있었다. 만약 그가 연못가에 우리와 함께 있었더라면 이 모든 일이 일어나지 않을 수도 있었을까? 나는 종종 자문해보고는 했다. 그때 마틴은 아홉 살이었기에, 어쩌면 올챙이를 잡는 건 좋은 생각이 아니라고 말해줄 수도 있었을 것이다.

우리가 호텔에 도착했을 때는 세차게 비가 내리고 사방이

어둑어둑했지만, 나는 바로 모든 걸 알아봤다. 여기가 리셉션이고 저쪽이 온실이었다. 이 부근에서 어른들이 음식을 먹고 커피를 마시고 계산을 하던 사이, 지루함을 참을 수 없던 아이들은 호텔 이곳저곳을 탐색하기 시작했다. 그리고 저쪽으로 가면 건물 뒤쪽으로 이어지는 길이 있고, 풀밭이 있고, 연못이……. 연못은 없었다. 그러나 얼마 전까지 확실히 연못이 있었을 것 같은 자리는 분명히 있었다. 나는 리셉션에 있던 직원에게 물어봤으나, 그는 아무것도 몰랐다. 호텔의 안내 지도에는 연못이 표시되어 있었다.

그다음 며칠간, 나는 호텔에 몇 번 전화를 걸어 연못을 언제, 왜 다시 메웠는지 물었고 그에 대한 다양한 답변을 들었다. 아이들이 그곳에 자주 빠져서, 동물들 때문에, 방수포를 새로 교체하는 비용이 너무 많이 들어서 등등. 정말 묻고 싶었지만, 선뜻 입 밖에 낼 수 없었던 질문은 이거였다. 왜 이제야? 나의 가장 친한 친구가 가라앉은 직후에 없애지 않고, 왜 이제야? 비를 맞으며 풀밭에 서 있을 때의 내 기분은 적어도 그랬다.

그다음에는 사고와 관련 있는 사람들의 기억을 모아 내 기억과 비교하기 시작했다. 나의 남동생 게오르크는 자신의 기억 속에 살아 있는 자비네의 모습은 없다고 했다. 그렇지만 사고 당일의 기억은 있었다. 그때 세 살이었던 게오르크는 우리 아빠가 연못을 우습게 여기고 아무 준비 없이 걸어 들어갔다가 자비네처럼 바로 미끄러졌던 것을 아직도 기억하고 있었다. 게오르크는 슈테파니의 아빠와 우리 아빠가 숨을 쉬기 위해 수면 위로 올라왔다가 다시 잠수하기를 반복하던 것도 기억했다.

아빠는 당시 절망적으로, 연못 안에서 자비네를 못 찾는 건 정말 말도 안 된다고 생각했다고 말했다. 슈테파니의 아빠는 내게 연못의 지름은 대략 5미터 정도였고, 깊이는 1.5미터에서 2미터 정도였다고 말해주었다. 연못물이 탁해서 거의 아무것도 알아볼 수 없었다고 했다. 두 번째 혹은 세 번째로 잠수하고서야 밝은 빛깔의 무언가, 그러니까 스타킹이 보였고, 그렇게 자비네를 데리고 나올 수 있었다. 우연히 그 자리를 지나가던 산악 경비대원이 자비네에게 심폐소생술을 했다. "자비네가 젖은 디른들을 입고 움직임 없이 잔디 위에 누워 있던 게 떠올라." 남동생이 말했다. "나는 그때 어디 있었어?" 내가 물었다. 그 장면을 기억하지 못하는 게 놀라웠던 것이다. "우리 다 주변에 있었지. 누나도 거기 있었어." 하지만 나는 기억나지 않는다.

이후의 일은 마틴과 자비네의 엄마 아빠, 슈테파니의 아빠, 그리고 우리 아빠에게서 들었다. 구급차가 와서 자비네를 가르미쉬 병원으로 데려갔고 같은 날 뮌헨에 있는 병원으로 옮겨졌다. 그곳에서 일주일 동안 인위적인 혼수상태에 놓여 있다가 천천히 깨어나게 했다. 의사는 자비네가 혼란스러워할 수도 있고, 어쩌면 아무도 알아보지 못할 수도 있다면서 부모님에게 마음의 준비를 시켰다고 했다. 하지만 자비네의 엄마에 따르면, 자비네는 예전과 다를 바가 없었다. 가장 친한 친구인 베레나에게 전화하고 싶어 했고, 심지어 전화번호도 외우고 있었다. 그 이야기를 듣는 순간, 나는 혼란스러웠다. 자비네의 가장 친한 친구가 베레나라고? 자비네랑 가장 친했던 사람은 나였는데!

몇 주 동안 나는 내가 모든 것을 잘못 기억하고 있는 것인지, 실은 서로에게 별로 중요하지도 않았던 관계를 터무니없이 과장한 탓에 30년이 지나도록 내가 가장 친한 친구의 죽음을 완전히 극복하지 못했다고 생각했던 것인지 나 자신에게 물었다. 그러고 나서 생각난 것이 있었다. 자비네의 다른 친구들과는 달리, 나는 자비네가 물에 빠지는 걸 실제로 봤다. 그래서 나는 극복해야 할 것이 두 가지였다. 자비네의 사고, 그리고 그녀의 죽음.

자비네는 한동안 중환자실에 있다가 일반 어린이병동으로 갔다. 그곳에서는 상태가 좋아서 얘기하고 놀고 질문하고 그림도 그렸다. 한 번은 1층에 있는 공중전화기까지 가서 전화로 할머니의 생신을 축하했다고 한다. "할머니, 저

곧 집에 가요." 그렇게 말했다고. 지금까지는 어른들이 나를 더 큰 충격에서 보호하기 위해 병원에 데려가지 않은 거라고 생각해왔다. 그러고는 자비네가 온갖 장비와 튜브에 연결되어 있었을 거라고 당연히 추측해왔다. 30년 후에야 자비네가 병원에서 잘 지냈다는 이야기를 들으니 화가 났다. 왜 내가 자비네와 작별인사를 하게 해주지 않았지? 왜 내가 병문안 가는 것을 허락해주지 않았지? 그러다 거기에는 아주 평범한 이유가 있었다는 걸 알게 되었다. 우리 가족은 성령강림절(부활절 후 50일이 되는 날, 즉 제7주일인 오순절 날에 성령이 강림한 일을 기념하는 축일—옮긴이) 휴가를 항상 할머니와 할아버지 댁에서 보냈고, 모든 사람이 자비네는 곧 퇴원할 거라고 생각했던 것이다. 나의 부모님은 내게 "네 생일 파티에 자비네가 올 거야"라고 말했었다. 하지만 자비네는 내 생일 다음 날 뇌막염으로 세상을 떠났다.

이 모든 정보를 하나하나 얻어가는 과정에서 내 안의 무언가가 촉발되었다. 나는 슬펐고 화났고 혼란스러웠다. 나는 나 자신과 다른 이에게 질문을 던지고, 답을 받았다. 그리고 그 답은 새로운 질문으로 이어졌다. 계속 새로운 퍼즐 조각을 찾는 것 같았고 그 조각들은 새로운 감정들을 불러일으켰다. 예를 들면, 뇌막염의 원인이 되었던 그 박테리아는 어디서 왔을까?

의사들은 연못물에 병원균이 있었을 거라고 짐작했다. 하지만 병원의 누군가가 옮겼을 가능성도 있다. 대화를 나누는 과정에서 나뿐만 아니라 이 사고와 관련된 모든 사람이 각자 자신이 어떻게든 짊어지고 살아갈 만한, 자신의 기억과 자아상과 감정에 맞는 설명을 찾는다는 것이 분명해졌다. 자비네의 사망 원인이 어쩌면 사고가 아닐 수도 있다는, 혹은 사고 때문만은 아닐 수도 있다는 생각은 도움이 되었다. 자비네의 엄마에게는 이 작은 불확실성이 안도감을 주는 것 같았다. 그녀는 수십 년이 지난 지금까지도 자비네가 물에 빠질 당시 자신이 곁에 없었다는 사실에 대해 무거운 마음을 안고 있었다.

마틴은 연못 주변에 울타리를 둘렀다면 사고를 막을 수 있었을 거라고 생각했다. 나의 어머니에게 듣기로는 당시 어른들은 우리보다 네 살 많은 마틴이 우리를 봐주고 있는 것으로 오해했다고 한다. 그리고 자비네의 아버지는 오늘날까지도 자신의 전 부인이 더 주의를 기울였어야 했다고 믿었다. 정작 자신은 사고가 있던 그날 테니스 약속이 있다며 먼저 자리를 떴으면서 말이다.

자비네는 자신의 어머니가 살던 바이에른주의 한 마을에 묻혔다고 했다. 유치원과 교회 친구 중에는 장례식에 참석한 아이가 없었다. 장례식도, 관에 누워 있는 자비네의 모습도 보여주고 싶지 않아서였다. 하지만 그건 매우 중요한 문제다. 상담가들은 아이들이 고인을 다시 한번 보고 만지고, 사진이든 인형이든 편지든 관에 무언가를 넣으면 죽음을 더 잘 '이해'할 수 있게 된다고 말한다.

시간만으로는 상처가 치유될 수 없다. 마음도 그 슬픔을 표현하고 이겨낼 기회가 필요한 법이다.

당시 내게는 그 기회가 주어지지 않았다. 대신 내 주변의 모든 사람은 그 슬픔이 절로 사라지기를 바랐다. 나는 자비네와 무조건 같은 반이 되고 싶었기 때문에 우리 부모님은 학교에 등록할 때 그렇게 적어주셨다. 그래서 나는 유치원 때 같은 반이었던 아이들이 아니라 자비네 반의 아이들과 한 반이 되었다. 다만 자비네가 없었다. 등교 첫날, 나는 누구 옆에 앉아야 할지 몰랐다. 자비네와 나는 많은 것을 함께 했다. 어린이 체조부터 스키까지 함께하는 사이였다. 자비네의 죽음 이후 나는 그것들을 모두 그만두었다. 친구와 함께하던 그 모든 걸 혼자 한다는 건 내가 해낼 수 없는 일처럼 보였다. "네 엄마가 네가 늘 무척 힘들어한다는 이야기를 전해줬어." 자비네의 엄마와 함께 발코니에 앉아 멜론과 화이트 와인을 먹으며 자비네의 죽음에 관해 이야기할 때였다. 최악의 순간을 떠올릴 때, 그녀는 초췌한 모습으로 팔짱을 낀 채로 엄지손가락에 힘을 주며 벽을 응시했다. 의사가 그녀에게 이렇게 말하던 순간이었다. "희망이 없습니다. 마음의 준비를 하셔야겠어요."

자비네의 아버지를 만났을 때, 그는 마침내 이 이야기를 자신의 버전으로 들려줄 수 있어 기쁜 것 같았다. 어쩌면 그때도 그렇게 할 수 있었을지 모른다. 하지만 어쨌든 그는 그렇게 하지 않았다. 그는 그 누구와도 자비네의 죽음에 대해 자세하게 이야기하지 않았고, 오늘날까지도 많은 일을 혼자 처리해버린다. 마음이 좋지 않을 때면 운동을 한다. 자신의 아내가 완전히 다른 방식으로, 다시 말해 친구들, 심지어 기자들과 모든 것에 대해 많은 이야기를 나누는 방식으로 애도의 기간을 가졌던 걸 그는 당시에 이해하지 못했다. 자비네의 죽음은 그에게 단순한 비극일 뿐만 아니라 명예를 훼손하는 일이기도 했다. 그는 자부심이 강한 사람이었기에 자신의 형제자매에게 전화를 걸어 자비네에게 무슨 일이 생겼다고 말하는 게 끔찍하게 느껴졌다. 그는 말했다. "이제 그 일을 극복했다고 말하고 싶지만 날 아는 모든 사람들은 내가 전혀 극복하지 못했다고 할 거야."

자비네가 죽고 1년이 채 지나지 않아 그녀의 부모님은 아들을 낳았고, 오래지 않아 셋째(자비네를 포함한다면 넷째) 아이도 낳았다. 두 분 모두 아이들을 선물이라고 했다. 삶은 계속되었고, 할 일은 많았다. 하지만 서로를 위로할 수는 없었다.

마틴 또한 여동생을 떠올리며 부모님 품에서 울어본 기억
이 없다고 했다. 대신 자비네의 것이었던 커다란 판다 인형
의 품에 웅크리고는 스스로를 다독이고 지역 교구에서 안
정을 찾았다고 했다. "난 늘 매우 독립적인 아이였어. 해야
할 일이 있으면 그냥 혼자 처리했지." 우리가 자비네의 묘
지에서 뮌헨으로 돌아가는 길에 그가 말했다. 우리는 마틴
이 우리 부모님 정원에 만든 텃밭, 사고 이후 마틴이 지인들
과 함께 장을 보러 갔다가 무엇을 갖고 싶으냐는 물음에 고
른 온도계 등을 함께 떠올렸다.

슬픔에 대처하는 전략은 정말 많고 다양하다. 자비네의
아빠는 운동을 했고, 마틴은 성당 공동체의 도움을 받았고,
자비네의 엄마는 친구들과 기도에서 위안을 얻었다. 자신
의 감정을 정확히 어떤 방식으로 다루는지는 (당연한 말이지
만, 타인을 다치게 하지 않는 이상) 중요하지 않다. 중요한 건, 무
언가를 하는 것이다. 다른 사람들은 고통을 놓을 수 있었던
반면 나는 30년 넘게 자비네의 죽음 때문에 괴로웠던 이유
는 바로 그것이었다. 나는 아무것도 하지 않았다. 내 어린
날의 슬픔을 달래줄 어떤 장소도, 의식도, 아니 그냥 아무것
도 없었다. 내 주변의 어른들은 내가 그 사고와 친구의 죽음
을 최대한 빨리 잊길 바라는 마음으로 그랬겠지만, 그 마음

만으로 되는 일은 아니었다.

감정에는 공간이 필요하다. 자비네의 가족 중 다수는 그 공간을 믿음에서 찾았다. 자비네의 어머니에게 요즘 어떻게 지내냐고 물었을 때, 그녀가 딸의 죽음에 대해 한 말은 이러했다. "여전히 많은 감정이 들지. 하지만 이제 그렇게 찢어질 듯한 고통은 아니야." 마틴은 이렇게 말했다. "동생의 죽음이 나의 믿음을 무너뜨리지는 않았어. 하느님은 나를 위로하셨고, 나는 기도에서 위안을 찾았어."

신을 믿는 사람은 모든 걸 스스로 이해할 필요가 없다. 신을 믿는 사람은 항상 모든 걸 통제할 수 있다는 환상에 사로잡히지 않는다. 믿음은 마틴과 자비네의 엄마 아빠, 그리고 사고와 관계된 수많은 이들이 그 죽음을 극복할 수 있도록 도왔다. 신과의 연결에서 슬픔을 놓아둘 공간이 생기기 때문이다.

나 또한 어렸을 때 신을 믿었다. 자비네가 죽은 후, 나는 내 친구를 천사라고 상상했다. 크리스마스에는 남동생에게 자비네가 아기 예수를 도와 선물을 나눠주느라 지금 거실을 날아가고 있다는 얘기를 해주었다. 상상 속의 그 그림이 너무 좋아서, 나는 부모님이 선물을 사 오신다는 사실을 알고 나서도 한참 동안 그 이미지를 떠올렸다. 나의 환상 속에서 자비네는 겨울마다 선물을 주기 위해 하얀 원피스를 입고 우리 할머니 집으로 왔다.

하느님 또한 항상 내 생각과 함께했다. 체육관 라커룸에서 안경을 잃어버리면 다시 체육관으로 돌아가는 길에 기도하고는 했다. "하느님, 제발 안경이 아직 거기에 있게 해주세요." 나는 정기적으로 하느님을 상대로 거래를 제안하기도 했다. 지리 시간 발표에 걸리지 않게 해주시면 일요일에 성당에 나가겠다고 약속하는 식이었다. 그리고 무엇을 해야 할지 확신이 서지 않을 때면, 계시를 달라고 부탁드리기도 했다. "제가 지금 시계를 봐서 분침이 짝수면 하고, 홀수면 안 할게요." 3학년 때 첫 영성체를 받고 처음으로 고해성사를 하러 갔다. 우리 신부관에는 어둠 속에서 무릎을 꿇고 죄를 고할 수 있는 고해석 같은 건 없었다. 우리 본당 신부님은 고해성사를 위해 당시 우리가 살던 집으로부터 두 집 건너에 있는 본당 사무실로 나를 초대했다. 소파와 전축이 놓여 있어 나는 그곳을 거실이라고 생각했다. 나는 거기 신부님과 함께 앉아, 30분 동안 나의 '죄'를 털어놓았다.

엄마에게 거짓말을 했고, 남동생이 나보다 관심을 많이 받는 것 같아 질투심에 괴롭혔고, 집에 있던 초콜릿을 다 먹고는 내가 안 먹었다고 했다는 내용이었다. 이런 식으로 나는 신부님 앞에서 어린아이의 소소하고 자잘한 잘못들을 고백했다.

나를 불편하게 하는 것들을 권위 있는 어른 앞에서 털어놓는 것은 한편으로는 정말 신경이 많이 쓰이는 일이었다. 하지만 다른 한편으로는 나를 신경 쓰이게 하고, 내 마음을 짓누르고 있던 일들을 신부님이 진지하게 받아주고 있다는 느낌을 받아서, 그 30분의 시간을 거의 즐겼다고도 볼 수 있다. 마지막에는 함께 기도했고 신부님은 내게 해바라기를 선물해주셨다. 그리고 내 기분은 한결 나아졌다. 상담치료와 비교한다면, 그때의 고해성사는 이런 것이었다. 모든 감정이 받아들여지는 진지한 대화, 모든 것이 있는 그대로 받아들여지는 공간, 어떤 판단도 훈계도 없는 시간.

안타깝게도 시간이 지나면서 어린 시절의 순수한 믿음을 잃어버렸다. 나는 견진성사 후 교구 활동에 참여하지 않게 되었다. 견진성사 수업 중에 모범적인 가톨릭 소녀로 시간을 보내는 게 너무 쑥스러웠다. 수업을 맡은 부제副祭(사제를 도와 강론, 성체 분배 따위의 집행을 하는 성직자—옮긴이)가 나를 외동으로 알고 있었고, 내가 모든 답을 알고 있으리라 생각해서 계속 나에게 말을 걸었기 때문이다. 나와 같은 반이었던 아이들에게는 그게 그리 멋져 보이지 않았을 것이다.

나이가 들수록 점점 더 비판적인 시선으로 가톨릭교회를 보게 되었다. 뉴스를 다루는 기자로서 나는 스캔들을 연달아 보도해야 했다. 지독히 보수적인 성 비오 10세회와의 관

계를 둘러싼 논란, 수많은 성범죄 사건, 가해자와 피해자를
다루는 부끄러운 태도, 그리고 마지막으로 가장 중요하게
는 가톨릭교회 내에서 여성의 위치까지. 나는 몇 년 동안 나
자신과 싸웠고, 그 이후로도 몇 년 더 종교세를 냈지만 결국
에는 가톨릭교회를 떠났다.

이 과정이 그토록 오래 걸렸던 건 감정적인 이유로만 설
명할 수 있다. 이성적인 논리로만 판단했다면 진작 나왔을
것이다. 그러나 교회는 오랫동안, 특히 어린 시절의 내게 큰
의미가 있었다. 나는 하느님으로부터 보호받고 이해받는다
고 느꼈고, 그 느낌은 지금도 가끔 그립다. 그렇다고 무신론
자가 된 것은 아니라서 여전히 인간이 볼 수도 이해할 수도
없는 어떤 힘이 존재한다고 믿는다. 하지만 내가 착하게 살
기만 하면 어떤 관대하고 나이 든 존재가 구름 위에 앉아서
나의 안경과 지리 수업을 해결해주리라는 믿음은 잃어버린
지 오래다.

그래서 마틴과 함께 묘지를 찾았을 때 기도는 하고 싶지
않았다. 우리는 그저 몇 분간 그곳에 머물렀다. 포도나무와
마른 잡초가 묘지를 덮은 것을 보면 누구도 제대로 신경 쓰
지 않는 듯했다. 나중에 알고 보니 자비네의 삼촌이 그곳을
다시 손보는 중이라고 했다. 상관없었다. 난 그저 있는 그대
로 묘지를 보았을 뿐이다. 이제 유치원에서 스웨터를 입고

있던 내 친구의 모습과 사고 당일의 영상 외에도 내 내면의 앨범에 넣을 그림 하나가 더 생겼다. 나는 나의 내면에서 자비네의 위치를 옮겼고 내 감정에 많은 시간과 공간을 주었고, 나의 거의 모든 질문은 답을 찾았다. 어쩌면 애도는 그렇게 하는 건지도 모른다. 더욱 분명한 것은 누구에게나 슬픔을 대하는 저마다의 방식이 있다는 사실이다. 확실한 건 감정을 자세히 들여다봐야 한다는 것이다. 고인을, 그때의 일과 감정을, 그리고 그에 대해 무엇을 믿고 생각하고 아는지를. 모든 질문에 답을 찾는 것은 중요하지 않다. 중요한 건, 질문을 던지는 것이다.

이 모든 과정을 거치는 동안 자비네의 사고와 죽음을 떠올릴 때마다 스쳐 지나가던 고통은 처음에는 더 강해지다가 그다음엔 사라졌다. 마치 사라지기 위해 처음에는 어느 정도 확장할 공간이 필요했던 것처럼.

CHECK POINT
우리가 허용하지 않는 감정은 사라지지 않는다. 다른 곳으로 갈 뿐이다.

코로나 블루와 우울증

팬데믹이 우리에게 남긴 것

　슬픔과 우울증. 다른 감정적 상태에 대한 모든 치료와 반추를 거친 2020년에 이제는 정말 나를 이해할 수 있겠다는 생각을 했다. 그래서 약을 많이 먹을 필요는 없다고, 좀 적은 약으로도 내 감정과 상태를 다스릴 수 있겠다고 다시 한번 생각했다. 안정적인 상태에 따르는 부작용에 지치기도 했다. 내 정신과 의사도 동의했다.

　그리고 코로나가 닥쳤다. 처음에는 내 정신 건강과는 아무 관련이 없는 호흡기 바이러스의 유행에 불과했다. 하지만 록다운으로 모든 것이 갑자기 바뀌면서 상황이 달라졌다. 학교, 유치원, 레스토랑, 상점, 영화관, 아니 그냥 모든 곳이 문을 닫았다. 놀이터에는 출입을 막는 테이프가 둘러 졌고, 사적 모임은 금지되었다. 대신 홈스쿨링, 홈오피스가 일상이 되었다. 앙겔라 메르켈 총리는 "심각하다"는 표현을 썼다.

이 글을 쓰는 지금도 그때 느꼈던 공포가 되살아난다. 어 쩌면 그때는 위기를 헤쳐나가기 위해 너무 많은 것에 끊임 없이 신경 쓰느라 지금에야 제대로 공포를 느끼는 건지도 모르겠다. 현재는 독일이 상대적으로 큰 문제 없이 첫 번째 대유행을 이겨냈음을 실감하고 있다. 그때는 아직 그걸 예 상하지 못하던 시기였다. 지금은, 원하는 성인들은 모두 오 래전에 백신을 접종한 상태다. 2020년 봄에는 그렇게 되리 라는 사실을 몰랐다.

낮이면 마티아스와 나는 이 비상상황을 어떻게든 헤쳐나 가 보겠다고 얼간이들처럼 뛰어다녔다. 저녁이면 소파에 앉아 바이에른 공화국의 몰락을 담은 〈바빌론 베를린〉(2017 년부터 방영하는 소설 원작의 범죄물 시리즈─옮긴이)을 봤다. 종 말의 분위기. 가끔은 진토닉도 같이 즐겼다. 나는 자주 편두 통에 시달렸다. 당시는 꼭 정신질환을 앓지 않더라도 모두 가 불안, 스트레스, 걱정 속에서 살았다. 그래서 일상의 루 틴, 연락하던 사람들, 스포츠 활동, 의무적으로 해야 하는 일이 없어지고 내 기분이 점점 나빠져도 괜찮다고 느꼈다.

2020년 여름 사회가 다시 회복하는 분위기로 돌아섰지만 나는 그러지 못했다. 그때야 내게 코로나 블루 말고도 무언가가 있다는 것을 알아차렸다.

어쩌다 한 번 놀이터에 가면 아이들이 앉거나 서 있는 상태로 돌아가는 '뺑뺑이'라는 놀이기구를 본다. 한 번 돌아가기 시작하면, 그다음부터는 거의 저절로 회전하기 때문에 가끔 조금씩만 밀어주면 된다. 하지만 완전히 멈춘 후에 다시 돌리기는 매우 힘들다. 나의 사회생활이 꼭 그 놀이기구 같다. 팬데믹 전에는 다른 사람들처럼 대부분의 시간을 움직였다. 아침 6시에 알람이 울리면 출근 준비를 끝내고, 아이들을 준비시켰다. 그러고는 다들 유치원, 학교, 사무실에 갔다가 집으로 돌아왔다. 한 동료와 점심을 먹고 나면 몇 주 후에 다시 그와 점심을 먹을 차례가 돌아왔다. 커피 모임도, 이따금 열리는 행사도, 퇴근 후의 드문 회식도 마찬가지였다. 안녕, 즐거웠어, 다음에 보자! 화요일과 토요일에는 운동하러 가는 것이 루틴이었다. 당연히 따로 계획하거나 생각할 필요가 없었다. 주말에는 딩엔스 가족을 만나거나 아버지를 방문하거나 어딘가로 나들이를 갔다.

"우리 조만간 한번 만날래?"

"3주 후 토요일 어때?"

"그러자!"

"좋았어, 그럼 그때 보자!"

나의 뺑뺑이는 거의 힘들이지 않아도 자동으로 계속 돌았다. 그러다 팬데믹이 내 뺑뺑이를 너무 갑자기 멈추는 바람에, 난 거의 튕겨 나와 떨어질 뻔했다. 지금도 예전의 그 리듬을 완전히 되찾지 못했다.

록다운 기간에 우리의 취침 시간은 점점 더 늦어졌다. 샤워는 나중으로, 혹은 다음 날로 미뤘다. 씻고 차려입는 게 불필요하게 느껴졌다. 9시쯤 온라인에 접속해 있으면 그걸로 되지 않나? 저녁에는 자정까지 텔레비전을 보거나 휴대전화를 만지작거렸다. 평정을 유지하라고? 무엇을 위해서? 나는 외적인 제재가 없으면 내적인 안정감도 잃었다. 누구도 보지 않는 나는 누구지? 뭐지? 어떻게 해야 하지?

어떤 사람들은 록다운 기간 동안 외부 세상과의 연락을 줄이고 드디어 자기 자신을 찾을 수 있겠다고 생각했다. (대부분의 남성) 기자들은 삶의 속도를 줄이고 중요한 것에 집중하자는 내용의 에세이를 썼다. 나는 그럴 수 없었다. 가족 외에는 아무도 만나지 않은 채 꼬박 하루를 보내고 나면, 나는 소파에 앉아 스스로에게 물어야 했다. 나는 누구지? 사람들과 거의 대화하지 않으면서 나 자신을 여전히 말을 잘 받아치는 사람이라고 표현할 수 있을까? 다른 사람들이 우리에게 제공하는 공명共鳴의 공간 없이도 우리가 여전히 누군가일 수 있는 건가? 틀에서 막 떨어져 나온 젤리 푸딩처럼 미끌미끌한 비결정질 물체 같은 건가?

내 느낌은 그랬다. 내가 일정 형태를 유지할 수 있는 건 다른 사람들 덕분이었다. 끊임없는 상호작용, 수십 건의 연락이 나의 젤리 푸딩 같은 정체성을 유지해주는 틀이었고, 그 틀이 나를 즐겁거나 슬프거나 무감각하게 만들었다.

좋지 않은 기분에, 정부의 방역 조치에 대한 좌절감과 미래에 대한 불안감이 더해졌다. 남편과 나 모두 단축 근무를 하고 있었기 때문이다. 그 모든 것을 우울증의 구름이 덮고 있다는 사실은 여전히 인지하지 못했다. 그것 말고도 내 상태가 좋지 않을 만한 충분한 이유들이 있었기 때문이다. 나는 내가 잘 해나갈 수 있다고 생각했다. 위기라면, 다른 사람들보다 경험이 더 많으니까!

봉쇄 완화에 대한 논의가 시작되면서 갑자기 정신질환을 앓는 이들이 정치적 이슈로 떠올랐다. 봉쇄 완화를 지지하는 사람들은, 그 근거로 우울증 환자들이 록다운을 더는 견딜 수 없으며, 자살하는 사람들이 증가할 거라는 이유를 댔다. 나는 완전히 이용당했다는 느낌이 들었다. 정신적 질병을 앓고 있는 사람으로서, 나에게는 자동차 대리점보다 놀이터를, 건설현장보다 학교를 먼저 열어주고, 관계와 우정의 의미를 이해해주는 코로나 정책이 필요했다. 매출이 아닌 사람을 중심에 두는 정책을, 제때 마스크, 공기필터, 예방책을 마련해 업무 모임이든 사적 모임이든 가능하게 하는 정책을 기대했다. 가구점을 서둘러 여는 것은 자살 예방책이 될 수 없다.

내가 새 소파를 산 게 그때이긴 했다. 그 소파는 정말 예쁜 데다 나는 어떤 가구에도 그렇게 오랜 시간을 파묻혀서 시간을 보낸 적이 없었다. 그럼에도 나는 팬데믹 기간에 또 다른 우울 시기를 겪어야 했다. 다른 많은 사람들도 마찬가지였다. 독일 우울증 지원재단Stiftung Deutsche Depressionshilfe의 대표인 울리히 헤게알Ulrich Hegerl은 코로나 팬데믹과 그에 따른 조치로 인해 지금까지 건강했던 사람들 사이에 우울증이 마치 전염병처럼 퍼질 것이라는 생각을 반박했다.

그러나 그 이전부터 우울증 때문에 힘들었던 사람들에게는 록다운이 큰 영향을 미쳤다. 일상을 지탱하던 구조가 사라지면서 사람들은 덜 움직이고, 더 많이 잤다. 가끔은 낮에도 침대에서 시간을 보냈다. 규칙적인 움직임과 체계적인 일과는 우울증을 예방해주는 반면, 너무 많은 잠은 하루를 비생산적으로 만든다. 얼핏 듣기에는 모순적으로 들릴지 모르겠다. 하지만 건강한 사람들에 비해 정신적 질병을 앓는 사람들은 록다운을 기회로 보고 느긋함을 즐기기가 훨씬 더 힘들다.

우울증을 앓는 사람으로서 어떤 일도 일어나지 않고, 누구와도 만날 필요가 없는 일상에서 해방감을 느끼느냐는 질문을 많이 받았다. 경험해보니, 그 해방감은 기껏해야 잠깐 동안 유지될 뿐이다. 빈 공간이 너무 많으면 그만큼 우울증이 확장할 자리가 늘어난다.

내 생각에 가장 좋은 예방책은 꾸준히 다른 사람들과 연락하는 것이다. 여기서 다른 사람들은 가족뿐만이 아니라 팬데믹 기간에도 정기적으로 보거나 적어도 이야기할 수 있는 소수의 정말 가까운 친구들이다.

에식스대학교의 심리학자 질리언 샌드스트롬Gillian Sandstrom이 알아낸 것처럼, 일시적인 접촉도 우리의 건강과 행복을 위해 매우 중요하다. 그의 연구에 따르면, 사람들은 상호작용이 적은 날보다 많은 사람을 만나는 날에 컨디션이 더 좋았다. 그런데도 많은 환자가 상담치료를 받지 못하거나 병원에 입원하지 못하거나 혹은 그 시기를 미뤄야 했다.

종합적으로 보면 2020년 7월, 여러 방역 조치가 이미 완화되었고 많은 사람이 삶을 다시 즐기기 시작했을 때에도 우울증을 앓는 대다수의 사람들은 그 상황을 여전히 '짓눌린다'고 평가했다(우울증 환자의 68퍼센트, 전체 조사 대상자의 36퍼센트가 이처럼 평가했다).

나 또한 마찬가지였다. 1차 대유행이 지나고 여름이 되어서야 록다운이 나에게서 무엇을 가져갔는지를 깨달았다. 그리고 나는 다른 이들과는 다르게, 그렇게 쉽게 리듬을 되찾을 수 없다는 사실도 깨달았다. 운동 시설이 다시 문을 열고 나서도 나는 운동하러 갈 수 없었다. 누군가를 만나기 위해 몸을 일으키기도 어려웠다. 그러다가 휴가를 떠났다. 가장 친한 친구와 함께 프랑켄 지역에서 자전거를 타고 아이들과 함께 이탈리아 해변을 찾았다. 하지만 그 무엇도 정말 좋다고 느껴지지 않았다. 모래 속에 발을 넣고, 아페롤 스프리츠를 손에 들고, 바다를 바라보면, 이제 좀 즐길 수 있으려나? 내 안은 고요할 뿐이었다. 우울한 구름이 수신을 막아 방송이 불가능한 상태였다.

어느 일요일, 우리는 다시 집에 돌아왔다. 나는 집에 오자마자 정신과 의사와의 예약을 잡기 위해 인터넷을 검색했다. 병원은 월요일 오후 1시에 여는 것으로 되어 있었다. 나는 일요일 오전 내내 좌절감에 휩싸인 채로 소파에서 울거나 멍하니 죽음에 대해 생각했다. 지난 몇 개월 동안의 기분을 코로나 탓으로 돌리고 떨치려 했지만, 이제야 제대로 보였다. 나는 다시 우울증을 앓고 있었다. 그걸 깨닫고 나면 내 기분은 몇 단계 더 밑으로 내려간다.

나는 지하철을 타고 12시 45분에 병원 문 앞에 도착해 말했다. "안녕하세요. 제가 지금 위급한 상황이어서요." 예전에는 없던 일이었다. 나는 언제나 미리 전화하고 6주 후의 상담 예약도 괜찮다고 하는 착한 환자였다. 담당 의사는 몇 주 동안의 병가 진단서를 발급하고 리튬을 처방해주었다.

나는 이제 더는 견딜 수 없을 때까지 기다리지 않아도 된다는 사실을 배웠다. 평소처럼 자신에게 "그저 기분이 안 좋은 건가, 아니면 우울증이 맞나?"라는 질문을 하기까지 시간이 좀 걸리기는 했다. 잘 알려진 것처럼, 그 차이는 전문가조차도 구분하기 어렵다. 하지만 또 우울증이라는 걸 알아차리면, 요즘은 즉각적으로 도움을 구한다.

이전부터 정신질환에 시달리던 사람들만 힘들었던 것은 아니다. 팬데믹 기간 동안 전반적으로 사람들의 정신 건강이 크게 악화되었다. 그래서 일부 사람들은 즉시 더 많은 약물, 더 많은 상담치료가 가능해져야 한다고 요구했다. 나는 이와 같이 섣부르게 결론을 내기는 어렵다고 생각한다. 상담치료와 약물에 반대하지는 않는다. 내가 그 둘의 도움을 얼마나 많이 받는지는 앞에서 명확하게 밝혔다. 그렇다고 해서 상담과 약물이 모든 것을 해결해주지는 않는다. 힘든 상황에 힘들어하는 것은 정신질환의 징후가 아니다. 오히려 그 반대다. 사람들이 전 지구적인 팬데믹 때문에 두려움을 느끼고 불안해하고 압박에 시달린다면 그것은 치료로 해결될 수 없는, 완전히 정당한 감정들이다.

기후변화에 대한 걱정, 사회 불평등에 대한 분노, 폭력에 대한 두려움 역시 마찬가지다. 사회 불공정은 약물로도, 상담치료로도 해결되지 않는다. 기껏해야 기분이 좋지 않은 이유와 그것이 당사자의 잘못이 아니라는 것을 깨닫는 정도다. 일상생활을 더 잘 해나갈 수 있도록 돕는 것, 그리고 필요하다면 변화를 시작하도록 하는 것은 가능하다. 하지만 환자들이 받아들일 수 없는 상황을 받아들이게 하는 데는 치료가 소용이 없다. 그렇게 되어서도 안 된다.

내 경험에서는 엄마의 역할을 주제로 상담을 받았을 때를 예로 들 수 있다. 엄마 역할을 하게 되기까지 얼마나 힘들었는지는 앞에서 이야기했다. 그것과 관련된 모든 감정, 부정적이고 모순된 감정도 허용하기까지, 나는 약물과 상담치료의 도움을 많이 받았다. 그건 매우 중요했다. 그럼에도 나는 여성으로서, 엄마로서 현실과 계속 씨름해야 했고, 그건 지금도 마찬가지다.

다른 많은 사람과 마찬가지로 매일 가정과 직업 사이에서 균형을 잡지 못하고, 모두에 충실할 수 없다는 기분에 좌절감을 느낀다. 그러고는 저녁이 되면 완전히 지쳐버린다. 이럴 때 마음챙김이나 체크리스트 작성을 통해 나 자신을 조금 더 최적화한다고 해도 도움이 되지는 않는다. 나의 가족과 세대를 초월하는 어머니상을 정신분석학적으로 파헤치

힘든 상황에 힘들어하는 것은
정신질환의 징후가 아니다.
오히려 그 반대다.

팬데믹 때문에 두려움을 느끼고
불안해하고 압박에 시달린다면
그것은 완전히 정당한 감정들이다.

고 싶지도 않다. 이 부분에서 내게 유일하게 도움이 되는 건 페미니즘과 이런 깨달음이다.

주당 40시간 이상의 노동시간은 다른 모든 일을 처리해 줄 아내 혹은 다른 누군가가 있는 사람(대부분 남성)에게만 가능하다는 깨달음 말이다. 반면, 엄마들은 저마다 다른 이유로 다음 세 가지 경우 중 하나에 해당한다.

첫째, 전일제로 일하고 아이를 마음껏 보지 못하는 경우. (매정한 어머니 프레임을 씌우려는 것이 절대 아니다. 주당 40시간 이상 일하는 대부분의 부모는 그러지 않으면 안 되기 때문에, 또는 그러지 않으면 커리어를 유지할 수 없기 때문에 그렇게 일하는 것이다.)

둘째, 적게 벌거나 경제 활동을 전혀 하지 않아서 배우자에게 재정적으로 의존하거나 국가의 도움을 받거나 가난한 경우.

가장 흔한 세 번째는 시간제로 일하며 일과 가정 사이에서 너덜너덜해질 정도로 힘들어하는 것이다. 나만 해도 그렇다. 혼자 아이를 키운다면 이러한 선택권이 없으며, 대신 우울증과 기타 정신질환을 앓을 가능성이 커진다.

사무실과 유치원, 그리고 마트 사이를 힘겹게 오가면서 아이들과 언쟁을 벌이고 밤 9시에 빨래를 널다가 엄청 중요한 일을 깜빡했다는 사실이 떠오르더라도 잘못을 내게서 찾지 않는 것이 좋다. 부모님의 잘못도 남편의 잘못도 아니고, 계획을 충분히 세우지 않은 탓도 아니다. 가부장제와 자본주의사회에서 엄마가 된다는 건 원으로 사각형을 만드는 것과 같다. 애초에 불가능한 일이다. 그러므로 원하는 대로 항상 해내지 못해도 정말 괜찮다. 마음 상태가 좋지 않을 때면, 가끔은 약을 먹어야 할 때도, 상담을 받아야 할 때도 있다. 하지만 가끔은 그냥 푹 자고 일어나 혁명을 시작해야 한다.

CHECK POINT
힘겨운 상황은 우울증을 유발할 수도 있다.

가끔 행복했고
자주 우울했던 이들에게

"안 되는 건 없습니다."

어느 광고 문구가 내 인생의 모토였다.

무언가를 달성하기 위해 혹독하게 애를 썼고

평생 내 능력을 증명하며 살아왔다.

하지만 이제 안다.

"난 할 수 있어. 하지만 하고 싶지 않아"라고

할 수 있어야 진정한 해방이라는 것을.

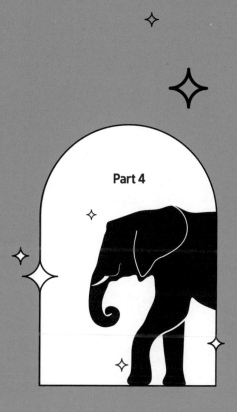

Part 4

나와의 거리 두기

타인의 평가에 휘둘리지 않는 법

마음챙김이나 명상을 하는 사람이라면 이 문장을 들어본 적이 있을 것이다. "당신의 생각은 당신이 아니다." 혹은 "당신의 감정은 당신이 아니다." 명상과 일반적인 마음챙김에서는 감정과 생각에 압도당하고 혼란스러워하는 것을 지양하고, 최대한 멀리 가라고 한다. 다시 말해 불편한 감정이나 생각이 든다면, 그것과 거리를 두라는 것이다. 이는 특히 내가 우울 시기에 있을 때 매우 중요한 기술이다. 가끔은 나와 지나치게 부정적인 내 생각 사이에 작은 틈을 만드는 데 성공한다. 그럼 나는 외부에서 내려다보며 내게 이렇게 말하려고 노력한다.

"어쩌면 내가 이렇게 생각하고 느낄지도 모르지. 하지만 그렇다고 해서 그 생각과 느낌이 나인 것은 아니야."

기분이 나아지면 다시 내게 묻는다. 내 생각과 기분이 내가 아니라면, 난 누구지? 내 몸인가? 요즘 유행하는 '자기 몸 긍정주의(사회가 생각하는 미의 기준에서 벗어나, 나를 있는 그대로 사랑하자는 움직임―옮긴이)'에도 나는 오래전부터 (오로지) 나의 외모로만 나를 규정하고 싶지 않았다. 내 생각에, 나의 몸은 생각하고 느끼는 머리를 운반하기 위해 있는 것이었다. 마치 차나 세탁기처럼 사용 목적이 있는 것이다. 부디 문제를 일으키지 않고 제 기능을 다 하고 너무 못생기지만 않으면 나머지 요소는 크게 중요하지 않았다.

문제는 내 몸이 내가 원하는 대로 기능하지 않는다는 것, 나 또한 내가 아는 모든 여성과 마찬가지로 사회에서 이상적으로 여기는 미의 기준에 압박받고 있다는 점이었다.

하지만 바로 그것이 내가 누구인지를 나의 육체로만 규정하고 싶지 않은 이유였다. 내 머리카락 색깔이나 브래지어 사이즈 같은 것들로 나를 설명하고 싶지 않았다. 뱃살이나 힘없이 살이 축 늘어진 팔뚝은 말할 것도 없었다. 거울이나 사진을 들여다보면서 '이게 나야'라고 받아들이는 건 내 방식이 아니었다. 기껏해야 '나는 이렇게 생겼어'라고 생각할 뿐이었다. 나의 정체성은 느끼고, 생각하고, 쓰고, 말하는 데 있었다. 내 몸은 그 모든 걸 가능하게 하는 매개체일 뿐이었다.

20대에 키워온, 내 몸에 대한 거의 무지한 태도는 그 이전의 자기혐오보다는 나았다. 내가 기억하는 한, 내가 나의 목부터 발끝 사이의 신체를 진심으로 좋아했던 적은 한 번도 없었다. 내가 어렸을 때 잘하고 싶었던 일 중에 내 몸으로 할 수 있는 건 아무것도 없었다. 나는 공을 잡지 못했다. 빠르게 달리지도, 높이 뛰지도 못했다. 수영을 잘하지도 못했다. 지금까지 나는 다이빙을 할 줄도, 다리를 찢을 줄도, 옆으로 재주를 넘을 줄도 모른다. 전국유소년게임이 열리는 날은 내 학창 시절에서 최악의 날이었다. 나의 형편없는 체육 실력을 학급 전체 앞에서 뽐내야 했기 때문이다. 그래서 중학교 이후부터는 유소년게임이 있는 날이 곧 나의 생리 기간이었다. 그 기간은 체육 시간과도 많이 겹쳤다. 나는 그 시간에 운동장에서 창피를 당하느니 매트리스를 끄는 카트 위에서 책을 읽는 게 좋았다.

운동 시간에만 나의 재능이 부족하다고 느낀 건 아니었다. 내 친구들은 노래를 기가 막히게 잘 부르거나 춤을 잘 추거나 바느질을 잘하거나 그림을 잘 그렸다. 나는 이 모든 걸 기껏 중간 정도로 해냈다. 하지만 어린아이들과 10대 청소년에게는 이런 능력이 성적보다 훨씬 더 중요했다. 더군

다나 나는 학교 성적이 좋은 편이어서 이 모든 재능과는 거리가 멀다는 사실이 특히 더 안타까웠다.

앞에서 이야기한, 음정을 하나도 맞추지 못하면서도 다른 사람들 앞에서 즐겁게 크리스마스 캐럴을 불렀던 통통한 네 살짜리 아이를 기억할지 모르겠다. 그 아이는 언제부턴가 박수를 받지 못했다. 그저 하는 것만으로도 박수를 받는 건 어린아이일 때뿐이다. 나이가 들면 일을 잘해내야만 한다. 노래, 그림, 만들기, 춤과 같은 창의적인 활동에서도 어느 순간 갑자기 재미가 아니라 성공이 중요한 목표가 된다.

아버지는 내게 이런 말을 자주 하셨다. "예술Kunst은 할 수 있어야Können 하는 거지, 하고 싶다고Wollen 하는 게 아니다. 하고 싶다고 할 수 있었으면 쿤스트가 아니라 분스트Wunst 라고 했겠지."

이 말은 뮌헨 출신의 코미디언 카를 발렌틴Karl Valentin이 했다고 알려졌지만, 아마 그가 처음 한 말은 아닐 것이다. 어쨌든 사람들이 흔히 하는 말이다. 음악적 재능이 있는 아버지는 내가 바이에른 민요를 부를 때 깔끔한 5도 음정을 낼 수 있도록 필사적으로 노력하셨다. 하지만 아버지가 '라' 음을 플루트로 연주해주면서 따라 해보라고 해도 나는 그 음을 정확히 낼 수 없었다. 대부분의 창의적인 일이나 운동 신경이 필요한 일에서는 늘 이런 식이었다. 항상 누군가가 나보다 뛰어났다. 나는 한 번도 충분하다는 느낌을 받지 못했고, 부끄러움에서 벗어나기 위해 나 자신을 억압했다. 당시에 나는 어떤 것이든 제일 잘하는 사람이 되어 모두로부터 찬사를 받길 간절히 바랐다. 어떤 것을 어떻게 잘하게 될지는 전혀 상관없었다. 그래서 가장 날씬한 사람이 되어 모델을 하겠다고 마음먹었다.

출발 조건은 일단 좋았다. 나는 말랐기 때문이었다. 5학년 때 급성장 시기와 폐렴을 겪으면서 고관절이 양쪽으로 튀어나와 있었다. BMI 수치는 저체중을 가리켰다. 1990년대의 이상적 미의 기준에 따르면 모델의 치수였다. 그러다 사춘기를 맞았다. 나는 많은 가냘픈 소녀들과 같은 과정을 겪었다. 언제부터인가 가슴이 커지고, 엉덩이가 둥글어졌다. 할아버지가 모자를 걸어놓으려고 할 정도로 튀어나왔던 이곳저곳의 뼈 주변에는 지방이 쌓였다. 전체적으로 많이, 아주 많이 불어난 몸무게와의 전쟁은 그때부터 시작되었다.

몸무게와의 전쟁이 어떤 식으로 벌어지는지는 잘 알고 있었다. 어머니는 체중계의 숫자가 몇이든 항상 지금보다 5킬로그램이 빠졌으면 좋겠다고 했다. 내가 열 살이었을 때 엄마는 자주 여성지에 나온 다이어트 법을 따라 하곤 했다. 한번은 며칠 동안 양배추 수프만 먹은 적도 있었다. 잡지에 실린 '당신을 위해' 코너에 따르면, 이 수프를 먹을 경우 몸에

흡수되는 열량보다 소화에 쓰이는 열량이 더 많아진다고 했다. 어머니는 초콜릿을 먹을 때마다 '죄를 짓는다'고 생각하며 다음 식사 때 어떻게든 만회하려고 했다.

아이들이 오후에 자주 마시는 코코아가 얼마나 큰 '죄'인지 알게 됐을 때, 나는 곧장 어른들처럼 커피를 마시기 시작했다. 나는 음식의 칼로리를 계산하기 시작했고, 내가 먹고 마시는 모든 것의 칼로리를 노트에 적었다. 나는 이 공포의 기록을 2007년에 할머니가 돌아가신 후 집을 청소하다가 다시 발견했다. 위글리 스피어민트 껌 1.5칼로리, 킨더 리겔 초콜릿 115칼로리, 사과 한 알 75칼로리. 나는 하루에 1,000칼로리 이하로 음식을 섭취하려고 했다. 엄마가 여성지에 나온 다이어트를 하던 시절에 내가 기억해둔 숫자였다. 다른 사람들의 눈에 띄지 않게 이 목표를 달성하느라 간혹 변기에 음식을 몰래 흘려보낸 적도 있었다. 그랬음에도 목표는 달성하지 못했다.

내 노트를 살펴보면 내가 정해놓은 기준점을 지킨 날이 단 며칠에 불과했다. 잘 지키다가도 점심으로 스파게티 두 접시를 먹는 식으로 그 기준점을 훌쩍 넘겨버렸다. 그런 날이면 '오늘은 이미 글렀다'는 생각에, 최대한 많은 '죄'를 저질렀다. 어떤 날은 총 8,000칼로리를 섭취하기도 했다. 그건 12세 어린이가 필요로 하는 에너지 총량의 거의 네 배에 달하는 수치였다. 그런 날은 맛이 있든 없든 그냥 모든 걸 먹어치웠다. 한 번은 할머니가 생일 선물로 사주신, 그리고 내가 전혀 좋아하지도 않는 덴마크 쿠키 한 통을 다 먹어치웠다. 보는 사람이 없을 때, 누텔라를 숟가락으로 떠먹고, 버터 조각을 입에 넣었다. 그러다 저녁이 되면 죽을 듯이 불행해지고 자기혐오에 휩싸였다. 그러고는 내일부터 모든 것을 만회하리라고 더욱 굳게 다짐했다.

악순환은 계속되었다. 나의 식습관은 점점 더 불규칙해졌고 자연스러운 배고픔과 포만감을 느끼지 못했다. 그러면서 계속 살이 쪘다. 정상적인 현상이었다. 나는 성장기인 데다 여성이 되어가고 있었으니까. 하지만 나는 늘어나는 몸무게를 증오했다. 더 큰 좌절감 속에서 체중을 감량하려고 할수록 폭식하는 날이 늘어만 갔다. 가끔은 폭식 이후에 내가 먹은 모든 걸 다시 빼내기 위해 손가락, 숟가락, 칫솔을 목구멍에 집어넣었다. 한 번도 성공한 적은 없었다. 지금 생각해보면 참 다행이었다. 만약 그때 내가 원할 때마다 토하는 방법을 터득했다면, 나는 완벽한 폭식증 환자가 되어버렸을 테니까.

결국, 내가 진짜 섭식장애도 일으키지 못하는 모자란 사람이라는 사실에 절망한 나는 화장실 바닥에 주저앉아 눈물을 흘릴 뿐이었다. 이 시절 엄마는 내게 있는 그대로의 내가 완벽하다고 말해주었다. 그러면서도 "여기서 더 찔 필요는 없지"라는 아쉬운 소리를 굳이 덧붙이곤 했다. 내가 살찔 때마다 엄마는 똑같은 말을 반복했고, 나는 어느 순간부터 엄마의 말을 믿을 수 없게 되었다.

여기서 설명한 것은 거식증도 폭식증도 아니다. 그렇다고 건강한 식습관도 아니다. 이 증상은 열아홉 살에 집에서 나오면서 나아졌다. 그때부터는 체중계 없이 살면서 칼로리 계산도 하지 않았다(적어도 그러려고 시도했다. 어떤 음식이 몇 칼로리인지에 대한 정보가 머릿속에서 바로 사라지지는 않았기 때문이다). 지금까지도 내 인생에서 체중은 전혀 중요하지 않다. 그럼에도 나는 내 외모를 중시하면서, 외모를 위해 계속 내 한계를 넘는 행동을 했다. 가령 자주 굽이 높은 신발을 신었는데, 작은 발이 예쁘다고 믿었기에 대부분 한 치수 작은 신발을 신었다. 그 결과 발은 피부가 트고 굳은살과 티눈이 박혔다. 나는 발을 문지르고, 깎고, 뭔가를 붙이고, 발랐다. 털을 밀거나 뽑고, 셀프 태닝제와 필링, 로션을 발랐다. 머리를 염색하고, 코팅하고, 파마했다. 또 손발톱을 갈고 칠했다. 그리고 코로나 전에는 단 한 번도 노브라로 집을 나간 적이 없다. 나는 가슴이 커진 이후 줄곧 금속 와이어로 만든 감옥에 가슴을 가둬두었다. 물론 이 모든 것은 오로지 나를 위한 것이었다. 나는 스스로를 현대적인 여성으로 여겼으며, 심지어 페미니스트라고까지 생각했다. 다른 사람들이 내 외모를 정의하는 건 내 관심 밖의 일이라고 여겼다.

"이건 나를 위한 일이야." 흥미로운 문장이다. 인스타그램에도 수십만 명의 여성이 달라붙는 옷을 입고, 가짜 손톱을 붙이고, 세심하게 화장하고는 그 모든 것이 '오로지 자신을 위한 일'이라고 주장한다. 그럼 나는 그들이 아파서 집에 머무는 동안에도, 지켜보는 사람도 휴대전화 카메라조차 없는 상황에서도 그 모든 일을 할지 궁금해진다. 나는 그러지 않기 때문이다. 중요한 약속이 있거나 남편과 데이트를 하는 날에는 내가 하이힐을 신고 마스카라를 바를 가능성이 높아진다. 결국, 이 모든 수고는 다른 사람들, 그러니까 남성들, 상사, 남편을 위한 것일까? 참 아름다운 페미니스트다.

내 생각에, 이 문제는 그보다는 약간 더 복잡하다. 내가 나를 꾸미는 건 나를 위해서도, 타인을 위해서도 아니라 그 사이의 누군가를 위해서다. 나는 타인의 눈에 비치는 나를 위해 내 자화상을 얼굴에 그리는 것이다. 화장하지 않은 민낯보다는 화장한 얼굴로 사람들을 대하기가 더 편하다.

열아홉 살에 체중계를 인생 밖으로 던져버린 이후 나는 내 몸무게를 대충 짐작하기만 할 뿐이다. 계속 바뀌고 있다는 사실은 안다. 옷을 정리할 때 지난 12개월 동안 입지 않은 옷은 헌 옷 수거함에 버리라고들 한다. 나는 그렇게 하지 않는다. 모든 XL, XXL 사이즈의 의류를 옷장에서 치우자마자 몸무게가 다시 늘기 때문이다. 허리둘레 29의 청바지를 처분하면 몸무게가 다시 빠진다. 내 몸무게가 그리는 변화의 곡선은 마치 술 취한 사람이 타는 자전거의 궤적과 같다. 마음 같아서는 그래도 별로 신경 쓰지 않는다고 말하고 싶지만, 그건 사실이 아니다. 여성으로서의 나에 대한 사회적 요구는 나에게 영향을 미치고, 아무리 많은 페미니즘 서적을 읽어도 거기서 벗어날 수가 없다. 그래도 나는 나의 자존감과 정체성을 외모로만 규정하지 않으려고 오랫동안 노력해왔다. 내 몸무게와 체형, 먹는 양 등에 다시는 신경 쓰고 싶지 않았다. 그랬다가 파괴적인 식습관의 악순환에 다시 빠질까 봐 두려웠던 것이다.

3년 전 요가 선생님의 설득으로 아유르베다 요가 코칭에 참석한 이후 변화가 생기기 시작했다. 나는 당시 정말 심각한 편두통에 시달리고 있었고, 식단을 제외한 모든 것을 시도해봤다. 총 아홉 명이었던 우리 그룹(모두 여성)은 일주일에 한 번 모였다. 우리 코치는 아유르베다의 가르침에 대해 알려주었고, 우리는 서로 생각을 나누고 훈련하고 숙제를 받았다. 여기서 우리가 배운 내용을 구체적으로 설명할 필요는 없을 것이다. 사실 모든 여성 잡지에 쓰여 있고, 모든 일반의와 건강 전문가가 해주는 말과 같은 내용이다. 규칙적으로 충분히 잘 것, 규칙적으로 식사하고 과식하지 말 것, 수분을 많이 섭취할 것, 채소와 곡물을 많이 먹고 육류와 유제품은 줄일 것, 되도록 가공 과정이 적은 음식을 먹을 것, 매일 움직일 것 등등. 어느 것도 새로운 이야기가 아니었다. 하지만 내 몸을 다룬다는 것은 '이론은 알지만, 실천은 못 하는' 많은 일 중 하나다.

그럼에도 3년 전에 많은 부분에서 변화할 수 있었던 것은 내가 속한 그룹이 나를 지지해준 덕분이다. 앞에서 여러 번 이야기했듯, 나는 사람들과의 연결을 매우 중요하게 생각한다. 정기적인 모임과 대화를 통해 실제로 내 삶을 더 건강하게, 마음을 챙기는 방향으로 돌려놓을 수 있었다. 나는 일주일에 네 번 운동하고, 매일 명상하고, 오후 6시 이후로는 아무것도 먹지 않았다. 글루텐, 락토스, 군것질은 거의 섭취하지 않았다. 그렇게 체중이 10킬로그램 정도 빠졌다(체중계가 없으니, 추정일 뿐이지만). 요가를 할 때면 팔굽혀펴기 자세와 비슷한 차투랑가 자세로 매트 위에 엎드렸다가 부드럽게 몸을 밀어 올려 업독 자세를 취하는 것이 갑자기 가능해졌다. 계단을 통해 4층에 사는 딸의 친구 집에서 아이를 데려올 때도 더는 헐떡이지 않았다. 그 시점에 나는 내가 건강한 식습관과 운동을 통해 더 날씬해지고 강해졌을 뿐만 아니라, 정신적으로나 영적으로 훨씬 좋아졌다는 걸 확실히 느꼈다. 획기적인 경험이었다. 예전에는 몸이 머리의 이동수단이었다면 이제는 나의 일부가 되었다. 내 안에서는 육체와 정신, 영혼이 조화를 이뤘다.

이번 장이 여기서 마무리된다면 참 좋았을 텐데. 수십 년간 자신의 정신과 싸우고 자신의 몸에 불만을 느끼던 여성이 드디어 날씬하고 즐겁게, 균형을 찾았다는 이야기로. 이렇게 행복한 결말 뒤에 누구나 따라 할 수 있는 12가지 방법을 나열한다면 이상적이었을 것이다.

안타깝게도 이와 같은 균형 잡히고 조화로운 생활은 오래가지 않았다. 나는 몇 개월째 운동하러 가지 않았고, 옷장 안의 40사이즈 옷 위에는 먼지가 쌓이고 있다. 처음에는 팬데믹 때문에 모든 운동 루틴이 깨졌다. 그다음에는 수술을 받았다. 그러고는 요가원에 다시 한 발을 들여놓기도 전에 두 번째 대유행이 시작됐다. 그다음에는 우울증. 그다음에는 3차 대유행. 나는 다시 리튬을 삼켜야 했고, 체중은 점점 늘어 그 어느 때보다도 몸이 무거웠다. 물론 내가 복용하는 약물이 그렇게 많은 열량을 가진 것은 아니지만, 약의 효능은 배고픔과 갈증, 식욕과 포만감에 대한 인지를 바꾸어놓는다. 물론 이론적으로는 힘을 모아 다시 체중을 감량하는 게 가능했다. 실제로는 아유르베다 코칭의 도움을 받았던 때가 유일하게 내가 의식적으로, 그리고 성공적으로 살을 뺐던 시기다. 다른 경우에는 다이어트를 시도할 때마다 폭식과 화장실 바닥에서 흘리는 눈물로 끝났다. 어쩌면 그때와 같은 그룹을 찾아야 할지 모르겠다. 아니, 어쩌면 이제는 내 몸을 그저 있는 그대로 받아들여야 할지도 모르겠다.

소셜 미디어에서는 자기 몸에 대한 긍정주의가 크게 유행하고 있다. 여기서는 뚱뚱한 여성들도 자기애를 가질 것을 격려한다. 하지만 나는 자기애를 어디에서 가져와야 할지 모르겠다. 내 사진을 볼 때면 솔직히 나도 놀라, '이 뚱뚱한 아줌마는 누구야?'라고 묻게 된다. 실제로 과체중인지 아닌지는 모르겠다. 이렇게 왔다 갔다, 오르락내리락하는 변화는 내 자의식을 완전히 이쪽저쪽으로 갈라놓았다. 길거리에서 다른 여성들을 보면, 그들이 입고 있는 청바지가 내게 맞을지 가늠할 수가 없다. 만약 거울, 카메라, 여성 잡지, 패션 브랜드, 인터넷이 없다면 나는 내 신체를 어떻게 평가할까? 전혀 모르겠다. 그때도 내가 뚱뚱하다고 생각할까? 아니면 내가 예쁘다고 생각할까? 아니면 어느 쪽이든 상관없을까? 외적인 것에 지나치게 초점이 맞춰진 세상에서 '내 몸이 어떻든 상관없다 주의'도 나쁘지 않을 것 같다.

나 자신을 내 신체로 정의하지 않고 명상을 통해 매우 주의 깊게 자신의 생각과 감정으로부터 거리를 둔다면, 우리

에게는 무엇이 남을까? 그때의 우리는 누구 혹은 무엇일
까? 아무것도 아니다.

이제 나는 나의 어떤 부분이 제멋대로 굴면 그 부분과 거
리를 둔다. 거울 앞에 서서 외모가 자신의 행복을 결정하도
록 내버려두는 대신 그 자리를 벗어난다. 자신의 머릿속에
서 자살 충동이 행패를 부린다면 이 사실을 기억하자. 내 생
각이 곧 내가 아니며, 내 감정도 내가 아니다.

하지만 현실의 나는 나의 신체, 정신, 영혼으로 이루어져
있다. 나는 내 몸과 장기, 내 지식과 생각, 나의 감수성과 느
낌으로 구성되어 있다. 나는 그 모든 것의 합이다.

CHECK POINT

영혼은 중요하다. 신체도 중요하다.
정신도 마찬가지다.

"할 수 있어"와 "하고 싶지 않아"

인생에서 중요한 결정을 내릴 때

지금까지 이사를 열네 번 했다. 그중 몇 번은 반드시 필요한 이사였다. 트루더링으로 옮겼던 것을 포함한 나머지 이사는 내가 내 감정에 좀 더 귀를 기울이고 스스로에게 시간을 줬다면 하지 않아도 좋았을 이사였다.

어쩌면 사는 곳과 감정이 무슨 상관이냐고 물을지 모르겠다. 살 집을 결정하는 일은 대개 우리 삶에 매우 광범위하게 영향을 미치는 큰일임에도 빠르게 이사를 결정해야 할 때가 아주 많다. 그래서 이사를 준비하는 사람이라면 체크리스트를 만들어 계획을 세울 것이다. 내가 감당할 수 있는 비용은 대략 어느 정도인지, 집의 크기는 최소한 몇 제곱미터

여야 하는지, 어떤 곳이 좋은지, 정원과 발코니는 있어야 할지, 가전과 가구가 기본적으로 갖춰진 곳이어야 할지 등등. 이 체크리스트는 재정 상태와 생활환경과 같은 변수에 의해 그 경계가 결정된다. 그럼에도 그 안에는 여전히 수많은 선택의 가능성이 있다. 그리고 일단 어떤 집에 들어가면 그 체크리스트는 도움이 되지 않는다. 만일 이러한 상황에서도 오로지 이성만으로 결정을 내리고 싶다면, 짧은 시간 안에 모든 변수와 돌발적인 상황을 돌파하도록 많은 정신적 훈련을 해야 한다.

특히 (적어도 나의) 두뇌는 우리에게 장밋빛 안경을 씌우는 일에 능하기 때문이다. '이만하면 됐어. 더 좋은 게 있겠어? 어쩌면 부동산 시장이 더 과열될지도 몰라. 지붕 위의 비둘기보다는 내 손안의 참새가 나은 법이지. 게다가 집 찾는 것도 보통 일이 아니고.' 이런 식의 판단으로 나는 여러 번 장점보다 단점이 많고, 내게 전혀 편안하지 않은 집에서 살았다.

그렇게 여러 번 이사를 하고 나서야 우리는 우리가 생각하는 것보다 훨씬 더 자유롭다는 것을 깨달았다. 우리는 자주 '숫자 따라 색칠하기' 도안을 떠올리고는 다른 사람들이 어떻게 하는지를 본다. 그러고는 자신이 어떻게 살고 싶은지 정확히 느끼지 못한 채로 남들과 같은 선택지를 택한다.

그래서 여기서는 느낌에 관해 얘기하고 싶다. 집이란 단순히 비가 올 때 몸을 젖지 않게 해주는 공간 그 이상을 의미한다. 우리는 그 안에서 편안함을 느끼고 싶어 한다. 하지만 그러려면 정확히 무엇이 필요한지는 (조명? 고요함? 녹지? 장식? 정리정돈?) 개인마다 차이가 있고 말로는 설명하기 어려운 경우가 많다.

그러니 우리가 원하는 것이 무엇이고 원치 않는 것이 무엇인지 매우 명확하게 알려주는 직감이 있다는 것은 얼마나 좋은 일인지. 머릿속이 복잡할 정도로 조건 A와 조건 B를 비교하고 그 와중에 조건 C는 고려하지도 못한 사이, 우리는 매우 분명하게 느낀다. 난 이걸 원해. 혹은 이건 원하지 않아. 이런 방식으로 우리의 감정은 이성이 외면하는 위험에 대해 경고하기도 한다.

다시 집을 고르는 경우로 돌아와서, 요즘의 나는 '아니, 이건 왠지 싫은데'라는 기분이 들면 체크리스트상의 조건을 아무리 많이 충족하는 집이라 하더라도 이사하지 않을 것을 권한다. 삶의 많은 영역에 영향을 미치는 다른 결정에서도 마찬가지다. 이른바 이상적인 배우자, 완벽한 직업, (또한 명의) 아이를 갖기에 적절한 시기를 선택할 때도 마찬가지다. 특히 머릿속에서 모두 좋다는 목소리가 들려올 때면 위장 깊숙한 곳에서 느껴지는 막연한 불쾌감을 반드시 진지하게 받아들여야 한다. 내 경우에는 선택의 순간이 지난 후에야 한 발 늦게 직감이 찾아오곤 했다. 이런 마음은 슈포어트프로인데 슈틸러Sportfreunde Stiller(독일의 인디록 그룹─옮긴이)가 부른 '너의 마음이 네게 말하는 것Was dein Herz dir sagt'이라는 노래에 잘 담겨 있다. "너의 마음이 네게 말하는 것을 해. 다른 무엇도 널 방해하게 내버려두지 마. 하지만 내 마음은 머리에 있고, 머리는 모래 속에 있어. 그래서 내 마음은 제대로 듣질 못해."

그렇다면 사실과 논리 때문에 머릿속이 시끄러워서 자신의 마음이 어떤지 도저히 들리지 않을 때는 어떻게 해야 할까? 내 조언은 일단 기다리라는 것이다. 무엇을 해야 할지 확실하지 않을 때는 내가 뭘 원하는지 느껴지기 전까지 그냥 아무것도 하지 않는 게 좋다. 그렇게 기다리는 동안 기회를 놓치게 되더라도 어쩔 수 없다.

우리는 트루더링에서 나와 가장 위치가 좋았던 집으로 거처를 옮겼다. 그 집은 우리가 예전에 살던 외곽의 집으로부터 몇 미터밖에 떨어져 있지 않았다. 위치 외에 다른 요소들은 보통 수준이었다. 이곳도 방은 세 개뿐이었고, 거실은 꽤 어두웠으며, 부엌과 화장실의 인테리어도 예쁜 편은 아니었다. 그래도 상관없었다. 우리는 어차피 그곳에서 몇 년 살다가 언젠가 집을 사서 나갈 계획이었으니까.

우울증을 앓고 감정표현불능증이 있는 나에게는 매우 흥분되는 계획이었다. 나처럼 감정표현불능증을 겪는 사람들은 자신의 감정을 인지하거나 표현하는 것을 어려워한다. 이를 둘 다 어려워하는 사람들도 있다. 이 증상이 있다고 해서 반드시 정신질환을 앓는 것은 아니지만, 관련이 있을 수 있다. 감정 연구가 카를로타 벨딩에 따르면 경계선 인격장애나 불안장애가 있는 사람들은 전형적으로 자신의 감정에 압도되며 이를 통제할 능력이 부족하다. 무언가를 더는 느끼지 않을 정도로 감정을 너무 억누르다 보면 나처럼 우울증에 빠진다. 나는 나의 감정을 알아차리지 못하고 스스로를 어딘가로 몰아갔기 때문에 너무 자주 잘못된 결정을 내렸고, 너무 자주 바닥 위에 주저앉아 울었다. 그런 내가 우리의 전 재산을 투자할 가치가 있는 집, 우리 가족이 나이 들어갈 수 있는 집을 성공적으로 선택할 수 있기를 원하고 있었다. 어떻게 하면 이 계획을 실행할 수 있을까?

우선 나의 목표를 조금 낮추기로 했다. 벌써부터 우리의 노년까지 생각하는 것이 아니라 일단 우리 아이들이 잘 커갈 수 있고 우리에게 편안한 곳을 찾기로 했다. 은행의 자금 조달 계획에는 우리가 은퇴할 시점까지의 연도를 나타내는 숫자들이 적혀 있었지만, 그렇다고 해서 우리가 2048년까지 대출금과 부동산에 꼼짝없이 묶여 있어야 하는 것은 아니었다. 여차하면 부동산을 팔 수도 있는 거니까. 하지만 부동산 매매라는 주제를 다룰 때면 모두가 한번 사들이면 그걸로 끝인 것처럼 행동하는 게 내게는 감정적으로 버거웠다. 그렇지 않다는 사실을 계속 스스로에게 상기시켜야 했다.

또 한 가지 도움이 됐던 것은 최악의 시나리오를 종이 위에 적어보는 것이었다. 우리의 결혼생활이 지속되지 않는다면 어떻게 하지? 다른 이유로 이사를 가야 한다면? 그래도 괜찮을까? 만약 괜찮다면 왜, 어떻게 괜찮을 수 있지? 비용은 얼마나 들까? 이러한 질문들은 매우 비관적이고 전혀 낭만적이지 않게 들릴 수 있다. 최악의 상황은 이혼이라는 것까지 계산하고 나서야 나는 솔직해질 수 있었다. 나는 당신과 함께 있고 싶어서 함께하는 거야. 집, 월급, 비싼 소파 때문이 아니야. 나한테는 이게 낭만이다. 그렇지만 내 생각에 공감하는 사람이 거의 없을 거라는 사실을 안다.

✳ ✳ ✳

"안 되는 건 없습니다." 이 광고 문구는 사회 초년생 시절 나의 인생 모토였다. 하지만 나는 그 말을 완전히 오해했다. 당시의 나에게 그 말은 내가 무언가를 달성하려면 혹독하게 애를 써야만 한다는 의미였다. 인턴십, 장학금, 좋은 성

머릿속이 시끄러워 마음의 소리에
집중할 수 없을 때는 일단 기다려보자.

아무것도 하지 않아도 괜찮다.
이 세상에 반드시 해야만 하는 일은 없다.
우리는 우리의 생각보다
자유롭다는 사실을 기억하자.

적을 위해서는 포기란 없었다. 포기하는 대신 책 한 권을 더 읽고, 전화 한 번을 더 하면서 성공할 때까지 매달렸다. 가끔은 그 과정에서 정말 그 모든 걸 원하는지 나 자신에게 묻는 것을 잊었다. 나는 기회를 곧 의무로 받아들였다. 대학을 졸업할 때쯤, 나는 아홉 곳에서 인턴십을 마쳤고, 두 번 장학금을 받았으며, 아우크스부르크, 마인츠, 워싱턴D.C.에서 수업을 들었고, 신체적으로나 정신적으로 지쳐 있었다. 내가 이 모든 걸 할 수 있다는 걸 증명하기 위해서만은 아니었다. 내게는 여성이 무엇을 할 수 있는지 보여주는 것도 중요했다. 페미니스트로서, 여성들이 장학금에서, 직위에서, 급여액에서 밀린다는 사실에 불만을 제기하려면, 일단 나 또한 그 모든 걸 위해 싸워야 하지 않을까?

시간이 흐른 뒤에, 한 현명한 상담사와 함께 이 주제에 관해 얘기한 적이 있다. 그는 이렇게 말했다. "'난 할 수 있어. 하지만 하고 싶지 않아.' 이렇게 이야기할 수 있어야 진정한 해방인 겁니다." 이는 나의 뇌리에서 불타오르는 문장 중 하나다. 내 눈앞에 또 다른 커리어 기회가 펼쳐지고 뇌의 반쪽이 "너 이거 해야지. 해야만 해. 지원해! 다음 기회가 없을지도 모르잖아"라고 소리 지를 때마다 내가 떠올리는 문장이기도 하다.

내 뇌의 다른 한쪽에서는 오스트리아의 작가 크리스티네

뇌스틀링어Christine Nöstlinger의 말이 떠오른다(그는 내가 어린 시절 읽어치웠던, 수많은 멋진 책의 작가였다). "이 세상에서 반드시 해야만 하는 일은 없다. 죽는 것, 그리고 화장실에 가는 것 빼고는."

마흔 살인 나는 지난 15년간 정규직 근로계약서에 사인하고, 결혼하고, 집을 사고, 두 아이를 낳았다(이 순서대로 한 것은 아니다). 그중 많은 것이 최종 선택이라는 인상을 남긴다. 나는 나와 같은 인생의 단계를 밟고 있는 친구나 지인으로부터 하고 싶은 일이 있지만, 아이, 개, 집, 직장, 결혼생활 때문에 할 수 없다는 이야기를 듣는다. 점점 더 자주. 나도 그런 말을 했던 적이 있다. 하지만 곧 그게 사실이 아니라는 것을 기억해낸다. 나는 베를린에 취직하여 집에서 통근할 수도 있고, 남편과 아이들과 함께 이탈리아로 이민을 갈 수도 있고, 남편과 헤어지고 혼자 세계 일주를 할 수도 있고, 저널리즘을 접고 컴퓨터 공학을 공부해볼 수도 있다. 이 모든 가능한 길을 선택하지 않는 이유는, 그것이 불가능해서가 아니라 내가 원하지 않기 때문이다. '안 되는' 일은 정말 매우 드물다. 대부분의 경우 우리는 우리가 생각하는 것보다 자유롭다.

내가 이러한 생각을 어떻게 하게 되었을까. 앞에서 이야기했지만, 그룹 상담 시간에 같이 상담을 받던 동료 환자가

"내 생각에, 당신은 트루더링으로 이사하고 싶지 않은 것 같아요. 그냥 그러고 싶지 않은 거예요. 이사를 취소하세요"라고 말해준 것이 계기였다. 그 말이 큰 깨달음으로 이어졌다.

나는 내가 하고 싶은 것을 할 수 있다. 언젠가 A라고 말한 적이 있다고 해서 그다음에 꼭 B를 말해야 하는 것은 아니었다. 방향을 바꾸는 것에 대한 대가는 가끔 매우 크고, 주변 환경이 꼭 이상적이지도 않다. 하지만 실제로 불가능한 것은 거의 없다. 나는 이런 깨달음 덕분에 커다란 자유를 얻었다.

우리 가족이 지금 살고 있는 이 집에 처음 들어왔을 때, 내 직감은 바로 '여기다!'를 외쳤다. 하지만 우리가 작성했던 체크리스트는 '여긴 아니다!'라고 말했다. 때는 여름이었다. 예전에 우리가 트루더링으로 이사하기로 마음먹었던 바로 그 계절. 여름휴가 기간이라 상담치료는 진행되지 않았고, 친구, 은행 상담원, 우리 부모님은 번갈아 가며 여행을 떠났다. 다시 한번 외로운 결정을 내려야 했다.

내 감정을 인지하고는 있었지만, 머리와 직감 사이에 번역 문제가 있다는 느낌이 들었다. 내가 지금 느끼는 게, 진짜 내가 느끼는 건가, 아니면 내가 무언가 착각하는 건가? 처음에는 트루더링의 그 집도 좋아 보였다. 아니면 적어도 나는 그렇다고 믿었다. 그래서 우리는 일단 결정을 미루기로 했다. 우리도 여름휴가를 가고, 집에 대해 생각해보기로 (느껴보기로) 했다. 그러고 나서 가을에 집을 사거나 사지 않기로 했다. 그 집이 그때까지 비어 있을지 알 수 없었기 때문이다.

그래서 우리는 네덜란드 해변으로 떠났다. 나는 당시 생후 8개월이던 아들 야콥의 의지와 상관없이 단유를 시도하면서(실패했다) 내가 어떻게 해야 할지 알려줄 감정의 파도가 밀려오기를 기다렸다.

나는 어떤 일을 처음 마주했을 때는 흥분이 밀려왔다가 며칠 혹은 몇 주 만에 내 직감이 정반대의 의견을 말하는 경우를 종종 겪었다. 아니면 어떤 일에 대해 전혀 상관없다고 생각하다가, 나중에 크게 신경 쓰기도 했다. 상담사는 이런 나를 두고 "뭔가 한 발 늦게 밀려오네요"라고 말했다. 그 때문에 나는 여름휴가 동안 일단 시간을 갖고 싶었다.

하지만 내 상상력은 이미 시간을 앞질러서 그 집의 작은 정원에 심을 작약을 눈앞에 그렸다. 난 머릿속으로는 아이들 방 사이에 석고보드 벽을 옮길 생각을 하고 있었다. 결국 우리는 뮌헨으로 돌아갔을 때 그 집을 샀다. 집은 마침 비어 있었다.

머리가 모래밭에 파묻혀서 마음이 하는 얘기가 들리지 않는가? 당신의 머리는 사회적 기대와 당신의 요구가 만들어낸 모래밭에서 언젠가는 다시 나올 것이다. 그때 시야는 명확해지고, 마음은 제자리로 돌아갈 것이다. 그러면 자신이 원하는 바가 무엇인지 정확히 느껴질 것이다.

CHECK POINT
감정은 고유의 속도를 갖는다.

또 하나의 모험

우울증에 걸린 채 엄마가 된다는 것

고등학교 졸업 신문에 실린 '10년 후 나의 모습'에 적은 나의 글은 "아름답고 따뜻한, 해변 인접 국가에 살면서 네 명의 아이를 기르는 특파원"이었다. 그게 헛소리라는 건 그때도 물론 알고 있었다. 고등학교를 졸업하고 10년 만에 해외 특파원이 된다는 것, 그리고 스물아홉 살에 네 명의 아이를 가진다는 것은 지나치게 큰 야망이다. 이 둘을 동시에 해낸다? 불가능한 소리였다.

그래도 이 답변에 작은 진심이 담겼던 건 사실이다. 나는 무조건 아이를 갖길 원했다. 그것도 최대한 빨리. 하지만 대학을 졸업한 직후에는 일단 일을 하고 싶었다. 이후 나는 처음으로 정말 심각한 우울증 시기를 겪었다. 스물여덟 살이 됐을 때는 우울증을 반쯤 극복했지만, 그래도 이런 생각이 들었다. 이런 상태의 사람들은 아이를 가지면 안 돼. 나는 일단 나의 '편두통 뭐시기'와 '우울증 뭐시기'를 통제하고 싶었다. 약물과 상담치료 없이 제 기능을 하고 싶었다. 그때 결정적인 질문을 던진 사람은 남편 마티아스였다. 더 나아지지 않으면 어떡할 거야? 그럼 아이를 안 낳을 거야?

그전까지는 그럴 가능성을 전혀 염두에 두고 있지 않았다. 일정 기간 상담치료를 제대로 마치고 나면, 그리고 몇 달 동안 약물을 복용하고 나면 괜찮아질 거라고 확신하고 있었다. 금세 멋진 커리어를 쌓는 동시에 엄마가 될 수 있을 만큼 충분히 건강하고 튼튼해질 것이라고 생각했다. 내가 완전히 '치유'되지 않은 상태에서 가정을 이룬다는 게 두려웠다. 또 우울증에 빠져들면 어떡해? 마티아스는 내게 말했다. "나도 있잖아." 그래서 우리는 용기를 냈다.

이후 벌어진 일들은 이미 이야기했다. 그리고 그 모든 것에도 불구하고, 우리가 그때 내린 결정은 옳았다. 내가 이렇게 말하는 이유는 비단 막달레나와 야콥이 이미 이 세상에 존재하고, 내가 그들을 이 세상 그 무엇보다 사랑하기 때문만은 아니다. 나의 엄마 됨을 아이들과 분리해서 생각해봤을 때도(마치 머릿속에서 다리 찢기를 하는 기분이 들지만) 나는 내가 임신을 선택했던 것이 기쁘다. 이제는 심지어 내가 충분히 좋은 엄마라고 믿게 되었다. 당연히 완벽하지는 않다. 누구라도 그렇다. 하지만 마티아스가 생각했던 대로 여전히 사라지지 않은 나의 우울증과 편두통은, 내가 우려했던 것보다 나의 엄마다움에 별로 영향을 미치지 않았다.

그럼에도 나는 정신질환을 앓고 있는 모든 여성(그리고 정신질환을 앓고 있는 모든 남성)에게 부모가 된다는 것에 대해 신중하게 생각해보라고 조언하고 싶다. 사실은, 정신질환의 유무와 관계없이 모든 사람에게 이렇게 조언하고 싶다. 인터넷에는 간혹 양극성 장애를 갖고 있으면서 엄마가 되는 것, ADHD를 앓는 상태에서 아빠가 되는 것에 대한 길고 감정적인 글들이 날아다닌다. 나 또한 이런 식으로 내 우울증에 관해 쓰기도 했다. 그러면 인터넷에는 그 이야기를 공개한 것에 대한, 그리고 질병이 있는데도 아이를 갖기로 용기낸 것에 대한 찬사가 쏟아진다. 꼭 이렇게 말하는 듯하다. 여기 좀 보세요! 우울증을 앓고 있는 이 사람도 해냈어요! 그러니까 여러분도 모두 해낼 수 있어요.

하지만 이렇게 일반화하기는 꺼려진다. 나의 상태(나는 실제로 얼마나 아픈지, 급성 우울증이 추가로 찾아올 가능성은 얼마나 되는지, 약물과 상담치료는 얼마나 도움이 되는지)와 내 주변 환경에 어떤 자원이 있는지를 면밀하게 검토해야 한다.

내가 우울증 진단을 받았음에도 순조롭게 엄마가 될 수 있었던 것은 내 덕분이 아니다. 나는 매우 운 좋게도 주변에서 많은 지원을 받을 수 있었다. 나에게는 아이와 가사노동 전반에 대해 나만큼 책임감을 느끼는 남편이 있다. 3년 전까지는 카드로 쌓아 올린 우리의 위태로운 평화가 흔들릴 때면 언제든 우리 아이들을 돌봐줄 준비가 되어 있던 엄마가 계셨다. 예나 지금이나 아버지와 시부모님, 남동생과 올케, 내 친구 베로니카, 남편의 누나가 도와준다. 그리고 전문적인 도움이 필요할 때는 내가 믿고 의지하는 정신과 의사와 심리상담사, 신경과 전문의가 있다. 이렇게 폭넓은 네트워크를 누린다는 게 사치라는 건 나도 알고 있다. 이와 같은 인맥이 없었다면, 내가 부모로서의 모험을 해낼 수 없었을 거라는 사실도 알고 있다. 사실 이미 몇 번 나가떨어진 적이 있기 때문이다.

앞에서 나는 비용이 들고 책임이 따르기는 하지만 어쨌든 인생의 거의 모든 결정을 되돌릴 수 있다고 했다. 하지만 아이를 갖는 문제는 다르다. 설령 마음을 다르게 먹고 싶어도 아이들은 남기 때문이다. 아이를 갖지 않겠다는 결정을 뒤집고 싶을 때도 마찬가지다. 적어도 여성의 경우 그렇다. 아이를 (더는) 갖지 않기로 했던 결정을 되돌릴 수 없는 시점이 언젠가는 온다.

지금의 내가 그렇다. 나에게는 두 명의 아이가 있고, 앞으로도 그럴 것이다. 작년에 자궁절제술을 받아 이제는 아이를 품을 수 없다. 아기들을 그토록 사랑하는데도. 내 몸은 또 한 번의 임신을 부르짖었고, 마음은 셋째를 원했다. 하지만 머리가 안 된다고 말하는 게 느껴졌다. 안 돼, 그건 해낼 수 없어. 우리 부부는 맞벌이에 두 명의 아이가 있고, 그 외에도 채워야 할 인생의 공백들이 많다. 게다가 나는 모두가 알고 있듯 큰 부담을 견뎌낼 수 있는 사람이 아니다.

어쩌면 이 부분이 이상하게 느껴질지도 모른다. 지금까지는 모든 일을 너무 깊게 생각하지 말고 직감을 따라야 한다고 말해왔으니까. 그런데 지금 내 마음이 명확한 메시지를 보내고 있는데, 다른 결정을 내린다고?

그렇다.

감정이 보내는 메시지를 절대 무시해서는 안 되지만, 그렇다고 직감이 항상 최고의 조언자인 것도 아니다. 감정 또한 우리가 경험하고 배운 것으로부터 자라나고, 그래서 틀릴 수 있다. 이 사실은 끔찍한 상대를 좋아해본 적이 있는 사람이라면 누구나 알 것이다. 비행공포증, 고소공포증과 같은 비합리적인 감정도 좋은 예다. 이러한 공포증에 시달리는 사람들도 비행이 다른 이동수단보다 더 안전하다는 사실을 안다. 하필 지금 내가 타고 있는 이 순간 스키장의 곤돌라가 바닥에 곤두박질칠 가능성이 현저하게 낮다는 것도. 두려움에도 불구하고 일단 탑승하고 나면, 견뎌내야 한다.

통계와 논리는 감정을 누르는 데 별 도움이 되지 않는다. 어느 한쪽을 우위에 두는 게 아니라 감정과 이성의 균형을 찾는 것이 중요하다. 어쩌면 신체도 무언가 할 말이 있을 수도 있다. 자궁절제술이 끝나고 병실에서 눈을 떴을 때 배에는 튜브가 꽂히고 몸은 일어나 앉을 수도 없을 만큼 고통스러웠다. 나는 꼭 수술을 받아야 했을까 잠시 생각했다. 생리를 몇 년 더 참을 수도 있지 않았을까? 하지만 그로부터 며칠 뒤에 나는 다시 꽤 건강해졌고, 이후 매달 생리를 하지 않는 것에 만족하게 되었다. 올해 처음으로 생리 기간 없는 여름휴가를 보냈다. 생리 걱정 없이, 매일 수영을 했다. 아주 가끔, 애수에 잠긴 채로 셋째에 대한 뒤늦은 꿈을 꾸곤 한다. 하지만 대개는 내 곁에 있는 두 아이 때문에 금세 매우 바빠진다.

<aside>
CHECK POINT

**감정을 진지하게 받아들이라는 말은
모든 걸 감정에 따라 결정하라는 뜻이 아니다.**
</aside>

나에겐 분노가 없다

딸의 ADHD를 눈치채지 못한 이유

그의 목소리가 들렸을 때, 나는 가스레인지를 닦고 있었다. 미국에서 지낼 때 나는 아르바이트로 기숙사 부엌 청소를 했다. 물가가 비싼 워싱턴D.C.에서 조금이라도 집세를 아껴보기 위해서였다. 거의 자정이 다 된 시간, 너무 피곤해서 얼른 청소를 끝내고 침대에 눕고 싶었다. 그런데 어림도 없다는 듯이 파란 눈의 마크가 들어와 문을 가로막더니 미소를 지으며 나의 심기를 건드렸다. "안녕, 바비." 나는 그 말을 듣는 즉시 손에 들고 있던 스펀지를 그의 얼굴에 던져버렸다.

나는 원래 뭔가를 던질 수 있는 사람이 전혀 아니다. 학교

다닐 때는 모든 구기 종목에서 실패를 맛보았다. 하지만 놀랍게도 내가 던진 스펀지는 그의 얼굴에 맞았다. 마크는 더러운 스펀지를 주워들었다. 그러고는 늦은 시간까지 부엌과 식당 사이에서 어슬렁거리다가 이제는 우리 쪽을 쳐다보는 애들에게 말했다. "내가 너무했나 봐."

나는 화를 자주 내는 편이 아니다(나의 상담사는 내가 분노라는 감정 자체를 잘 느끼지 못한다고 말할 것이다). 화를 밖으로 표현하는 것은 더욱 드문 일이다. 예를 들어, 직장 동료가 부당하게 많은 일을 내게 떠넘겨도 아무 말 하지 못하고 넘어가는 날이 많았다. 불만을 제기하기보다는 이를 악물고 모든 일을 처리했다. 스스로에게 다 괜찮다고 말하면서. 겉으로는 티내지 않고 속만 끓이면서. 그러고는 집에 돌아와 편두통을 안고 침대에 누웠다. 감정과 통증 사이에는 이러한 연관 관계가 있다. 다만, 연관 관계가 그렇게 직접적이고 단순하지는 않아서 '자신을 좀 더 잘 방어한다면 편두통은 줄어들 거야'라고 조언을 건넬 만한 것은 아니다. 어쨌든 마크의 얼굴에 스펀지를 던졌던 기억은 분노가 대화의 주제에 오를 때마다 내가 즐겨 꺼내는 일화다. 그날은 예외적으로 분노 표출에 성공했기 때문이다.

나는 어렸을 때부터 분노를 표출한 적이 별로 없었다. 다른 아이들을 한 번도 꼬집거나 물거나 때리지 않았다. 대신 무언가 마음에 들지 않으면 울었다. 문제를 해결해주거나 나를 위로해줄 어른이 나타날 때까지. 안타깝게도 싸움을 직접 해결하고, 내 의견을 끝까지 주장하고, 의견 차이를 견디는 법을 배우지 못했다. 지금도 좋지 않은 상황에서는 일단 눈물이 흐르고, 편두통이 밀려온다. 그러고는 며칠 후에야 무엇이 왜 나를 화나게 했는지 뒤늦게 깨닫는다. 하지만 그때 뭐라고 하는 건 너무 바보 같다고 생각해서 문제를 그냥 내버려둔다. 문제는 해결되지 않은 상태로 남는다.

나만 그런 것은 아니다. 많은 여성이 자신의 분노에 잘 접근하지 못한다. 미국 작가 소라야 시멀리Soraya Chemaly는 분노라는 감정은 여성스럽지 않은 감정으로 여겨지며 화난 여성은 히스테릭하거나 신뢰하기 어렵다는 인상을 준다고 썼다. 시멀리는 매우 추천할 만한 저서에서 여성의 분노를 다루었다. 그 안에서 분노는 변화의 원동력으로서 우리를 앞으로 나아가게 하는 중요하고 강한 감정으로 그려진다. 페미니스트인 나 또한 같은 생각이다. 그럼에도 나는 내가 적절하다고 생각하는 만큼 화를 내지 못한다.

딸인 막달레나는 나와 완전히 다르다. 이 아이는 세상에 태어난 순간부터 조용한 적이 없었다. 한 번은 내가 안 된다고 했는데도 아이스크림을 사달라며 아이스크림 가게 앞에서 한 시간을 시위했다. 딸아이는 보도에서 소리를 지르면서 주변을 두들겨댔다. 내 품에는 아기 띠에 묶인 둘째가 있었기 때문에 난 첫째를 번쩍 들어 안을 수도 없었다. 첫째가 그렇게 떼를 쓰면 물론 짜증이 났지만 다른 한편으로는 아이가 강한 의지를 갖고 자신의 감정에 그토록 충실한 것이 기뻤다.

나는 엄마로서 내 아이들의 모든 감정을 받아들이는 것을 목표로 삼았었다. "소란 피우지 마", "이제 별로 안 아프잖아", "그렇게 흥분할 필요 없어"와 같은 말은 절대 하고 싶지 않았다. 그보다는 이렇게 말했다. "네가 지금 아이스크림을 먹고 싶은데 먹지 못해서 화난 거 이해해. 그래도 우리는 집에 갈 거야. 아이스크림은 다음에 사줄게." 이 말은 거의 먹히지 않았고, 막달레나는 보도 위에 누워서 소란을 피웠다. 막달레나는 다른 감정들도 다른 사람들과는 다른 강도로 표현했다. 마치 첫째의 감정 팔레트는 훨씬 강렬한 색채로 채워진 것 같았다. 모든 것이 네온 빛깔이었다. 구름 위로 솟을 듯이 환호하거나 죽을 듯이 우울했고, 아주 기분이 나쁘거나 완전히 감격했다. 어쩐 일인지 우리 딸에게는 그냥 괜찮은 정도는 없는 것 같았다.

엄마로서 매우 피곤한 일인 동시에 감격스럽기도 하다. 이 아이가 자신의 감정을 자유롭게 표현하는 방식, 주변 상황에 개의치 않고 자신의 요구를 주장하는 것은 옳다고 생각한다. 나도 그렇게 하려고 수년간 상담을 받지만, 지금도 매일 실천에 실패하고 만다. 내 딸도 그렇게 되는 건 바라지 않았다. 책을 읽어줄 때 앉아 있는 법이 없고, 오랜 시간 한 곳을 바라보지 못해 메모리 게임에서 항상 지고 마는, 이 원기 왕성한 소녀를 나는 사랑했다. 아이를 둘러싼 세상은 언제나 너무 흥미진진했다.

딸의 성향이 문제가 되기 시작한 것은 초등학교에 입학한 후였다. 막달레나는 학교에 가기 싫어했다. 아이는 정문에서 우리와 헤어지지 않겠다면서 내 다리에 매달려 울었다. 가끔은 마티아스가 딸아이를 거의 들어다가 교실에 넣어주고 와야 했다. 첫 학부모 면담 때, 선생님은 막달레나가 수업 시간에 울고 있거나 꿈꾸듯 창밖만 응시한다고 했다. 선생님은 주의력결핍장애ADD, Attention Deficit Disorder가 의심된다면서 소아정신과를 방문해볼 것을 조언했다.

나는 큰 충격에 빠졌다. 이 사람이 지금 무슨 말을 함부로 하는 거야? 제대로 물어보지도 않고, 단 몇 주 만에 내 아이에 대해 진단하다니! 집으로 돌아와 일단 한바탕 울고 나서 엄마에게 전화를 걸었다. 엄마는 그 선생님의 추측이 말도 안 된다고 생각했고, 자신의 가설을 들려줬다. 내가 둘째인 야콥을 항상 더 챙기기 때문에 막달레나가 너무 힘들어한다는 것이었다. 그 설명도 딱히 위안이 되지는 않았다. 내가 보기에는 같은 결론을 가리키고 있었기 때문이다. 바로 내 잘못이라는 것이다. 당시 나는 너무 많은 정신분석 시간을 거친 뒤였기에, 그것 말고는 다른 생각을 할 수 없었다. 내 아이가 정신질환을 앓고 있다면, 내가 원인일 수밖에 없다는 생각.

그러나 우리가 찾아간 소아정신과에서는 주의력결핍장애나 주의력결핍과다행동장애ADHD, Attention Deficit Hyperactivity Disorder 진단을 내리지 않았다. 단지 막달레나에게 작업치료와 심리치료를 권했고 우리는 그 조언을 따랐다. 하지만 나 자신을 들여다보지 않고 아이를 고치려는 것이 잘못되었다고 느껴져서, 나는 다시 분석을 시작했다. 분석가의 도움을 받아 스스로에게 물었다. 막달레나가 자신의 분노뿐만 아니라, (가족 역동성의 측면에서 보았을 때) 나의 분노까지 표현하느라 그렇게 화를 냈던 걸까? 우리가 우리의 파괴적인 감정을 이 불쌍한 아이에게 넘겨준 걸까? 나의 상담사 또한 막달레나가 ADHD는 아닐 것이라고 봤다. 그것은 사회의 기대에 완전히 부응하지 않는 아이들에게 찍는 낙인이라고 했다. 그보다는 딸의 성격에서 다루기 힘들고 성가신 부분을 (그리고 여기에 더하여 나 자신의 불편한 성향까지도) 사랑하려고 노력하는 게 좋겠다고 했다. 내가 나의 부정적인 감정을 더 잘 표현할수록, 나의 어두운 면을 더 잘 받아들일수록,

아이가 소리를 덜 지를 거라고 했다. 이론적으로는 그랬다.

"기질이 그런 걸까, 아니면 ADHD인 걸까?" 당연히 던질 만한 질문이다. 하지만 이 물음은 "이건 나쁜 기분인가, 아니면 우울증인가?"라는 물음만큼이나 답하기 어렵다. 우울 시기를 구분하는 것이 얼마나 어려웠는지는 앞에서 이야기했다. 처음에 나는 그것을 자주 연애로 인한 열병이나 향수병, 또는 스트레스로 여겼다. 예외적인 감정 상태와 정신적 질병 사이의 구분 선은 뚜렷하지 않고, 우울증과 마찬가지로 ADHD 역시 정확한 검사법이 없다. 정신과의 진단은 어떤 것을 정상으로 볼 것인지에 대한 사회적 합의일 뿐이다. 사회에 순응하지 않는 여성들은 1950년대까지 히스테리 진단을 받기도 했다. 동성애 역시 30년 전까지 정신적 장애로 간주되었다. ADHD는 1987년에야 진단 목록에 포함되었다. 하지만 ADHD는 현대에 생긴 질병이 아니고, 18세기에도 이미 비슷한 증상에 대한 의사들의 기록이 있었다.

오늘날 ADHD는 주의력이 부족하고 충동성과 과잉행동이 높은 상태가 최소 6개월 이상 지속되는 상태로 정의된다. 정신질환이 흔히 그렇듯, 밀랍처럼 말랑말랑한 정의다. 어느 정도를 주의력이 부족한 상태라고 할 것이며, 어느 정도의 몽상을 정상 범주로 볼 것인가? 높은 충동성은 어떻게 드러나며, 한시도 가만히 있지 못하는 성격과 과잉행동 사이의 경계는 정확히 어디인가? 막달레나는 아기였을 때부터 소리를 많이 질렀다. 유아기에는 혼자 집중하는 법이 없고 늘 가만히 있지 못했으며 많은 관심을 필요로 했다. 하지만 이제 막 부모가 된 거의 모든 사람이 자신의 영유아기 아이들에 대해 이렇게 이야기하지 않을까?

막달레나가 나이를 먹을수록 좌절감을 견디지 못하는 것이 큰 문제가 되었다. 아이는 뭔가 마음에 들지 않으면 물건을 던지고, 팔다리를 마구 휘두르고, 뭐든 깨물었다. 아이의 분노가 나의 분노를 깨웠다. 내게는 거의 없다고 생각했던 그 감정이 나 자신조차 깜짝 놀랄 만한 방식으로 분출됐다. 한번은 점심으로 먹을 음식을 두고 다투던 중, 막달레나가 나를 너무 세게 때리고 발로 밟는 바람에 나도 아이를 때리고 말았다. 또 한 번은 빗속에서 학교에 가지 않겠다고 고집을 부리는 딸아이와 소리 지르기 대결을 벌였다. 나는 학교에 가라고 소리를 질렀고, 딸아이는 가지 않겠다고 소리를 질렀다. 그리고 아이는 학교에 가지 않았다(남편과는 다르게, 나는 아이를 번쩍 들어 올릴 만한 체격이 되지 않았다).

우리는 도움이 필요했기에 소아정신과에 2차 소견을 요청했다. 진료 예약일까지는 몇 달이 남아 있었고 그사이 코로나로 인한 첫 번째 록다운이 시작됐다. 학교가 문을 닫았다. 우리는 PDF 파일 더미에 파묻혀서 홈스쿨링이라고 표현되는 일상에 익숙해져야만 했다. 말 그대로 뭐 하나 되는 게 없었고, 막달레나와 나는 아침부터 저녁까지 싸우기만 했다. 어떤 날에는 딸에 대한 큰 사랑을 느끼기가 어려울 때도 있었다. 그러기에는 너무 화가 나고, 짜증이 솟구치고, 어찌해야 할지 도무지 알 수 없었다. 다른 부모들과 이야기를 나눠봤지만 이해받지 못한다는 느낌만 깊어졌다. 당연히 다른 집에서도 가정 수업이 마음먹은 대로 진행된 것은 아니었다. 주간 계획을 철저하게 스스로 지켜가며 공부하는 초등학생은 거의 없다. 하지만 적어도 유인물을 건네주면서 "이걸 하고 있어. 15분 후에 다시 올게"라고 하면 그대로 따르는 3, 4학년 학생들은 많을 것이다.

막달레나는 아니었다. 15분 후에 가보면 창턱에 앉아 몽상을 하거나 공주 원피스를 입고 있거나 무언가를 만들고 있었다. 유인물? 뭐, 어디, 몰라. 아이는 어른이 바로 옆에 앉아서 이렇게 말해줘야만 했다. "이것 봐. 너는 지금 2번 문제를 풀고 있잖아. 그래, 거기 뭐가 들어가야겠어? 그렇지, 그걸 빈칸에 적어. 이제 3번 문제를 풀 차례야." 계속 이렇게 해줘야만 했다. 막달레나는 답을 알고 있어서 그것까지 속삭여줄 필요는 없었다. 하지만 옆에서 한 줄, 한 줄 이끌어줘야만 했고, 우리는 그럴 여력도, 마음도 없었다.

소아정신과 외래진료소의 심리상담사가 병원 로비로 마

중을 나왔을 때, 막달레나는 의자 아래로 기어들어 가버렸다. 우리는 일단 아이를 설득해 밖으로 나오게 했다. 아이는 상담 중에도 계속 진료소 안에서 체조를 하고 내 등 뒤에 숨었다. 질문에 답을 하지 않았다. 나는 약간 마음이 놓였다. 상담사, 정신과 의사, 교육 상담센터와 진행했던 이전의 많은 상담에서는, 막달레나가 최선을 다해 상담을 참아내고 뭐든 시키는 대로 하는 바람에 사람들이 우리의 문제를 제대로 이해하지 못했기 때문이다. 그랬던 딸아이도 팬데믹의 첫 국면을 맞아 힘이 다 떨어진 모양이었다. 그래서 외래 진료소의 의사들과 심리학자들은 막달레나를 추가 검진하기로 했다. 수십 개의 테스트, 질문지, 상담을 거친 끝에 그들이 내린 결론은 ADHD, 그리고 난독증이었다. 게다가 지난 수년간 아무 치료도 받지 못한 채 너무도 많은 갈등과 실패를 겪는 바람에 유년기 정서장애도 동반된 것으로 보았다. 이 모든 의학적 용어를 한마디로 표현하자면 '아이의 상태가 전혀 좋지 않다'는 것이었다.

의사들은 다음 기회에 막달레나를 소아정신과로 보내기로 했고 아주 아주 조심스럽게 약물 복용도 병행해볼 것을 권유했다. 그러니까, 우리가 동의한다면 경우에 따라 최소한의 복용량으로. 의학 전문가로서는 그렇게 할 것을 권유한다고 했다.

의사의 말에서 많은 사람이 약물에 대해 갖는 지나친 두려움을 다시 한번 느낄 수 있었다. 그가 나중에 말해준 바에 따르면, 대부분의 부모는 약이라는 단어에 바로 움찔하고 자신의 아이가 약물의 도움을 받는 것에 거부반응부터 보이기 때문에 항상 매우 조심스럽게 이야기할 수밖에 없다고 했다. 우리는 그러한 편견을 갖고 있지 않았다. 게다가 심리치료와 약물 복용에 대한 내 경험은 매우 긍정적이었다. 당연히 딸아이가 이러한 도움을 받는 걸 거부할 이유가 없었다.

막달레나는 4학년에 들어가자마자 주간 진료소에 다니기 시작했다. 우리 가족에게는 타이밍이 정말 좋았다. 덕분에 두 번째 록다운으로 수개월간 학교가 봉쇄된 시기를 수월하게 견딜 수 있었다. 막달레나는 즐겁게 병원 진료를 받았다. 우리는 딸아이를 (적어도 지금까지는) ADHD나 약물, 정신과를 둘러싼 낙인으로부터 멀리 떨어뜨려놓을 수 있었다. 아이는 그것을 부끄러워할 이유가 없다고 생각해 비밀로 삼지도 않았다. 그 상태가 최대한 오래 유지되었으면 좋겠다. 병원에서 같이 진료를 받는 반에는 아홉 명의 아이들이 있다가 이제 여덟 명이 되었다. 아이는 그곳에서 세 명의 교사에게 보살핌을 받으며, 음악치료, 스포츠치료 등 다양한 치료를 시도해볼 수 있었다. 그리고 점차 메틸페니데이트(리탈린, 메디키넷이라는 상표명으로 더 잘 알려져 있다)의 복용량을 적정 수준으로 맞출 수 있었다. 지난 몇 년간 큰 갈등을 겪고 우리의 양육 능력에 불안감을 느낀 마티아스와 나에게는 부모 상담이 큰 도움이 됐다.

내게 그것은 모순적인 상황이었고 현재도 그렇다. 나는 가족 관련 주제를 중점적으로 다루는 기자다. 그러니까 오전에는 양육에 도움이 될 만한 글을 쓰고, 오후에는 집에서 그 난리 통을 겪어야 했다는 말이다. 나는 예스퍼 율Jesper Juul(덴마크 출신의 가정 치료 상담사—옮긴이), 헤어베어트 렌츠-폴스터Herbert Renz-Polster(독일의 소아과 의사이자 작가—옮긴이), 노라 임라우Nora Imlau(가족이라는 주제를 중점적으로 다루는 독일 기자이자 작가—옮긴이)의 조언이 담긴 책을 많이 읽었고, 주잔네 미에라Susanne Mierau, 니콜라 슈미트Nicola Schmidt, 카티야 자이데Katja Seide와 같은 교육학자들을 인터뷰했다. 그래서 이론적으로는 어떻게 하는지 알았지만, 직접 실천할 수는 없었다.

그 대표적인 예가 수면 교육이었다. 예상했던 대로 우리 집에서는 수면 교육이 처음부터 몇 년간 계속 문제가 되었다. 막달레나가 아기였을 때 당시 모두가 조언한 대로 우리는 막달레나를 침대 옆에 두었던 아기 침대에서 재웠다. 막달레나가 한 살 정도 되었을 때, 아기 침대를 아이 방으로 옮겨주었다. 아이는 처음 몇 달 동안은 그곳에서 잤다. 심지어 통잠을 잤다! 이 시기에 집으로 놀러 온 친구들은 우리가 15분 만에 아이를 재우는 걸 보고 감격하기도 했다. 친구들은 말했다. 다른 집에서는 아이의 손을 잡은 채로 몇 시간 동안이나 잠을 재우려고 애쓰더라고. 그때 우리는 건배를 외치면서 우리가 얼마나 유능한 부모인지 자랑스러워했다.

몇 주 후 막달레나는 침대를 기어오르는 법을 익혔다. 그러더니 매일 밤 침대를 기어 나와 우리에게로 왔다. 얼마 후에는 아예 자기 침대에서 잠들 생각조차 하지 않게 되었다. 그러다가 아이에게 남동생이 생겼고, 예쁜 새 로프트 침대도 생겼다. 처음에는 침대에 관심을 보였지만 둘째인 야콥은 우리와 같이 안방에서 자고 자신은 혼자 자야 한다는 사실을 받아들이지 않았다. 그때쯤 처음으로 가족용 침대를 들일까도 생각했지만, 그러기에는 너무 늦은 것 같았다. 야콥이 한 살 반쯤 되었을 때 우리는 더 큰 집으로 이사했다. 아이들은 각자의 방과 침대를 갖게 됐지만, 둘 다 그곳에서 자는 일은 거의 없었다. 우리의 더블 침대는 넷이 자기에는 더없이 불편해졌다. 그래서 바닥에 매트리스를 깔았지만 그곳에서 아이들이 자는 일은 없었다. 결국 우리 둘 중 한 명이 매트리스에서 자거나, 아니면 한밤중에 '의자 앉기 게임' 침대 버전을 해야 했다. 자다 일어난 내가 너무 좁아서 아이들 침대로 가면, 아이 중 한 명 혹은 둘 다 나를 쫓아온다. 나는 다시 내 침대로 돌아간다. 그러면 아이가 또 쫓아온다. 이 과정의 무한 반복이다. 그래도 가족용 침대를 사기에는 너무 늦었다고 생각했다. 그래서 두 아이를 한 방에서 재우기 위해 로프트 침대를 이층 침대로 개조했다. 이렇게하면 혼자라는 느낌이 덜하지 않을까? 하지만 이 방법 또한효과는 잠시뿐이었고 우리는 다시 원점으로 되돌아왔다.

어느 순간, 우리는 포기하고 말았다. 아이들의 나이는 여덟 살, 네 살이었다. 사실 이때쯤 되면 많은 아이가 자발적으로 가족용 침대에서 나오는데, 우리는 반대로 가족용 침대를 조립하고 있었다. 밤중에 집 안을 계속 왔다 갔다 하는것이나 아이들을 침대에 눕히기 위해 몇 시간씩 실랑이하는 것을 더는 참을 수 없었다. 침대 덕분에 적어도 일시적으로는 갈등이 줄었다. 막달레나가 병원에 다니기 시작할 때쯤 남편과 나는 우리만의 방 하나만큼은 갖고 싶다는 마음이 생겼다. 아이들에게는 각자의 방이 있었다. 거실은 당연히 우리 모두를 위한 공간이지만 실제로는 아이들이 진을치고 있었다. 그게 문제는 아니었다. 하지만 나는 집 안에내가 잠그고 그 뒤에서 잠시 쉴 수 있는 문 하나를, 구슬과솜 인형 금지 구역으로 지정할 수 있는 공간 하나를 간절히원했다. 사실 나는 아이들이 스스로 부모의 침대에서 나와야 한다고, 그들을 강요해서는 안 된다고, 특히 아이들이 울도록 내버려두면 절대 안 된다고 말하는 애착 중심 양육서의 영향을 받았다. 그리고 막달레나는 혼자 자는 이야기를 꺼내기만 해도 마구 포효했다.

이후 병원의 부모 상담을 받으면서 의사로부터 이런 이야기를 들었다. "막달레나는 이제 아기가 아닙니다. 혼자 방에서 자라고 강요해도 돼요." 뻔한 문장이었다. 무슨 비법도 아니었다. 그러나 이를 실행으로 옮기기 위해서는 전문 지식을 가진 사람의 허락이 필요했던 것 같다. 그렇다고 해서 아이들을 갑자기 밀어낸 것은 아니었다. 우리는 계속 아이들을 침대까지 데려다주고, 책도 읽어주고, 옆에 잠깐 앉아 있기도 했다. 하지만 그다음에는 아이들이 잠들기 전에 방을 나왔다. 나머지는 아이들의 몫이었다. 막달레나는 저녁 시간 내내 소리를 질렀다. 우리는 막달레나를 달래면서 계속 아이의 방으로 데려갔다. 결코 아이 옆에 눕거나 굴복하지 않았다. 하지만 막달레나도 굴복하지 않아서, 밤 11시 반까지 소리 지르고 훌쩍이며 복도 구석에 앉아 있었다. 그러면 우리는 우리의 침대로 갔고, 막달레나는 따라 들어와 우리 사이에 누웠다. 그러고 있자면 1밀리미터도 진척이 없는 느낌이 들었다.

하지만 실제로는 진척이 있었다. 시간이 갈수록 우리의

밤은 점차 나아졌고 일주일 뒤에 막달레나는 병원의 그룹 치료 시간에 자기가 이제는 혼자 잔다고 자랑스럽게 얘기했다. 그걸 강요하는 건 둘만의 시간을 원하는 부모의 이기적인 행동이 아니었다. 우리가 그랬던 것은 아이를 위해서였다. 팬데믹만 아니었다면 4학년들은 학교 캠프를 떠났을 것이다. 캠프에서 아홉 살, 열 살 아이들은 엄마, 아빠 없이 잠들어야 한다.

이 이야기를 이토록 자세히 하는 이유는, 외부의 도움이 얼마나 중요한지를 보여주기 때문이다. 새로운 정보가 아니라 다른 누군가가 이렇게 얘기해주는 것만으로도 말이다. "그렇게 해도 돼요." "잘하고 있어요. 계속 힘내세요." 무엇보다 인간관계와 양육에서는 (사실 양육도 결국 인간관계의 문제지만) 이론만으로는 진척이 없는 경우가 많다. 특히 막막할 때는 호의적으로 공감하며 도와주는 누군가가 꼭 필요하다.

어떻게 지금까지 나의 고집쟁이 딸만큼 나를 화나게 한 사람이 없었는지가 의문으로 남는다. 심지어 앞에서 이야기한 마크조차도 그 정도는 아니었다. 그의 얼굴에 스펀지를 날리기는 했지만, 그걸로 끝이었다. 당시 남아 있던 분노는 일기장에 적었고, 그러다가 다른 사람에게 반했다. 반면에 딸을 상대할 때는 마치 최악의 리얼리티 다큐멘터리를 찍는 것처럼 대치 상태가 된다. 아이들을 제외하면, 내가 지금껏 소리를 지른 대상은 한 명도 없다. 남편과 싸울 때는 평소 대화보다 약간 뜨겁고 시끄러울 뿐이지, 기본적으로는 거의 모든 주제를 차분하게 논의하는 방식으로 푼다. 그런데 왜 아이들과는 그게 안 될까?

내가 세운 이론에 따르면, 그건 무력감 때문이다. 통증에 관한 장에서 이야기했듯, 어떤 일이 발생하든 내가 영향을 미칠 수 있다는 느낌을 갖는 것은 매우 중요하다. 통증을 줄이기 위해 무언가를 할 수 있다면, 그 고통을 견디기가 더 수월해진다. 딸과의 갈등에서 나는 아무것도 할 수 없다는 느낌을 받았었다. 끊을 수 없는 사이였고(분명히 말해두자면, 당연히 끊고 싶지 않다. 하지만 어떤 관계에서 벗어날 수 없다는 사실 자체는 나에게 영향을 미치는 요인일 수밖에 없다), 이 관계의 성공 여부는 딸이 아니라 나에게 달려 있었다. 내가 어른이기 때문이다. 게다가 나는 오랫동안 딸이 방을 치우고, 잠옷을 입고, TV 앞에서 너무 많은 시간을 보내지 않도록 하는 것이 엄마인 나의 역할이라고 생각해왔다. 동시에 나는 아이들을 때리거나 압박하고 싶지 않았다. 또한 그들이 무언가를 잘해야만 내가 사랑해줄 거라는 느낌을 주고 싶지 않았다. 절대.

그러면 도대체 어떻게 해야 할까? 애착 중심 양육법을 설명하는 저자들은 다음 문장 뒤로 자주 숨는다. "애착이 잘 형성된 아이들은 항상 협력한다." 당시의 나는 이 문장에 화가 치밀었다. 내 딸은 아니야, 절대 안 그런다고! 이렇게 소리 지르고 싶었다. 아이들이 해야 하는 일을 하지 않고 나에게는 그걸 해결할 방법이 없다고 느끼는 와중에, 가정이 잘 굴러가게 하는 것은 내 몫이라는 사회적 압박을 받는 기분. 이 모든 조합이 나를 미치게 했다.

그때 무엇이 나를 그토록 절망스럽게 했는지, 지금은 안다. 애착 이론이 설득력을 얻는 동안 여전히 많은 사람의 머릿속에는 부모가 말하고 아이는 그 말을 따를 뿐이라는 전통적인 생각이 자리 잡고 있었다. 나 또한 그랬다. 그리고 그 둘은 동시에 이뤄질 수 없다.

게다가 나는 나 자신의 분노에 접근하는 법을 몰라서 내 딸이 자신의 강렬한 감정을 표현할 줄 안다는 것이 너무도 기뻤던 나머지, 그 이면에 숨어 있는 문제(ADHD)를 알아채지 못했다. 애를 쓴다고 해서 우울증이 사라지지 않는 것처럼, 주의력결핍과다행동장애의 경우도 마찬가지다. 막달레나는 약을 먹었을 때도 충동적인 아이이며, 앞으로도 반드시 그래야만 한다. 예전과 다름없이 지금도 여전히 갈등은 존재한다. 하지만 하루에 스무 번씩 싸우는 대신 두 번 정도만 싸운다. 그 덕분에 나는 어른다운 태도를 유지하기가 예전보다 훨씬 쉬워졌다. 이제 나는 열여덟 번째로 다툴 즈음에 점화선이 모두 타버린 로켓처럼 하늘로 솟구치는 대신 내 감정을 표현하고 여러 가지 욕구를 검토하여 문제를 해결할 수 있다. 우리 넷은 아주 잘 지내고 있다. 이 또한 심리 치료와 정신과 치료 덕분이다. 참, 단 몇 주 만에 막달레나에게서 주의력결핍장애 증상을 알아챈 선생님에게는 그로부터 2년 후에 꽃다발을 드렸다.

죽고 싶다는 생각

자살 충동은 내 상태를 알려주는 지표

나는 열여섯 살에 자전거를 타고 S반 선로 주변을 맴돌았고, 스물네 살에 라인강으로 뛰어드는 상상을 했으며, 20대 후반에는 다시 선로 위에 섰다. 그리고 고층 건물에 올라갈 때면 아무리 정신적으로 건강한 시기여도 이런 생각을 한다. '이 정도 높이면 뛰어내렸을 때 확실히 저세상으로 갈 수 있을까?'

자살 충동은 이미 몇 년째, 아니 오늘날까지도 내 머릿속을 어지럽히고 있다. 그게 정상이 아니라는 걸 나는 오랫동안 모르고 살았다. 아무리 친한 사이여도 친구에게 "있잖아, 너는 만약 자살을 한다면 어떤 방법으로 할 생각이야?"라고 묻지는 않기 때문이다.

'어차피 자살에 대해 환상만 펼치는 건 아무 의미가 없다'라는 생각은 마치 내 심장과 뇌를 칼로 꿰뚫는 것처럼 매우 고통스럽다. 나는 밖으로는 건강해 보이지만, 안에서는 피를 흘리고 있다. 그 순간만큼은 나의 뇌는 완전히 진지하고, 그래서 자살에 대한 생각과 더불어 자기혐오, 절망감, 좌절감이 드는 것이다. 나는 스스로에게 아무도 나를 그리워하지 않을 거라고, 나는 모두에게 짐이 될 뿐이라고, 다른 사람들에게도 내가 없는 편이 나을 거라고 말한다. 그러다 보면 죽음에 대해 생각은 하면서, 실제로 죽으려는 시도는 단 한 번도 하지 않은 내가 사기꾼처럼 느껴진다. 바로 그 이유 때문에 이 주제에 관해 이야기하는 것이 어렵다. 나는 말로만 자살하겠다는 위협을 일삼고 실제로는 아무것도 하지 않는 히스테리한 여성으로 여겨지고 싶지 않다. 어쩌면 그 주제에 관해 이야기하는 것은 나보다 더 자살에 가까이 간 사람들에게 맡겨야 할지도 모른다. 독일에서 자살 시도를 하는 사람은 매년 10만 명이 넘는다고 한다.

하지만 내가 이야기하려는 것은, 면도날을 손에 쥐기 한참 전부터 그런 생각을 갖고 있었다는 그 자체가 얼마나 고통스러운지에 대한 것이다. 나는 가장 큰 신체적 고통이 무엇일지 생각해본 적이 있다. 편두통일까, 아니면 산통일까?

통증은 뇌에서 느껴지는 것이다. 그런데 그 통증이 시작되는 곳이 뇌라면 특히 더 아프게 느껴진다. 내가 상상할 수 있는 가장 큰 통증은 뇌에서조차 내가 불필요한 존재라고 주장할 때다. 이 감각을 반박할 주장을 생각해내야 하지만, 사고를 담당하는 신체 부위가 아프고 제대로 기능하지 않는 상황이다. 그럼 결국 나는 자기혐오에 빠진 채로, 나는 스스로를 끝내기에도 너무 약하기에 누군가가 나를 지워버렸으면 좋겠다고 생각하게 되는 것이다.

한 번은 자살 시도까지는 가지 않았지만, 계획을 세운 적이 있었다. 그때는 나도 놀랐다. 아직 아기였던 막달레나와 함께 정신과 병동에 있을 때였다. 그날은 단순히 생각에 잠기기 위해 선로에 간 것이 아니었다. 결국에는 실행에 옮기지 않았기에 내가 그 시도로부터 얼마나 멀리 떨어져 있는지 느끼기도 했지만, 동시에 얼마나 가까이 가 있는지도 실감했다.

이제 나에게 자살 충동은 내가 괜찮은 상태인지 아니면 우울한 단계에 있는지 알려주는 빨간 깃발 같은 것이다. 슬픔이나 수면 문제, 의욕 부족과 같은 것은 삶이 잘 굴러가지 않을 때 흔히 나타나는 정상적인 것들이다. 하지만 내 머릿속에서 자살에 대한 생각이 점점 커지고 있다면, 그건 코로나로 인해 처진 기분 때문도, 슬픔 때문도, 스트레스 때문도

내 안에 자살 충동이 점점 커진다면
그건 코로나로 인해 처진 기분 때문도,
슬픔 때문도, 스트레스 때문도 아니다.

전문가에게 찾아가
"다시 우울증이 생겼어요"라고
말해야 하는 순간이다.

아니다. 정신과 의사 혹은 심리상담사를 찾아가서 "다시 우울증이 생겼어요"라고 말해야 할 때다.

그리고 최근 몇 년 동안, 나는 스스로 목숨을 끊는 것을 예방하기 위한 이론을 세웠다. 이것이 다른 사람들에게도 의미가 있을지는 모르겠다. 어쨌든 내 경우에는 건강할 때 자살 가능성을 차단해버려서 우울증을 겪을 때도 그 가능성이 열리지 않게 하는 데 도움이 되는 방식이다.

나는 생과 사를 결정하는 일이 우리 인간에게 달려 있지 않다는 확신을 갖게 되었다. 안락사, 노인·환자·장애인을 위한 연명 치료와 같은 문제, 최종적으로 그 삶이 여전히 살 가치가 있는지에 관한 물음에서도 내 입장은 마찬가지다. 나는 우리가 그 질문에 답할 수 없으며, 그래서 처음부터 그러한 질문을 해서는 안 된다고 생각한다. 하지만 개인주의적이고 자유를 사랑하는 우리 사회는 다른 의견이라서, 스스로 목숨을 끊는 것에 대한 도덕적인 권리를 지지한다. 독일연방헌법재판소도 2020년에 이와 같은 입장을 확인해주었다. 이에 따르면 누구나, 원한다면 언제든지 자신의 삶을 끝낼 수 있다. 누군가가 그렇게 생각한다면 나는 받아들일 수 있다. 그러나 이는 우울증에 빠진 나의 뇌에 그다지 도움이 되는 주장은 아니다.

그래서 나는 가톨릭교회의 가르침을 토대로 나의 이론을

정립했다. 이 이론에 따르면, 내 삶이라고 해서 내 것은 아니다. 종교적인 느낌을 덜어내고 말하자면, '나'라는 존재는 우주가 내게 빌려준 것이고, 이 땅에서 나의 과제는 그로부터 최고의 것을 만들어내는 것이다. 그 최고의 것은 내가 정의하기 나름일 것이다. 살고 죽는 것은 나의 결정이 아니며, 그러므로 나의 책임도 아니다. 그 결정과 책임은 예나 지금이나 내가 믿는 일종의 신성한 권능에 맡긴다. 이는 자살에 대한 금지이며, 동시에 계속 살아나가도 좋다는 허락이기도 하다. 나는 자살에 대해 생각하면 안 된다. 바꿔 말하면, 나의 뇌가 지금 이 순간 나 자신을 얼마나 무가치하게 여기는지와 상관없이, 자살할 필요가 없다는 뜻이기도 하다. 어느 쪽이든 그 길은 선택이 불가능한 것이다.

그럼에도 자살 충동에 시달리면 스스로를 최대한 외부에서 관찰하려고 노력하고 그 생각으로부터 거리를 두려고 노력한다. 그때 나는 나 자신에게 이렇게 말한다. "나에게는 질병이 있고, 지금 내가 하는 상상은 그 질병으로 인한 증상이다. 이건 내가 실제로 원하는 것과는 상관이 없다."

그에 더해, 내가 혼자가 아니라는 사실을 기억하려고 한다. 나에게는 남편, 아이들, 친척들과의 관계가 있다. 나에게는 친구들이 있고, 이웃과 동료들이 있다. 한 사람이 관계를 맺으며 지내는 사람은 평균 약 150명이다. 그들과의 관계를 밧줄에 비유한다면, 모든 사람은 거미줄과 같은 관계의 망에 연결된 셈이다. 자살은 이 망에 큰 구멍을 남긴다. 자연스러운 죽음과는 완전히 다른 방식의 구멍. 그렇게 되면 서로 연결되어 있던 150명의 사람은 한쪽 끝이 느슨한 줄을 손에 쥐게 될 것이고, 그중 몇몇은 이를 극복할 수 없을지도 모른다. 그럼 나 대신 다른 사람들이 상담실에 앉게 될 것이고, 그곳에서 어머니, 누나, 친구의 자살을 이해하기 위해 상담을 받게 될 것이다. 요즘 나는 관계의 망을 통해 이런 식으로 트라우마와 책임을 넘기는 것이 비겁하다는 생각을 한다. 자살 충동에 시달리는 순간에는 나의 뇌가 이렇게 속삭인다. 모두가 잠깐 슬퍼하고 나를 잊을 거라고. 하지만 나는 그 말이 틀렸다는 사실을 안다. 자살은 일종의 감정적인 원자 폭탄이다.

내 어머니의 죽음은 갑작스러운 심장 마비로 인한 자연사였다. 어머니는 선천적인 심장병을 앓고 있어서 주기적으로 심장 전문의를 찾았다. 우리는 어머니의 파일에서 마지막 검사 결과를 찾았다. 거기에는 검사 결과 수치가 심상치 않지만, 환자가 이상 증세나 문제를 언급하지 않으므로 6개월 후에 다시 진료를 보는 것으로 충분하다고 적혀 있었다. 그러나 실제로 어머니에게는 이상 증세가 있었다. 숨이 가쁘고 자주 어지럽다고 했다. 빨래 바구니를 들고 계단을 오르고 나면 잠시 앉아서 쉬어야 했다. 어머니는 심장 전문의에게 이런 이야기를 하지 않았고, 나는 그 사실이 아직도 가끔 매우 화가 난다. 엄마가 스스로를 좀 더 잘 돌봤더라면 심장 박동기와 약물의 도움을 받으며 어쩌면 여전히 우리 곁에 남아계실지도 모르기 때문이다.

의사와의 진료 시간에 어떤 사실을 언급하지 않은 것을 자살과 비교할 수는 없다. 따라서 내가 어머니의 죽음을 두고 하는 생각에서 파생되는 화는 자살이 불러일으키는 분노에 비하면 극히 작다. 남겨진 이들에게 가까운 이의 자살은, "너는 내게 중요하지 않았어. 삶을 조금 더 이어나갈 만큼 내게 충분히 중요한 존재가 아니었어"라는 메시지와 같다. 이보다 더 명확하게 'F××k you'라고 말할 방법이 있을까. 우울한 단계에 놓일 때면, 나의 뇌는 이 생각을 즉시 뒤집고 이제 더는 할 수 없다고, 내 존재는 어차피 누구에게도 도움이 되지 못한다고 주장한다. 하지만 설령 그 주장이 옳다 하더라도 내가 나의 주변, 특히 나의 아이들을 위해 할 수 있는 최소한의 것이 있다면, 자살하지 않는 선택일 것이다. 그동안 나는 정신과 치료와 그룹 상담치료 시간에 기이한 가족사 이야기를 충분히 많이 들었고, 그래서 확신을 갖고 말할 수 있다. 아이에게는 정신적으로 가장 심각한 질환을 앓고 있는 최악의 어머니라 할지라도 스스로 목숨을 끊은 어머니보다는 낫다.

어쩌면 나의 아이들도 언젠가 상담치료를 받으며 나와 관련한 문제를 해결하고자 할 것이다. 그 시간에 아이들은 자신의 엄마를, 엄마의 이기심, 정신없음, 고답적인 태도를 맘껏 욕해도 괜찮다. 내가 그들의 말을 제대로 들어주지 않고, 그들을 이해하지 못하고, 가끔 소리를 지르고, 너무 높은 기준을 요구하는 것에 불만을 토로해도 좋다. 그들이 그때 제기하는 불만이 어떤 것이든 상관없다. 단 한 가지, 엄마가 자신들을 그냥 버렸다는 이야기만큼은 아니었으면 한다.

CHECK POINT
이 문제는 나만의 문제가 아니다.

다만 조금 불안정할 뿐이다

나에게는 우울증이 있다. 나는 정신질환을 앓고 있다. 내 상태는 좋지 않다.

15년 전만 해도 나는 이 중 어떤 문장도 입 밖으로 낼 수 없었다. 내 상태는 좋지 않았지만, 이를 받아들이고 싶지 않았다. 절대. 어쩌면 우울한 시기가 있고 상담은 받고 있을지언정, 이 모든 것은 일시적일 뿐이라고 생각했다. 언젠가 분명 곧 내 상태는 좋아질 것이고 그때까지는 그 사실을 비밀로 해두기로 했다.

그럴 만한 이유가 있었다. 당시에는 많은 사람이 나의 동창인 카로처럼 반응했기 때문이다. 와인을 함께하는 자리에서 나는 그 친구에게 내 상태에 대해 거의 속삭이듯 말했다. "나 우울증을 앓고 있어." 옆 테이블에 들리지 않기를 바라며 나는 말을 이어갔다. "몇 주 전부터는 약도 먹고 있어." 가장 가까운 사람들을 제외하면 그녀에게 처음 털어놓는 것이었다. 우리는 아주 가까운 친구는 아니었고, 가끔 와인을 마시러 가는 사이였다. 카로는 예의를 차리기 위해서였는지 내 얘기를 들은 바로 그 순간에는 아무 말도 하지 않았다. 하지만 그날 시간이 점점 흐르자 어느 순간 속마음을 이야기했다. 다른 친구인 한나도 우울증이 있다고 말했다고, 요즘은 누구에게나 흔히 있는 증상인 것 같다는 이야기였다. 물론 나를 찍어 말하는 건 아니지만 그런 경우들이 꽤 눈에 띈다고 했다. 그러면서 우리 사회가 어떻게 되어가고 있는 건지 모르겠다고 했다. 사람들이 흔히 입버릇처럼 얘기하듯, 다들 참을성이 없어진 건지 모두가 점점 더 예민해지고 있는 건지 오늘날에는 누구나 정신적 질병을 상상하며 사는 건지를 묻고 싶은 것 같았다.

그런 선입견을 품은 건 카로만이 아니다. 이와 관련한 통계를 보면 독일인 네 명 중 한 명은 한 번쯤 정신질환을 앓는다. 정신과 진단을 받는 사람은 수년째, 수십 년째 계속 증가하고 있으며 정신 건강 문제로 병가를 내는 경우도 늘고 있다. 2018년 이후부터 정신 건강 문제는 근골격계 질환에 이어 두 번째로 많이 거론되는 병가의 원인이 되었다. 그러나 의학적 진단이나 작업의 불능 여부를 묻지 않고 독일 국민의 정신 건강을 측정한 조사 결과에서는 변화가 없다. 즉 오늘날에는 너무 많은 수가 아니라 '드디어' 충분한 수의 사람들이 진단을 받는다는 결론을 내릴 수 있다.

정신질환을 진단받는 사람들이 증가하는 데에는 여러 가

지 이유가 있다. 예전보다 정신질환에 대한 관심이 높아지고 의료진은 더욱 자세히 살펴보며 환자들은 몇 년 전, 몇십 년 전보다 자신들이 겪는 정신적 부담을 털어놓기 쉬워졌다. 사회적 낙인이 찍히는 일도 줄어들었다. 내 경험만 보아도 그렇다. 그래서 사실 어떤 것이 사회적 발전이고 어떤 것이 나의 개인적 발전인지 구분하기 어렵다.

15년 전, 나는 정말 소수의 사람에게만 두근대는 가슴을 안고 내 우울증을 털어놓았다. 우울증 때문에 처음으로 오랜 기간 병가를 내야 했을 때도 비밀로 했다. 상담치료를 받으러 갈 때면 병원 진료 예약을 했다거나 물리치료를 받는다는 등의 이유를 댔다. 몇 년이 지나고 나서야 내 우울증을 많은 사람에게 털어놓을 수 있었다. 그 결과 지금은 나를 아는 모두가 내 우울증에 대해 알고 있다. 내 목에 '우울한 여성'이라고 적힌 간판이 달려 있어서가 아니다. 요즘은 우울증 때문에 회사에 나가지 못하면 동료들에게 솔직히 이야기한다. 그리고 상담치료를 받으러 가는 길에 이웃을 만나면 내가 왜 대화를 나눌 시간이 없는지 설명해준다. "저는 우울증을 앓고 있어요"라는 나의 말에는 점점 더 많은 사람이 "저도요"라고 답한다. 요즘에는 와인을 마시기 위해 친구들과 모이면, 모두가 자신의 상담사 이야기를 하나씩 해줄 정도다.

누구에게 '진짜' 상담치료가 필요한지, 혹은 필요 없는지를 감히 정의하고 싶지는 않다. 특히 내가 말하면 "나는 실제로 우울증을 앓고 있지만 너는 아니야"라는 의미로 들릴 수 있기 때문이다. 그러나 정신과 의사인 프랑크 야코비Frank Jacobi가 말하듯이 낙인이 사라지면서 정상적이거나 일시적인 정신적 스트레스로도 의사와 상담사를 찾는 사람이 늘어났다.

이는 앞서 이미 여러 번 다루었던 그 질문으로 우리를 다시 데려간다. 무엇이 정상일까? 어떤 게 정상적인 생각, 적절한 기분이고, 어디서부터 우울증, 강박장애, 정신질환이라고 봐야 할까? 정신질환의 경우 환자와 건강한 사람 사이에 선을 긋기가 매우 어렵다. 궁극적으로는 환자와 건강한 사람이 누구인가에 대한 개념조차 확실히 정해져 있지 않다. 예를 들면, 세계보건기구WHO는 건강을 단지 질병이 없는 상태가 아니라 "신체적, 정신적, 감정적, 사회적으로 평안한 상태"라고 매우 폭넓게 정의하고 있다. 이 정의에 따르면, 나는 5분 이상 연속으로 건강한 상태였던 적이 없다. 삶에서는 항상 무슨 일이든 일어나기 때문이다. 삶에서 불쾌한 감각은 우리의 욕구를 파악하기 위해 반드시 필요하다. 배가 당기는 듯한 느낌은 배가 고프다는 신호이며, 등이 쑤신다는 것은 우리가 노트북 앞에 너무 오래 웅크리고 앉아 있었다는 신호다. 어머니가 돌아가신 후, 내 상태는 몇 주, 몇 달 동안 정말 비참했다. 아팠던 것은 아니었고, 그저 애도 중이었다. 큰 상실 후에 따르는 정상적인, 그리고 내 생각에는, 건강한 반응이었다. 유산 후에도 마찬가지였다.

그럼에도 죽음, 이혼, 유산은 많은 사람에게 (아마도 처음) 상담치료사 혹은 정신과를 찾게 만드는 사건일 것이다. 정신적 스트레스는 질병을 (다시) 유발하는 원인일 수 있다. 그 중 일부 사람들은, 엄밀히 말하면 정말 정신적 질병을 앓고 있는 게 아니라 '단지' 혼자 상실을 견뎌낼 수 없는 상황일 수도 있다. 그런데 잠깐. 여기서 내가 왜 '단지'라는 말을 썼을까? 견뎌낼 수 없는 사람들은 그냥 견뎌낼 수 없는 것일 뿐이다. 그러니 다른 사람들이 겉으로만 보고 "너는 상담이 필요한 게 아니야, 그저 그렇다고 믿을 뿐이지"라고 말할 권리는 없다.

요즘 정신과 의사와 상담치료사를 찾는 모든 사람이 실제로도 도움이 필요한 사람들인지를 두고 논쟁하는 것은 논점에서 벗어난 것이다. 예나 지금이나 정신질환자들의 대다수는 적절한 치료를 받지 못하기 때문이다. 그 이유는 다양하다. 일부는 스스로가 아프다는 사실조차 모르거나, 어디에 도움을 청해야 하는지 모른다. 어떤 이들은 의료 시스템을 신뢰하지 않고, 정신과 병동에서 진정제를 맞거나 학

대를 받거나 감금될 것을 두려워한다. 많은 이들은 정신질
환을 진단받고 직장을 잃을까 봐 걱정하고, 실제로 그 걱정
은 현실이 되기도 한다.

낙인이 사라지면서 내 주변인 세 명 중 한 명(정확한 통계
가 아니라, 나의 느낌상 그렇다는 것이다)이 상담사를 찾게 되었
지만, 모든 사람이 그렇게 형편이 좋은 것은 아니다. 전반적
으로 우리 사회는 여전히 필요 이상으로 상담을 받는다기
보다는 그 이하로 치료를 받고 있다. 정신질환을 진단받는
사람의 수는 확연히 증가했는데도 말이다. 어떻게 하면 중
증인 사람들이 치료에 대해 느끼는 심리적 장벽을 더 높이
지 않으면서도 당장 치료가 필요하지 않은 소수의 사람을
현재 시스템에서 빼낼 수 있을까. 잘 모르겠다. 어쩌면 일부
사람들은 이런저런 치료가 반드시 필요하지 않을 수도 있
다는 점을 그냥 묵인하고 넘어가야 할지도 모른다. 왜냐하
면 어딘가에서는 정신과 의사와 상담치료사들이 매일매일
많은 목숨을 구하고 있기 때문이다.

내가 생각하기에, 심리치료와 정신의학이 성공하고 있음
은 꾸준히 감소하는 자살 건수에서 확인할 수 있다. 스스로
목숨을 끊는 대다수의 사람들은 우울증이나 기타 정신질환
을 앓고 있었다. 40년 전 독일에서는 한 해 약 1만 8,000여
명이 자살했다. 2018년에는 그 수가 반으로 줄었다. 매해

9,000명의 사람들이 죽음을 선택하는 대신, 상담실이나 정신과 병원을 수십 년째 찾고 있는 것으로 추정된다. 나를 진료해준 의사 중 한 명은 그렇게 제대로 회복되지 않고 계속 정신적인 문제로 치료를 받는 사람들을 '회전문 환자'라고 불렀다. 그래서 이 두 통계를 항상 같이 놓고 보아야 한다. 자살은 감소하고, 비용은 증가한다. 사실, 이는 논리적인 얘기지 걱정할 문제가 아니다. 오히려 기뻐해야 할 것이다.

과거에는 모든 것이 더 좋았고 오늘날에는 사람들이 규범에서 조금만 벗어나도 치료를 받거나 약물을 복용해서 일정한 형태로 교정되고 있다는 믿음은 과거를 미화한 결과일 뿐이다. 내가 내 우울증이나 내 딸의 ADHD에 대해 얘기를 하면 더 자주 그런 이야기를 듣게 된다. 그런 이야기를 하는 사람들은 요즘 시류에 따른 진단이라든가, 학생들을 있는 그대로 두지 못하는 경직된 교육 시스템이 문제라고 한다. 아이들은 대도시에서 온종일 보살핌을 받는 대신 숲, 잔디, 자유를 더 누려야 한다고. 나는 그런 틀에 박힌 말들에는 마치 알레르기가 있는 것처럼 반응한다.

학교가 내 딸을 한계로 밀어붙인 것은 맞다. 나 또한 배우는 이와 가르치는 이에게 더 많은 자원과 자유가 주어진 교육 환경이 도움이 되리라고 생각한다(내 딸뿐만이 아니라 모든 아이에게 그럴 것으로 생각한다). 그리고 나는 신경다양성

Neurodiversity(주의력결핍과다행동장애, 자폐스펙트럼장애 등과 같이 뇌신경의 차이로 인해 발생하는 다름을 다양성의 범주 안에 포함하고자 노력하는 인식 —옮긴이)이라는 개념을 매우 좋아한다. 이는 특히 아이들을 상대로 장애와 질병에 관해 이야기하는 것을 꺼리는 사람들이 사용하는 용어다. 이들은 신경학적인 증상을 넓은 스펙트럼으로 바라보는 것을 선호하며, 그 안에는 ADHD도 포함된다.

그렇다. 이 진단은 장애라는 단어를 내포한다. ADHD는 정신질환으로 간주되고 많은 사람이 이를 낙인으로 여긴다. 하지만 나는 이 진단을 상담치료와 약물 등의 도움에 다가가기 위한 기회로 본다. 우리의 의료 시스템과 학교 혹은 청소년복지국의 지원 시스템은, 먼저 공식 기관으로부터 문제라고 확인받은 진단이 있어야 그 자원을 이용할 수 있게 해준다. 나에게 소견서상의 F 90.0이라는 수치는 낙인이 아니라 입장권이다. 그와는 무관하게 내 아이는 여전히 멋지고 훌륭하다. 내 아이는 당신의 아이, 그리고 당신이 정상혹은 비정상인 만큼 정상 혹은 비정상이다.

어쩌면 100년 전의 농장에서는 ADHD를 앓는 아이가 특별히 눈에 띄지 않고 개, 고양이, 쥐와 함께 꽃밭을 누비며 살았을 수도 있다. 아니면 학교에서 가만히 앉아 있지 못해 끊임없이 매를 맞고, 동네에서는 바보라는 낙인이 찍혔을 수도 있다. 어떤 사람들은 더 자연스러워 보이는 예전에 대해 지나치게 낭만적인 견해를 갖고 있지만 나는 그런 과거가 실제로 존재했다고 믿지 않는다. 특히 그 시대에 정신질환과 그것을 다루었던 방법에 관한 이야기를 들으면, 나는 21세기에 약물치료와 상담치료를 받으며 살고 있다는 사실이, 정신질환을 겪고 있는 이들에게 점점 더 관대해지고 있는 시대에 살고 있다는 사실이 기쁘다.

점점 더 많은 유명인이 자신의 심리적인 문제에 대해 이야기하지만, 분야에 따라 그 수가 다르다는 점이 눈에 띈다. 레이디 가가, 짐 캐리, 앨러니스 모리세트, 브룩 실즈, 키이라 나이틀리, 카니예 웨스트, 레나 던햄 등 가수, 배우, 예술가들 중에 많다. 스포츠 분야에서는 자신의 문제에 관해 이야기하는 사람이 더 적다. 이것이 테니스 선수 나오미 오사카가 개척자로서 칭송받았던 이유다. 나오미 오사카는 세계 랭킹 2위였으나, 2021년에 우울증을 이유로 프랑스 오픈을 기권했다. 지금까지 이 정도 위치의 스포츠 선수들은 은퇴 후에야 그 사실을 밝히거나(축구선수였던 제바스티안 다이슬러처럼) 아니면 아무리 심하더라도 의학적인 진단으로는 볼 수 없는 번아웃 증후군 정도에 대해서만 이야기했다(스키점프 선수였던 스벤 한나발트처럼). 하지만 번아웃 증후군을 언급하면 대개는 우울증을 의미했다. 정·재계의 고위층

인사가 정신질환을 앓는다는 이야기는 거의 듣지 못한다. 종합해보면 이런 것 같다. 창의적인 일을 하는 사람은 신경 다양성의 측면에서 정상 범주를 좀 벗어나도 되지만, 기업과 정부를 이끄는 이들은 항상 냉철한 이성을 유지해야(혹은 적어도 그런 것처럼 보여야) 한다.

유명인이 자신의 정신질환을 공식적으로 밝히면 안타깝게도 그 진단은 당사자를 옭아매는 틀이 된다. 사람들은 그 진단을 기반으로 당사자의 과거, 가족, 그가 속한 산업, 더 나아가 그가 속한 사회를 해석한다. 예를 들어 한때 스포츠 언론은 나오미 오사카를 경기 부담을 회피하는 사람으로 만들었다가 그녀가 우울증 진단 사실을 공개하자 영웅인 동시에 희생자로 묘사하기 시작했다. 영국 해리 왕자의 배우자인 메건 마클은 〈오프라 윈프리 쇼〉에 나와 우울증과 자살 충동에 대해 이야기한 적이 있다. 이때도 대중은 재빠르게 죄를 물을 대상을 찾아냈다. 바로 1990년대에 이미 다이애나 비를 거식증에 이르게 한 전적이 있던 마클의 시댁인 버킹엄궁이었다.

특히 잔인하거나 동기가 명확하지 않은 범죄가 발생할 때도 비슷한 방식으로 성급한 결론에 이른다. 그때마다 사람들은 성급하게 가해자가 정신질환을 앓고 있었을 거라고 주장한다. 그러나 추가적인 정보 없이 이렇게 추측하는 것은 용납할 수 없다. 전반적으로 정신질환을 앓고 있는 사람들이 진단을 받지 않은 사람들보다 더 위험하거나 범죄를 저지를 확률이 높은 것은 아니다. 구체적으로 특정 증상이 있는 이들만 범죄를 저지를 확률이 더 높을 뿐이다. 게다가 그 차이는 성별에 따른 차이보다 훨씬 작다(남성의 범죄율이 여성보다 더 높다). 그런데도 일반적인 상황에서 범죄가 발생했을 때는 성별을 가지고 논하거나, 예방의 의미에서 남성의 특정 권리를 박탈해야 한다고 주장하지는 않는다.

반면, 정신질환을 앓고 있는 환자를 상대로는 항상 이런 요구가 있어왔다. 장차 공무원이 되고 싶은 사람들은 정신과에서 치료받은 사실을 의료 기록에 남기지 않는 것이 좋다. 그러지 않으면 몇몇 연방주聯邦州에서는 정규직 자리를 얻기 어려워질 수도 있기 때문이다. 2015년에 항공사 저먼윙스Germanwings의 한 조종사가 자살비행으로 여객기를 추락시켜 149명의 승객을 죽음으로 몰고 자신도 사망한 일이 있었다. 그때 정신질환이 있는 사람들은 조종석에 앉지 못하게 해야 한다는 논의가 뜨거웠다. 해당 조종사가 우울증과 자살 충동으로 치료를 받은 이력이 있었기 때문이다. 그러나 이런 예방적 조치는 질병을 앓는 조종사들이 질병을 숨기고 치료를 받지 않는 결과로 이어질 뿐이다.

천재 또는 범죄자, 가해자 또는 희생자. 이러한 고정관념

만을 바탕으로 정신적 고통을 다루는 것은, 많은 경우 동료나, 이웃, 상사나 친구로서 우리 주변에서 평범한 삶을 살아가고자 노력하는 사람들에게 부당한 일일 것이다. 정신질환을 앓고 있는 사람들은 정말 많다. 이성과 판단력을 완전히 잃어버리는 것은 그중 극소수뿐이다. 진단은 부끄러움의 원인이 되어서도, 특권의 이유가 되어서도 안 된다. 당사자는 주변 사람들의 이해를 기대할 수 있겠지만 그렇다고 모든 것이 이해받기를 기대하면 안 된다. 어렵고 거의 불가능한 구분처럼 들리지만, 실은 매우 간단하다. 상대가 정신질환 진단을 받았는지 여부와 상관없이 모든 사람을 친절하고 태연하게 대하면 된다. 사실 아프지 않은 사람도 우울한 기분을 느끼거나 산만하거나 의욕이 전혀 없을 수 있다. 정신과 의사인 안드레아스 하인츠는 모든 사람이 서로를 좀 더 관대하게 대하기를 바라며 다음과 같이 이야기했다. "우리가 서로를 대할 때, 정신과 진단을 받은 사람의 결점만을 용서할 수 있다면 그건 너무 안타까운 일이니까요."

나는 이 말이 정말 좋다. 결국, 우리 모두는 우울증을 앓든 말든 상관없이 이따금 좋지 않은 날들을 보낸다. 잠이 부족하거나 배우자와 싸우거나 사랑하는 사람을 잃어 슬프거나 미래를 불안해한다. 그리고 이러한 이유에서 (혹은 다른 이유에서) 가끔 다른 이를 불친절하게 대하기도 하고, 실수를 저

지르기도 하고, 평소만큼 많은 일을 해내지 못하기도 한다. 만약 이런 상황에서 의사가 "당신은 우울증을 앓고 있으니 침대에 누워 있어도 괜찮습니다"와 같이 면죄부를 발급해 줘야 쉴 수 있다면, 그건 정말 최악일 것이다. 우리는 그냥 가끔 산만하거나, 게으르거나, 심술궂거나, 다른 방식으로 불완전하다. 아파서가 아니라 인간이기 때문이다.

그렇다고 해서 우울증의 원인이 사실 완벽주의이고 우리는 모두 긴장을 풀어야 하며 그러면 지금과 같이 많은 알약을 삼킬 필요가 없다는, 그런 거대하고 철학적인 결론을 내리려는 것은 아니다. 확실히 하기 위해 마지막으로 한 번 더 언급하자면, 우울증은 하나의 질환이기에 명상으로 없앨 수 없다. 그럼에도 긴장을 이완하는 건 좋은 생각이다. 불완전해도 괜찮다는 생각으로 더 많은 용기를 내고, 친구들과 더 많은 시간을 보내며, 더 많은 휴가, 좋은 음식, 섹스, 껴안는 시간 등 당신의 기분이 좋아지는 일이라면 뭐든 더 많이 하라. 그리고 질병을 치료하는 데에는 약과 (혹은) 상담치료가 도움이 될 것이다.

나를 궁금해하는 모든 사람이 내게 우울증이 있다는 걸 안다. 이 책을 거의 끝까지 읽은 당신도 알고 있다. 하지만 그 때문에 지금부터 내가 하는 일과 쓰는 글이 모두 색안경 너머로만 보인다면, 매우 안타까울 따름이다. 그 진단은 결국 나에 대해 다음과 같은 사실 외에는 알려줄 게 없기 때문이다. 나에게는 우울증이 있다.

우울증을 앓는 사람들을 포괄적으로 진술하는 건 불가능하다. 그러기에 우리는 너무 큰 그룹이고, 여기에는 너무 다양한 사람들이 속해 있다. 우리는 건강한 사람들보다 더 민감하지도, 더 강하지도, 더 약하지도, 더 효율적이지도, 더 게으르지도, 더 똑똑하지도, 더 어리석지도, 더 창의적이지도, 더 이기적이지도, 더 재능이 많지도 않다. 나는 사람들이 나의 질병을 성격의 한 측면으로 생각해줬으면 좋겠다. 중요한 측면이긴 하지만 나라는 사람을 온전히 설명해주지는 못하는 하나의 단면으로 말이다.

그걸 빼면 무엇이 나를 구성하느냐고? 오래 생각해봤다. 결국 나에게는 내 삶의 행복이 외모에 좌우되지 않는 것, 병적인 생각으로부터 나를 떨어뜨려놓고 좋지 않은 감정에 바로 굴복하지 않는 것 등이 중요했다. 이 모든 것을 제외하면 내게는 무엇이 남지? 열반Nirvana만이 남는다고 하기에는 너무 이르다. 그래서 나는 내 정체성을 일종의 모자이크로 여긴다. 하나하나의 조각이 함께 모여서 전체 그림을 이루는 모자이크. 그러니까, 나를 정의하는 건 내 흐늘거리는 팔도, 처진 가슴도 아니다. 내 질병도, 사랑도, 분노도 아니다. 내가 쓰는 것, 말하는 것, 생각하는 것도 아니다. 나는 그 모든 것이다. 전체적으로 그것은 너무 많고 다층적이고 다양하고 서로 모순적이어서 단 하나의 생각이 나를 규정할 수 없고, 어떤 기분도 나를 최종적으로 정의할 수 없고, 하나의 신체 부위가 내 정체성이 되는 것도 아니다. 하지만 그 모든 것은 나의 것이다.

나는 늘 우울증에 대한 글을 쓰려면 이에 대한 궁극적인 해결책이 있어야 한다고 생각했다. 이 질환을 어떻게 극복할 수 있고 어떤 수단으로 통제할 수 있는지를 알아내야, 독자들에게 우울증 없는 삶이 얼마나 아름다운지 말해줄 수 있다고 생각했다. 하지만 나는 여전히 우울증을 앓고 있고, 대신 다른 메시지를 전할 수 있게 되었다. 이것은 싸움이 아니다. 나는 내 질환을 전혀 통제하고 있지 않다. 그렇다고 해서 우울증에 지배당하지도 않는다. 대신 내게는 우울증 증상이 나타났을 때 그것을 다룰 수 있다는 믿음이 있다. 때가 되면 나와 내 상담사, 의사는 내게 무엇이 도움이 될지 떠올릴 수 있을 것이고, 언젠가는 그 증상이 다시 사라질 것이다. 그리고 그사이에 살아내는 인생은 아름답다. 그 모든 것에도 불구하고.

감 | 사 | 의 | 말

　동료인 베라 슈뢰더에게 감사 인사를 전합니다. 그가 아
니었다면 우울증을 주제로 제가 무언가를 쓸 수 있다는 생
각을 하지 못했을 것입니다. 이 책을 믿고 지지해준 에이전
트 셀린 마이너에게도 감사하다는 말을 하고 싶습니다.

　dtv 출판사 직원들에게, 그중에서도 편집자였던 카타리
나 페스트너에게, 신뢰할 만한 지원과 원고에 대한 정확한
평가에 감사드립니다.

　지난 몇 년간 우울증에 관해 많은 사람과 이야기를 나눴
습니다. 그 대화가 없었다면 이 책은 완전히 다른 책이 됐
을 것입니다. 알렉산드라, 안나, 안-카트린, 카트린, 라라,
마크, 마렌, 마티아스, 미아, 미셸, 넬레, 니콜, 니나, 노라, 지
몬, 테레사, 토마스, 브로니, 그리고 그 외 수많은 사람들에
게 감사드립니다. 여러분의 생각과 감정을 저와 나눠주셔
서 감사합니다.

　특히 많은 시간을 할애하여 우울증의 정신의학적 측면에
관해 저와 이야기를 나눠준 토마스 폴매셔 교수님에게 진

심으로 감사하다는 인사를 드립니다.

정신의학과와 심리치료가 없었다면 글을 쓸 수 없었을 것이고, 사실 아무것도 하지 못했을 것입니다. 저를 치료해준 각 분야의 많은 사람 중에서 대표로 나탈리 오프만과 비르기트 발츠 박사님께 감사드립니다.

참 | 고 | 문 | 헌

—Andreas Heinz, *Der Begriff der psychischen Krankheit*, Suhrkamp, Berlin 2014.
—Antonia Baum, *Stillleben*, Piper, München 2019.
—Carlotta Welding, *Fühlen lernen: Warum wir so oft unsere Emotionen nicht verstehen und wie wir das ändern können*, Klett-Cotta, Stuttgart 2021.
—Jay Belsky, Avshalom Caspi, Terrie Moffitt and Richie Poulton, *The Origins of You: How Childhood Shapes Later Life*, Harvard University Press, Cambridge (USA) 2020.
—Kim Brooks, *Small Animals: Parenthood in the Age of Fear*, Macmillan USA, New York City 2019.
—Mareice Kaiser, *Das Unwohlsein der modernen Mutter*, Rowohlt, Hamburg 2021.
—Nicolas Christiakis, James Fowler, *Connected: The Surprising Power of Our Social Networks and How They Shape Our Lives- How Your Friends' Friends' Friends Affect Everything You Feel, Think, and Do*, Little, Brown Spark, 2011.
—Nicole Rinder, Florian Rauch, *Das letzte Fest: Neue Wege und heilsame Rituale in der Zeit der Trauer*, Gütersloher Verlagshaus, Gütersloh 2016.
—Nora Imlau, *So viel Freude, so viel Wut: Gefühlsstarke Kinder verstehen und begleiten*, Kösel-Verlag, Kempten 2018. (번역서: 『감정조절 안 되는 아이와 이렇게 대화하기 시작했습니다』, 김영사, 2019)
—Nora Imlau, *Mein Familienkompass: Was brauch ich und was brauchst du? Das Standardwerk für Eltern, die ihre Kinder*

liebevoll erziehen und trotzdem die eigenen Bedürfnisse leben wollen, Ullstein, Berlin 2020.

—Philippa Perry, *The Book You Wish Your Parents Had Read (and Your Children Will Be Glad That You Did)*, Penguin Life, London 2020. (번역서: 『나의 부모님이 이 책을 읽었더라면』, 김영사, 2019)

—Soraya Chemaly, *Rage Becomes Her: The Power of Women's Anger*, Atria Books, New York City 2019. (번역서: 『우리의 분노는 길을 만든다』, 문학동네, 2022)

—Till Raether, *Bin ich schon depressiv oder ist das nur das Leben?*, Rowohlt, Hamburg 2021.

[삶은 침대 밖에 있으니까]

상담치료의 효과에 관한 내용:
—Evangelos Evangelou et al.: Does psychotherapy work? An umbrella review of meta-analyses of randomized controlled trials. In: Acta Psychiatrica Scandinavica 2017.
—Ellen Driessen et al.: Does Publication Bias Inflate the Apparent Efficacy of Psychological Treatment for Major Depressive Disorder? In: Plos One 2015.
임신 중 약물 복용에 관한 내용: www.embryotox.de
인간관계와 연락의 의미에 관한 내용:
—Gillian Sandstrom et al.: Social interactions and well-being: The surprising power of weak ties. Personality and Social Psychology Bulletin, 2014.
—Gillian Sandstrom et al.: Why you miss those casual friends so much. Harvard Business Review, 2020.

[슬픔과 우울증은 다르다]

팬데믹 기간 동안의 건강 상태에 관한 내용:
—Depressions-Barometer der Stiftung Deutsche Depressionshilfe 2020.
—자살 관련 통계는 독일연방통계청(Statistischen Bundesamt)의 자료에 따른 것이다.

—진단, 치료, 자살 관련 통계는 독일 신경정신의학회 및 심리치료학회(Deutsche Gesellschaft für Psychiatrie, Psychotherapie und Neurologie)의 자료에 따른 것이다.
—https://www.dgppn.de/schwerpunkte/zahlenundfakten.html, und der Stiftung Deutsche Depressionshilfe, https://www.deutsche-depressionshilfe.de/depression-infos-und-hilfe/depression-in-ver schiedenen-facetten/suizidalitaet

[가끔 행복했고 자주 우울했던 이들에게]

과거에 비해 오늘날 정신적 질병을 앓는 사람들이 더 많은가에 관한 질문:
—Frank Jacobi: Nehmen psychische Krankheiten zu? In: Gehirn&Geist, 2021

옮긴이 **박은결**

독일어 번역가. 연세대학교 영어영문학과와 한국외국어대학교 통번역대학원 한독과를 졸업
했다. 역서로 『빌둥』 『죽은 자가 말할 때』 『자유로운 이기주의자』 『당신의 속도로, 당신의 순간
에, 날마다 용감해지기』 등이 있으며 출판번역 에이전시 글로하나에서 다양한 분야의 독일서
를 번역하고 있다.

나의 아프고 아름다운 코끼리

초판 1쇄 발행 2023년 5월 1일

지은이 바바라 포어자머
옮긴이 박은결

발행인 이재진
단행본사업본부장 신동해
편집장 김예원 책임편집 김다혜
디자인 design co*kkiri 교정 윤정숙
마케팅 최혜진 신예은 홍보 정지연
제작 정석훈 국제업무 김은정 김지민

브랜드 웅진지식하우스
주소 경기도 파주시 회동길 20
문의전화 031-956-7357(편집) 031-956-7087(마케팅)
홈페이지 www.wjbooks.co.kr
인스타그램 www.instagram.com/woongjin_readers
페이스북 https://www.facebook.com/woongjinreaders
블로그 blog.naver.com/wj_booking

발행처 ㈜웅진씽크빅
출판신고 1980년 3월 29일 제406-2007-000046호

한국어판 출판권 ⓒ ㈜웅진씽크빅, 2023
ISBN 978-89-01-27133-0 03850